Crimen de autor

Gregg Hurwitz

Crimen de autor

Traducción de
Luis Murillo Fort

Círculo de Lectores

Para Stephen F. Breiner,
con todo mi afecto y gratitud

Desperté con suero intravenoso en los brazos, un tubito de alimentación por la nariz y la lengua presionando contra los dientes, inerte y gruesa como un calcetín. Noté la boca ardiente y con sabor a cobre, las muelas desencajadas de tanto rechinarlas. La luz cruda me hizo parpadear y un momento después vi una cara brumosa, demasiado cercana para ser casualidad: un hombre a horcajadas de una silla con los fuertes brazos apoyados en el respaldo y un papel colgando de una mano de gruesos nudillos. Otro tipo detrás de él y vestido igual: cazadora arrugada, corbata floja y cuello abierto, algo brillante en la cadera. Degradado a la condición de espectador, un médico permanecía de pie junto a la puerta, ajeno a los pitidos electrónicos. Me hallaba en una habitación de hospital.

Con la conciencia llegó el dolor. Nada de túneles de luz, resplandores, fuegos artificiales ni otros estereotipos de novela, simplemente dolor, dolor mecánico y tenaz, un rottweiler entregado a roer el hueso. Mi garganta registró un crujido de aire.

–Se ha despertado –dijo el médico desde muy lejos.

Una enfermera apareció como por ensalmo e introdujo una aguja en el empalme de mi gotero. Un segundo después el calorcillo corría por mis venas y el rottweiler dejaba de roer para tomarse un respiro.

Levanté un brazo adornado de tubitos y me toqué la cabeza allí donde me picaba. En vez de cabellos, la palma de mi mano encontró un cactus de costuras y una especie de barba de tres días. Mareo y náuseas aumentaron mi confusión. Al bajar de nuevo la mano, advertí que mis uñas estaban coronadas de medialunas oscuras.

¿Había salido de algún sitio arañando tierra?

El poli de la silla volvió el papel que sostenía, y vi que era una 20 × 24.

La foto de la escena de un crimen.

Primer plano de una mujer, de cintura a pecho, el valle del abdomen cubierto de sangre oscura. Bajo las costillas una estrecha punción se perdía en negro, como si para sondear sus profundidades hubiera hecho falta un flash más potente.

Levanté una mano como para apartar la imagen, y en aquella fluorescencia azulada vi que la mugre que tenía bajo las uñas era de un tono carmesí. Fuese por las drogas o por el dolor, noté un nudo en la garganta. Al tercer intento, y sin que mi voz fuera más que un resuello apenas audible alrededor de aquel tubo de plástico, dije:

–¿Quién es esa mujer?

–Su ex novia.

–¿Quién... quién le ha hecho eso?

La quijada del inspector se desplazó lentamente de izquierda a derecha.

–Usted.

1

Mi coche, un Toyota Highlander, ocupaba la plaza 221 en el depósito municipal. Elegí el modelo híbrido para poder conducir un todoterreno sin dejar de tener buen concepto de mí mismo. Puse el motor en marcha y me quedé sentado con las manos en el volante, acomodándome a la familiaridad de ese objeto que me pertenecía. La cabeza me zumbaba y la cicatriz, en buena parte oculta por el renovado pelo, me producía picores. Noté una presión en la cara, como si quisiera llorar y las lágrimas hubieran olvidado el camino de salida. La radio del coche había quedado puesta, Springsteen seguía bajando al río pese a que hacía tres décadas que el río no aportaba más que penas y disgustos proletarios. Me pregunté si me habría dejado la radio encendida o si alguien durante el viaje en grúa habría pulsado el botoncito. ¿Estaba escuchando música la noche que conduje por última vez? ¿Iba yo al volante? ¿Solo?

Naturalmente, tuve que pagar la tarifa del depósito, seiscientos pavos. Utilicé una tarjeta de crédito que mis carceleros habían tenido a bien dejar en mi cartera mientras hacían el favor de vigilar mis cosas. De regreso a mi casa, pasé junto a un rótulo amarillo que parpadeaba y sentí una punzada de excitación al aparcar, la promesa de una licorería.

–¿Tiene bourbon Blanton's?

–No.

El tipo del mostrador no levantó la vista de un televisor en blanco y negro tamaño radiodespertador. Un cigarrillo pendía de sus labios y en su extremo una inverosímil extensión de ceniza.

Yo no podía ver la pantallita, pero un presentador estaba dando noticias de última hora sobre un capullo que se llamaba igual que yo.

–¿Knob Creek? –le pregunté. Negó con la cabeza–. ¿Y Maker's?

Sus ojos viraron hacia mí con gesto de fastidio.

–Jack Daniel's –dijo.

Podría haberle explicado que Jack Daniel's no es bourbon, sino una mezcla de maltas de Tennessee, pero decidí reservar mi primer pronunciamiento de vuelta en el mundo para algo más trascendente. El vino en *tetrabrik*, por ejemplo.

–¿De barril individual?

–Sí, de barril individual.

Noté su mirada en la espalda cuando salí de allí.

Dos minutos más tarde me encontraba en Mulholland Drive. La parra de asfalto se aferraba a la arista de Santa Mónica, lanzando zarcillos al norte a través del Valle hasta Santa Ana, y al sur en dirección a Los Ángeles Basin. En su tramo oriental, los turistas se detienen a fotografiar el mítico «Hollywood» de enormes mayúsculas blancas. Palacios persas y poblados mutantes de indios pueblo se encaraman a cerros y laderas, escondidos detrás de verjas y muros de piedra. Es una carretera peligrosa, empapada de opulencia y amoríos, cuna del quitamiedos resquebrajado, del divagante Marlowe, de las fantasías de David Lynch, de la colisión frontal a las dos de la madrugada y borracho. Se conduce demasiado rápido, y feliz el que puede contarlo.

Esa noche no superé el límite permitido, para no sumar más problemas a los que ya tenía. Tomé Mulholland hacia el oeste, cuesta abajo hasta llegar a la 405, y torcí a la derecha justo a la altura del stop. Mi callejón estaba como siempre, iluminado por puntitos de luz procedentes de los porches y las lámparas Goosenecks, la autovía lo bastante lejos como para que el tráfico sonara a suave oleaje. Mi casa se hallaba a oscuras, pero me detuve para identificar su silueta. Pese a mi ausencia, parecía la misma: estilo Richard Neutra pero en barato, un edificio de acero, cristal y hormigón en una bonita combinación de planos y ángulos rectos que, aun así, no llegaba a ser elegante. Después de firmar el contrato de mi tercera novela, había mendigado y pedido prestado para alcanzar el borde de esa marea en perpetua retirada que es el mercado inmobiliario de Los Ángeles. Había pagado más de la cuenta, pero la vista millonaria sumada al abrupto patio de atrás me consolaba de ello. Si ya no podía permitirme ese lujo antes del juicio, menos podía permitírmelo ahora.

No había periodistas acampados en mi jardín. Ni paparazis ocultos en automóviles sospechosos. Ningún Geraldo Rivera[1] con poblado mostacho y ropa de camuflaje listo para el ataque.

Metí el coche en el garaje, saqué el bote de vidrio, cogí la bolsa de papel del asiento trasero y entré en la casa. Resultaba raro ir tan poco cargado después de tanto tiempo. Ni maletas ni equipaje de mano, sólo lo puesto, una botella en una bolsa y un tumor cerebral en un bote.

Había estado fuera cuatro meses, pero me era tan familiar como siempre. La puerta atascándose un poco cuando la chilla arañaba el umbral. El olor peculiar una vez dentro, una mezcla de moqueta y baldosa, café y cera de vela. Objetos que yo había comprado, elecciones hechas por mí. La emoción que me subía por el pecho se hizo añicos tan pronto la puerta se cerró a mi espalda. A solas en casa, finalmente me eché a llorar, allí de pie, la cabeza gacha, las lágrimas cayendo al suelo pese a la mano que me llevé a los ojos en un vano intento por impedir que la angustia se desbordara. No sé cuánto tiempo estuve sollozando, pero cuando aparté la mano, la luz cenital me hizo pestañear.

Fui a la cocina –electrodomésticos de acero inoxidable, armarios de teca–, atravesé la entrada –sus repetitivos Warhols de los que hasta yo me había cansado hacía tiempo– y dejé atrás la amplia escalera. Todo en la casa era frío y anguloso, desde las losas del suelo hasta las esquinas de la encimera de mármol, pasando por los puntiagudos tiradores de los cajones. Ahora el

1. Seudónimo de Jerry Gold, famoso periodista norteamericano de origen puertorriqueño. *(N. del T.)*

ambiente me resultaba amanerado, pedante. Supuse que debía sentirme aliviado por estar en casa, incluso feliz, pero sólo me sentía inseguro.

Fui directo al único mueble gastado de toda la casa, el sillón del salón. Cuero envejecido, remaches de latón, otomana a juego. Cuando lo había visto aquel día expuesto en la calle en una venta de segunda mano cerca de Melrose, tuve que frenar en seco mi Highlander. Dejé el Jack Daniel's y mi tumor encima de la mesita baja, figurándome que podrían intercambiar secretos. Luego me derrumbé en el sillón y relajé los hombros por primera vez en cuatro meses.

Inspiré hondo. El aire que expulsé parecía no acabarse nunca.

Nada de cuanto había escrito podía compararse con esto. Y había tenido numerosas oportunidades para inventar cosas. Tenía cinco libros publicados, tres de los cuales habían interesado a los estudios cinematográficos. De hecho, de uno hicieron una película, si bien irreconocible para mis lectores (los tres que la vieron) y para mí mismo, pese a que yo había escrito el primer borrador del guión. La cosa iba de un sacerdote cazador de recompensas (la titularon, vergüenza me da decirlo, *Rezando por la recompensa*), encarnado por un popular actor de televisión que de actor tenía muy poco. El protagonista de mis libros era Derek Chainer, del departamento de Homicidios de la policía de Los Ángeles (infelizmente convertido en padre Chainer para el bodrio de marras). En mis libros, el dolor provoca chispazos blancos ante los ojos y la ira hace que la cabeza lata de rabia. Lo que no pueden hacer es captar la sensación de ver el cuerpo de tu ex novia mutilado en fotos de la policía; ni lo difícil que es limpiar la sangre seca de debajo de las uñas.

Yo pensaba que conocía este mundo, pero sólo había conocido la parte exterior del mismo. Una vez metido en el vientre de la bestia, una vez que los jugos gástricos empezaron a corroerme, descubrí que no sabía nada de nada. Había sido un mero turista en la zona oscura, un turista que miraba por unos prismáticos cómo los demás acechaban y se daban el gran banquete.

Paseé la mirada por mis libros puestos en hilera –tapa dura, bolsillo, traducciones– y me sorprendió haber sobrestimado incluso la poca importancia que les había adjudicado. Me sentí bruscamente mal equipado para tomarle la palabra al mundo, coaccionado a creer que lo que el mundo designaba como éxito o fracaso tuviera el menor mérito. Mi sillón de rebajas, sólido y confortable, me parecía de un valor incalculable. Mi nombre, en cambio, grabado en aquellos cinco lomos satinados... Un día me convertiría en un tenue recuerdo, lo mismo que otros famosillos de segunda, y me sumaría a los polvorientos batallones de personas que en algún momento rozaron la fama. Dentro de unos años a algún fanfarrón con ganas de charla en una fiesta privada le vendría mi nombre a la memoria por cualquier motivo, y otros quizás asentirían con la cabeza y mentirían generosamente: «Andrew Danner... Me suena de algo. Refréscame la memoria».

¿Y cuál sería la respuesta de nuestro fanfarrón? ¿Una trama policíaca rescatada de los zarzales de la senilidad? ¿Una respuesta susceptible a complejidades legales? ¿O un simple esbozo sensacionalista? «Era un asesino.»

Como siempre, me costaba apartar los dedos de la cabeza, dejar de toquetearme esa cresta de tejido que se endurecía, la única cosa cierta que había sacado de mi niebla amnésica. La cicatriz allí donde me habían hurgado el cerebro partía de mi oreja izquierda, justo detrás de la línea del pelo, y describía una pequeña curva hacia la frente. A estas alturas mi tacto conocía de memoria cada milímetro de la costura rosa, como si sus accidentes contuvieran respuestas escritas en braille.

Encendí el televisor para no pensar en mis cosas, pero allí estaba yo. Mi pasmada reacción cuando pronunciaron el veredicto. Una pantalla partida como en la serie *Brady Bunch* pero con fiscales y activistas pro derechos de las víctimas y varios Alan Dershowitz[1]. Una entrevista con mi profesor de séptimo de primaria. La misma vieja toma desde un helicóptero

1. Mediático abogado neoyorquino. *(N. del T.)*

de la casa de Genevieve. Un ingenioso presentador de televisión por cable había retocado con Photoshop fotos tomadas en el juicio para mostrarme a aquel mono que no ve ni oye ni habla.

Yo había alcanzado cierto éxito como novelista, pero la fama me había llegado por asesino. Squeaky Fromme, Johnny Stompanato, O. J. Simpson, los hermanos Menéndez. Ahora yo era uno de ellos. Una historia de fatalidad y vergüenza adaptada a un modelo clásico. Volver, una vez más, a las historias de aquella gente tan graciosa con coronas de laurel y rodillas nudosas. La tonta de Pandora no sabe mantener su caja cerrada. El tipo majara le da una paliza a su padre y se folla a su madre. ¿Sabes el del tío que se despierta un día y ni siquiera sabe que se ha cargado a su ex? Me había convertido en charla de Starbucks, en comidilla de café, en chiste radiofónico de hora punta al volante.

Apagué el televisor y me quedé sentado en medio de un silencio hiriente.

¿Qué pensaría yo si no me conociera? Móvil. Medio. Oportunidad. ¿Cómo se compara con esto el instinto visceral?

¿Qué había dicho yo en el banquillo de los acusados? «Creo que cualquiera es capaz de cualquier cosa.»

Pero, por desgracia, yo era mi propio y poco fiable narrador. Lo que necesitaba era poner sobre la mesa algunos hechos consumados al lado del Jack Daniel's y de aquel bonito tumor cerebral.

El chaval de los vecinos, un tirano gordo y cuatro ojos sacado de un *sketch* de Gary Larson, estaba otra vez dándole a la trompeta, ahora con *Silbando al trabajar* a destiempo y desafinado. «Hoy JUNtos y conTENTOS limpiaREMOS el hoGAAAR.»

Me levanté y vagué por la casa, familiarizándome conmigo mismo. Sobre la tambaleante mesa de la cocina, junto a dos bolsas de supermercado llenas de correspondencia, estaba mi taco de madera para cuchillos Shun, metido dentro de una bolsa de pruebas transparente. Me quedé helado. Un regalo de bienvenida de la acusación o la poli, pensado para desconcertarme en caso de que estuviera abrigando esperanzas de volver a la normalidad. El juego de acero inoxidable había sido un regalo pasivo-agresivo de Genevieve, evidente mejora respecto a mi patético juego Target con mango de plástico. El mismo juego de cuchillos caros que ella tenía en su casa. Mis cuchillos habían hecho una pequeña aparición durante el juicio, un bonito ejemplo teatral. Vean, miembros del jurado, tiene un juego igual que el de ella, cuchillos brillantes y afilados, ¡regalo de la propia víctima! ¡Inspiración para el crimen!

El cuchillo de deshuesar, el de Genevieve, había sido una pieza clave. Según dijeron, eso era lo que yo le había hundido en el abdomen.

Saqué unas tijeras del cajón y abrí la bolsa. Extraña y ceremoniosamente trasladé el taco de madera a su sitio sobre la encimera. Hice una pelota con la bolsa de pruebas y la tiré y luego me apoyé un momento en la encimera.

Hice un esfuerzo por recordar cómo debía cuidarme. Lo último que me faltaba era sufrir un ataque postoperatorio, de modo que saqué las píldoras del bolsillo y me zampé un Dilantin con un poco de agua del grifo. Qué manera más lamentable de volver a casa.

En el fregadero había un vaso vacío y un bol blanco que contenía un amasijo anaranjado, prueba incontrovertible de melón cantalupo. Desayuno, 23 de septiembre. El último recuerdo que tenía previo al quirófano. Los platos mostraban reliquias arqueológicas. Los enjuagué y guardé. Después subí al piso de arriba con las bolsas de correspondencia y mi tumor y seguí por el pasillo flotante que mi agente inmobiliario llamaba «pasarela».

De la puerta de al lado seguían llegando alegres y diligentes sones. «Y aSÍ canTAR al TRAbajar te aLEGRA el coraZÓN...»

Mi despacho tiene la mejor vista de la casa. La puertaventana a prueba de ruidos que da al dormitorio principal estaba cerrada. Mi silla estaba volcada sobre el respaldo; se me apareció con un aire misterioso, como un cadáver, cuando llegué al rellano. Me quedé mirándola unos minutos y luego la enderecé. ¿Volcada por algún poli durante el registro? ¿Por un intruso? ¿Por este servidor, grogui de tumor cerebral?

Arrugado en la papelera de mi despacho había un fax con la oferta de un editor italiano, entradas para los Dodgers y varias muestras de correo comercial. Restos de un día normal en proceso de ser olvidados. Miré mi PalmPilot, revisando todas las citas y reuniones a las que no había asistido hasta llegar al 23 de septiembre. La pantalla estaba en blanco, cómo no. Al dejar la PalmPilot nuevamente sobre la mesa me sorprendió la extrañeza de estar investigándome a mí mismo. Era un intruso en mi propia casa.

Activé el altavoz del teléfono y estiré la mano para marcar, pensando que debía encargar comida por si a mi apetito le daba por volver, pero al cuarto dígito me di cuenta de que no había tono. Hurgué en las bolsas de supermercado y desenterré un puñado de avisos de desconexión. Por suerte, los otros servicios se habían borrado automáticamente de mi magra cuenta bancaria, como el del teléfono móvil que estaba cargándose encima del archivador. Conecté el auricular de mi Motorola y marqué.

Mientras la musiquita de espera de Pac Bell competía con Blancanieves –bramando todavía en la casa de al lado–, recuperé mi correo electrónico. Muestras de apoyo de amigos y lectores, unos cuantos mensajes desagradables de gente convencida de mi culpabilidad, un empacho de ofertas de Viagra y alargamiento de pene que decidí considerar correo basura y no una indirecta comercial. Cuando miré las fechas en torno a la muerte de Genevieve, me sentí a un tiempo decepcionado y aliviado de no encontrar nada fuera de lo normal.

Me desconecté del servidor de correo electrónico y contemplé la pantalla en blanco. La idea de escribir algo pronto –o algún día, para el caso– era tentadora. Nada como un pequeño y anticuado trauma para sacar a la superficie la autocomplacencia propia de mi profesión. Y lo inviable de la misma, también. Ojalá hubiera sido, qué sé yo, un cirujano preparándose para una intervención. Cualquier cosa menos estar delante de un monitor y fingir que lo que yo pudiera inventar interesaría a cientos de miles de personas, la mayoría de las cuales hacía trabajos realmente útiles.

Serge se puso por fin al teléfono preguntando cómo podía proporcionarme un excelente servicio. Le expliqué que me había retrasado en el pago de la factura de teléfono pero que lo haría ahora y que necesitaba recuperar el servicio. Después de amenazarme con desorbitadas penalizaciones y gastos de reconexión, todo lo cual prometí contritamente pagar, soltó un suspiro decepcionado y tomó nota de mi tarjeta de crédito.

–¿Puedo conservar el mismo número? –pregunté, ansioso por conservar algo que me resultara familiar.

–Su servicio no fue desconectado, sólo interrumpido –dijo Serge–, de modo que sí. Le enviaremos un técnico para reconectar la línea.

–¿Cuándo?

–El jueves que viene.

–¿No podría ser antes?

–Tal vez, pero lo más pronto que podemos garantizar es el jueves.

No me pareció que esto fuera prestar un excelente servicio.

–Oiga –dije–, ahora mismo no puedo estar sin teléfono.

–Entonces no fue muy buena idea dejar de pagar durante cuatro meses...

–¿Es que hablo con la centralita de la India o el Sureste Asiático?

Una pausa, y luego Serge dijo:

–Oh, vale. Andrew Danner. Estuvo usted detenido.

Aunque circunstancias atenuantes habían hecho posible que yo estuviera ahora en libertad, por lo visto dichas circunstancias no estaban a la altura de las exigencias de la compañía telefónica. Serge no se inmutó, de modo que cerré el móvil, desconecté mi ordenador y salí del despacho.

El dormitorio era otra historia aparte, la de la partida de April. Puerta entreabierta. Sábanas revueltas. Mis artículos de tocador volcados en la repisa del cuarto de baño al meter ella sus cosas en la bolsa de viaje. Una maquinilla rosa olvidada en la ducha; quizá la probaría después, por aquello de los viejos tiempos. En sus prisas por marcharse, April se había dejado un calcetín junto al lavabo.

Estábamos todavía en la primera fase del enamoramiento. April, una ortopeda de bellas y regulares facciones y un temperamento equilibrado que yo, envidioso, había atribuido a sus orígenes del Medio Oeste, me había visitado después de que yo me partiera la clavícula jugando a baloncesto en Balboa Park. Su firme tacto médico, sus atenciones dentro de un orden, la proximidad de nuestros rostros mientras me manipulaba el brazo para hacer tal o cual prueba; yo lo tenía realmente difícil. Nos conocíamos desde hacía sólo tres meses y compartíamos actitudes que parecían juveniles para una pareja de viejos de treinta y ocho años. Llamadas telefónicas de buenas noches. Helado directamente del envase en la cama. Clásicos de Howard Hawks y pizza de Fabrocini's. Quedarse a dormir de vez en cuando, sólo por probar. Y luego un brutal asesinato.

Eso interrumpió una especie de estado de levedad y esperanza que yo había dudado experimentar otra vez después de que Genevieve y yo tomáramos cada cual su meditabundo camino medio año antes. O, según la acusación y la televisión por cable, sendos caminos desabridos e injuriosos.

Cogí el calcetín de April y volví a notar aquella descarga de emoción, pero decidí que no iba a ponerme melodramático sólo por un calcetín. Dejé el tumor encima de la mesita de noche, hice la cama y me senté sobre las sábanas preguntándome qué clase de soledad nos esperaba ahora. A mi tumor y a mí.

Mientras contemplaba la masa de células marrones en suspensión, mi mente volvió a Genevieve, al horror de su muerte, y al horror más grande aún de mi desconocida implicación. Genevieve había aportado un toque de exotismo a sus gustos, a sus declaraciones, que yo encontraba irresistible. Lo irrevocable de sus sentencias. Lo certero de sus pasiones. Era una mujer grande, de muslos gruesos y caderas anchas, y era estimulante notar que se sentía a gusto en su cuerpo, es más, que confiaba en su cuerpo y en lo que éste podía hacer. Yo la recordaba sobre todo como una serie de sensaciones. La tersura de una mejilla rozando mi pecho. Restos de Petite Cherie en la funda de la almohada. Gotas de sudor en su espalda de alabastro. Su cara cuando dormía, tersa como la de una niña. No tenía ángulos malos, Genevieve, ni días de mala cara. Es muy difícil cogerle manía a alguien que carece de ángulos malos. Requiere una dosis mayor de fealdad de conducta. Pero mientras yo me tomaba con calma esa carrera, Genevieve se lanzó ella solita a criticar sus malos humores. Yo estaba enamorado, desde luego, pero más que nada enamorado de estrecharla entre mis brazos, y fue ella quien tuvo la lucidez suficiente para captar esa compleja diferencia.

La noche de nuestra ruptura, Genevieve había cubierto toda la gama. Cuando salí de mi despacho me la encontré sentada en mi cuarto viendo la ceremonia de la rosa en el programa *The Bachelor*, con un envase de helado Chunky Monkey en el regazo. Ella había levantado rápidamente la mano de la cucharilla para impedir que la distrajera de la tele. «Jane es una guarra y tiene que volver a casa.» El deje de francés en su acento socavó tan prosaica declaración, y tuve que reprimir una sonrisa. Y luego, con una risita diabólica: «Vamos a comer algo. Si nos quedamos, acabaremos peleando o follando». En el restaurante, cogiéndome la mano con expresión de éxtasis, había nombrado las especias de su salchicha moruna. Después habíamos ido a casa y hecho el amor, sudorosos por la brisa caliente que entraba a través de la mosquitera. Aquella noche Genevieve cayó en otro de sus lapsos depresivos. Cuando me la encontré sollozando en la ducha, dijo:

–Ya no hay dignidad en nada. Todo es tan barato, tan vulgar...

Estaba sentada en el plato y el agua le caía sobre el pecho. Yo me había agachado, consciente una vez más de mi incapacidad para ayudarla, el agua chorreándome mangas abajo.

–¿El qué?

–Pues todo. La tele. Nada. Perdona. No tengo la cabeza bien. Es uno de esos... Lo siento. Tú no tienes por qué aguantarlo. Creo que me iré.

Más tarde, de madrugada, desperté y vi que ella me había cogido la mano entre las suyas húmedas y pegajosas, sus dientes machacándose el labio inferior descolorido, sus ojos buscando consuelo incluso mientras decía: «Lo nuestro no va a funcionar». Ya no tuve energías para convencerla de lo contrario. Genevieve recogió las pocas cosas que tenía en mi casa y seleccionó ópera en su iPod para no pelearnos como una excusa para perder los nervios.

Las habladurías de los medios de comunicación respecto a ella hicieron que me diera cuenta de hasta qué punto era una mujer difícil de conocer. Pese a sus vagas afirmaciones de que administraba una parte de la cartera de acciones de su familia, ella nunca había trabajado. Leía mucho. Iba a la primera sesión de tarde. Conocía buenas panaderías. Jamás le había pedido mucho a la vida, y al final la vida le había dado poco. No pude evitar pensar en las experiencias que Genevieve ya no tendría nunca; el mundo entero se le había negado, irrevocablemente.

Quería desembarazarme de estos últimos cuatro meses como quien se quita de la cabeza una pesadilla. Sin embargo, ciertos hechos son como grandes rocas. Te cortan el paso. Tienen cantos afilados y te cortas si tratas de pasar entre ellas. Cuando ya hacía semanas que mi madre había muerto, aún me despertaba por las mañanas con los más básicos pensamientos infantiles. «No quiero que esto sea verdad. No quiero que haya ocurrido.» No podía quitármelo de la cabeza. La muerte de mi padre un año después fue igualmente dolorosa, aunque al menos yo ya tenía un poco de práctica. Pero ¿dónde archivar la imagen de Genevieve con el tajo en el plexo solar?

«Yo no fui», le dije al tumor. El tumor me miró con absoluta indiferencia.

Bajé, abrí la botella de Jack Daniel's e inspiré su intenso y satisfactorio aroma. Luego me acerqué al fregadero y vacié todo su contenido por el desagüe. Los judíos dejan un vaso de vino para Elías; los budistas ofrecen fruta; los violadores colectivos derraman un poco en el suelo para sus colegas muertos. Hay que alimentar a los dioses. O los dioses se alimentarán de ti.

Bueno, lo harán igual tanto si quieres como si no.

Una cafetera de capuchino chapada en latón ocupaba media encimera como un perro labrador subido allí. Se la había regalado a Genevieve en el lapso de cinco minutos en que las cosas fueron bien entre nosotros, y el aparato había producido quince dosis de café fangoso a 147 dólares la tacita. En el frigorífico había tres botellas de agua mineral y una chocolatina que April había dejado a medio comer. Fui al aparador y saqué el vaso de zumo y el bol blanco que acababa de guardar. Los dejé en la encimera y me quedé mirándolos como si esperara que se pusieran a hablar.

Desayuno, 23 de septiembre. Mi último recuerdo antes de despertarme en la sala de recuperación.

La vista se me iba sin querer a los cuchillos que descansaban en su taco de madera sobre la encimera. Sentí una lúgubre curiosidad en la boca del estómago, como una llama encendida. Como un whisky escocés de veinte años irrumpiendo en la sangre después de una carrerita de dos horas. Me acerqué al taco y adiviné correctamente cuál era el cuchillo de deshuesar. Lo saqué y lo sopesé. Brillo inoxidable, caracteres japoneses en la hoja. Yo había usado esos cuchillos cuatro o cinco veces a lo sumo. ¿Cómo era que mi mano había encontrado el de deshuesar con tanta facilidad?

Me contemplé las manos un buen rato y luego miré mi reflejo en la ventana del fregadero: un tipo empuñando un cuchillo y una línea almenada de pelo cubriendo la cicatriz. Me estremecí.

Hice una visita al humidificador y después me senté en una tumbona de la terraza, apoyé los pies en la baranda y me fumé un cigarro puro hasta la vitola. El único vicio que me quedaba, aparte de escribir.

Si es que alguna vez volvía a escribir, claro.

La noche era muy oscura y hacía un frío de enero. La gente olvida que el invierno puede ser duro en Los Ángeles: la brisa del Pacífico, los vientos que soplan de Santa Ana, los chaparrones acompañados de relámpagos chapuceros, como un monzón estreñido que intentara evacuar.

Una buena vista cura todos los males. Una vista panorámica te hace sentir que posees algo más grande que tú mismo, que eres dueño de un lugar del planeta.

Contemplé el valle titilar allá abajo, como el océano pero más bonito, porque era un mar de luces, porque era vida y movimiento, porque me permitía estar separado de, pero conectado con, un millar de personas en un millar de casas con un millar de historias, muchas de ellas más tristes que la mía. La recta de Sepúlveda adentrándose en el norte de peores condiciones demográficas. Van Nuys, hermoso sólo desde lejos, donde los mexicanos juegan al fútbol entre semana, santiguándose antes de empezar como si a Dios le importara un pimiento el resultado de un partido mañanero para curar la resaca. La 405, una cascada curvilínea de faros blancos. Ventura yendo hacia el este más allá de los moteles por horas con nombres glamurosos donde los maricones llevan a chicos de la calle sin blanca, o viceversa. Y más allá del Cahuenga Pass, donde la ciudad espera cual insaciable e inescrutable amante despatarrada sobre una cama de neón con una sonrisa de esfinge, sus afiladas garras descansando sobre los sueños que acaba de reventar.

Cerré los ojos, recorriendo el Hollywood de la gente guapa y los eternos aspirantes al estrellato, los consumidores de cultura con nombres de marcas en sus culos de terciopelo. Me rezagué detrás de un Cutlass sordo a los bocinazos y con matrícula de Arkansas que iba a diez por hora por el bulevar mientras las cabezas de sus ocupantes se estiraban sobre cuellos visiblemente sureños, dejando atrás chavales negros que bailaban sobre cubos blancos puestos del revés, dejando atrás narices alemanas peladas, el pegajoso olor de los bronceadores, la niebla tóxica, *piercings* de plata perforando tostados ombligos, vallas publicitarias de estrellas del pop con pamela en la cabeza, y subiendo hasta el Hollywood de verdad, donde ves putas arrodilladas sobre charcos de vómito y yonquis saliendo de portales a trompicones, rascándose los hombros, mascullando su canción nocturna: «Tengo que ponerme bien, tengo que ponerme bien».

Toda la ristra de clubs de la comedia, donde maridos de Wichita ríen de chistes sobre Jesucristo pese a las miradas de reojo de sus remilgadas esposas; donde los aficionados sudan tinta en el escenario y donde, a lo mejor, en cuanto las camareras (que lo han oído todo mil y una veces) retiren la segunda copa vacía de la consumición doble obligada, ese superfamoso actor de telecomedia hará acto de presencia para ensayar material nuevo. Más al oeste hasta Boys Town, donde parejas gay de toda clase y talla desafían la limitada imaginación heterosexual, donde vallas de porno suave miran a ventanas decoradas con cuero tachonado, relucientes cartas de tarot y salones de tatuaje, donde los enamorados toman café a un tiro de piedra de palacios del porno con poliestireno violeta, y señales de aparcamiento se superponen como en el poste de un tótem, ajenas a toda comprensión. Pasado el Urth Café, donde divorciadas en tránsito mastican lechuga biológica, la cara hundida de tanta pastilla e hinchada de colágeno, una guerra de desgaste carnal. Siguiendo por la elegante culebra de Sunset con sus viejas mansiones, su esplendorosa y descarada oferta de prostitutas, sus luces rosa para los días festivos. Atravesando los palmerales de Beverly Hills tan a menudo filmados pero nunca captados, gente con prendas deportivas montada en Segways rumbo a Valentino, famosillas paseando perritos dentro del bolso, agentes con sus invisibles auriculares de teléfono móvil murmurando solos frente a restaurantes y semáforos, la charlatanería de los desposeídos.

Después Wetswood y a continuación Brentwood, donde trescientas diez mamás empujan cochecitos de diseño con niños simétricos a través de mercados agrícolas mientras babean pensando en hoteles de Bali. Siguiendo derecho hasta los Palisades, Santa Mónica Canyon y Malibú, hasta la costa resplandeciente que apesta a tubo de escape, toda ella cubierta de excrementos de gaviota, para seguir hasta la serie de cañones, profundos pliegues geológicos rojizos como vetas de mineral o como arrugas de mujer, el aire sorprendentemente limpio y con un saborcillo a sal.

Tenía las mejillas húmedas por la brisa y el oleaje de mi amor por aquellas luces. Los Ángeles. Un espejismo de ciudad que se extendía como un sudor frío por las espaldas de buscadores de oro y obreros ferroviarios, que tomaba forma cuando los distribuidores de pelis piratas, huyendo de las patentes de Edison, tomaron un tren y se la jugaron con el respaldo de la Costa Este.

Los Ángeles, tierra de promesas infinitas y de infinitos fracasos. Los Ángeles, la de las mezquinas crueldades. Los Ángeles, la de la «jerarquía inmediata», el bronceado de bote, el magreo disimulado. L. A., la de nariz operada, el menú de tés, el proceso por calumnias. Las profesiones con títulos rimbombantes. El garaje particular para dos todoterrenos. L. A. con sus mentes superabiertas y sus opiniones bien formadas. L. A., la de las despampanantes puestas de sol, el tibio aire nocturno que te deja ebrio. L. A., la de la adolescencia prolongada, la seducción a cámara lenta, la rubia irreemplazable e intemporal. L. A., donde una estrella porno se presenta a gobernador y un madelman gana las elecciones. L. A., donde a un pobre gilipollas o a un cabrón con suerte puede sucederle de todo y en cualquier momento. Donde puede pasarte de todo a ti.

Donde a mí me había pasado de todo.

2

Voy en el Highlander subiendo por una cuesta pronunciada, y la única iluminación procede de los faros del coche y de una farola semioculta entre ramas. El sudor que baja por mi frente me escuece en los ojos. Un olor acre, como a goma quemada, persiste en mi nariz. Conduzco rápido. La calle es absurdamente estrecha, y doy un volantazo para esquivar unos coches aparcados. Conozco esta calle. Tomo una curva cerrada con rechinar de neumáticos y aparece ante mi vista.

La casa de Genevieve.

Se cierne oscura allí delante, una cara de madera mirando desde el acantilado. Los pilotes se hunden como tentáculos en la tierra. Hiedra palpitante trepa por las tablas de la fachada.

El reloj del salpicadero marca la 1.21.

Un espasmo de miedo me recorre el pecho. Me arrimo al bordillo con demasiada brusquedad y una rueda se sube al modesto trecho de césped y rompe un aspersor. Dejo abierta la portezuela del coche, subo por la empinada acera, pavimento de hormigón bajo mis pies. El olor acre aumenta, ya es casi insoportable. A mi espalda la portezuela resuena, en competencia con los grillos.

Trastabillo al pisar el último escalón antes del porche. Oigo música, algo clásico y majestuoso. ¿Dentro de mi cabeza?

El filodendro tiembla con la brisa. Me inclino para coger la maceta de terracota con manos sudorosas; las relucientes hojas rozan mi cara. La planta se inclina fácilmente pero me resbala de las manos y cae contra el borde del plato de arcilla, resquebrajándolo cerca del borde en zigzag, como un rayo. Me limpio las manos en los vaqueros, ladeo nuevamente la maceta y allí, brillante en la suciedad, está la llave.

Con la cabeza chillando, desperté en un lío de sábanas, perdido en un pegajoso pánico adrenalínico. Un calor intenso me recorría la cicatriz, y cuando la toqué con los dedos por un momento me pareció húmeda. Tardé unos segundos en saber dónde estaba y reconocer el entorno. Mi cama. La primera noche en casa. Mi ventana se había dividido en dos rectángulos flotantes. Forcé la vista pugnando por que las dos mitades volvieran a unirse. Noté un sabor amargo en la lengua, como a piel de naranja. Las 23.23, marcaba el despertador de mi mesita de noche.

Traté de acompasar la respiración, pero la pesadilla volvía en oleadas que me desorientaban y me mantenían en vilo. Era diferente de otras veces. Una pesadilla más real y más irreal al mismo tiempo. ¿Había atrapado un lapso de tiempo? ¿Era yo yendo en coche a casa de Genevieve el 23 de septiembre? ¿Esta misma noche? ¿O era sólo Freud con el turbo puesto, fantasías en movimiento mientras los censores se tomaban un cafecito?

En el sueño, la rueda del coche había roto un aspersor. Y la maceta me había resbalado de las manos, agrietando el plato de debajo. Las imágenes no significaban nada, pero ¿y si el aspersor y el plato estuvieran realmente rotos? Por fin algo concreto que podía confirmar con mis propios ojos.

Aparté las sábanas y me levanté medio grogui, como si estuviera andando debajo del agua. El aire estaba inexplicablemente frío y de pronto tuve la sensación de que había movimiento en el piso de abajo. Fui tambaleándome hasta la galería y me abalancé sobre la baranda para mirar el salón.

Encima de la moqueta había una barra metálica de un metro veinte. Con el mareo tardé un poco en identificarla: era la barra de seguridad que encaja en la guía de la puerta corredera de cristal que da al patio de atrás. Oí cómo el viento se colaba por allí y fui consciente otra vez del frío que subía hasta mi piel desnuda. El tráfico en la autovía sonaba débil pero no amortiguado.

Allí quieto, intenté salir de mi aterimiento, buscar alguna lógica. Probablemente había entrado por la terraza y, de puro cansancio, olvidado cerrar la corredera. A fin de cuentas, venía de cuatro meses sin tener el menor control sobre si una puerta se abría o se cerraba. Pero no acababa de verlo claro. Sí, quizá me había pasado por alto colocar la barra, pero ¿olvidarme de correr la puerta? ¿Con el frío que estaba haciendo?

Empecé a bajar la escalera. Efectivamente, la puerta estaba abierta. Se habían colado unas cuantas hojas, hollejos leonados que se meneaban en la moqueta. Contemplé el cuadrado negro de la terraza, y tras cobrar ánimo, me dirigí hacia allí. La terraza estaba desierta, lo mismo que el pequeño trecho de césped a mano derecha, antes de la pendiente cubierta de hiedra. Un ruido en un costado de la casa llamó mi atención, quizás el viento que hacía traquetear la cerca. Doblé la esquina y miré la calle. Las luces del camino particular de la casa de enfrente parpadearon una tras otra, como si algo estuviera pasando por delante, aunque ¿cómo podía estar seguro? Me alegraba de haber dejado las luces apagadas y así conservar mi visión nocturna, pero la luna, perdida tras el sicomoro de los Johnson, me resultaba de muy poca ayuda. Fui a la verja. La aldaba chirrió en medio del silencio: el sonido que había oído antes. La crucé y bajé por mi camino de losas de piedra hasta la calle, y allí giré en redondo, perplejo, en calzoncillos. Nadie por ninguna parte, ningún motor arrancando en las inmediaciones.

Desanduve el camino, volví a entrar en casa y aseguré la puerta corredera de cristal. En la moqueta, apenas visible, había restos de tierra. Una C que se repetía, tal vez la huella de un zapato.

Teléfono cortado. El móvil arriba. Yo en ropa interior, en pleno uso de mis facultades y en la mira de la policía local.

Seguí sigilosamente el rastro y entré en la cocina. Con la vista fija en la entrada, agarré el cuchillo de veinticinco centímetros y lo saqué del taco. Mis nudillos notaron un vacío, bajé la vista. Entre los mangos que sobresalían del taco, una rendija negra.

Faltaba el cuchillo de deshuesar.

3

La vida de una intachable miembro de la prominente comunidad francesa de la ciudad, segada por un autor de novela negra en alza que empezaba a ir a la baja. Seis meses después de que ella le hubiera dado calabazas, el novelista había irrumpido en su casa a la una y media de la madrugada, se había metido en la cocina y cogido un cuchillo de deshuesar, idéntico al del juego de cuchillos que ella le había regalado. Luego entró sigilosamente en el dormitorio donde ya no era bien recibido y la apuñaló. Lo habían descubierto con las manos –literalmente– en la masa y rojas de sangre. Cuando llegó la policía, ella ya estaba muerta y él en pleno ataque epiléptico. Se lo habían llevado al hospital, donde los médicos habían descubierto el tumor cerebral y practicado una resección de urgencia. Al despertar la mañana siguiente, el tumor estaba extirpado y con él –afirmaba el novelista– el recuerdo de todo lo ocurrido a partir del desayuno del día anterior. Amnesia de conveniencia, ese viejo recurso de novela barata; la clase de defensa que sólo podía funcionar en un sitio como Los Ángeles.

Así lo explicó el *Enquirer*. Y así lo hicieron el *L. A. Times*, Fox News e incluso *Vanity Fair*. Una historia llena de errores, tanto de detalle como de matiz, pero ellos la cuentan con fervor sensacionalista.

Yo sólo puedo contarla a mi manera.

Pasé la primera noche de mi reclusión vomitando en el lavabo de acero inoxidable hasta que el estómago me quedó tan raído como el estrecho colchón en su base atornillada al suelo. Después de casi cuarenta y ocho horas en el USC Medical, había ido a parar a una celda de aislamiento en la séptima planta del penal de Twin Towers. Era una celda estrecha, toda metálica, con un conducto de ventilación cuadrado por el que pasaba el impoluto aire del centro de Los Ángeles. Yo echaba de menos mi cama, los cromos de cajetillas de tabaco con personajes shakespearianos enmarcados en la pared junto al armario. Echaba de menos a mis padres. Había pasado muchas noches en blanco antes de entonces, por no hablar de las inquietas madrugadas durante el deterioro final de ambos, mi madre tras una serie de derrames cerebrales cuando tenía sesenta y pocos años, mi padre un año y medio después y de manera no tan cruel, por un aneurisma. Pero absolutamente nada de lo que yo había vivido podía compararse con la negrura total de aquella noche.

Noche tras día los guardianes hacían pasar presos por lo que yo suponía un callejón estrecho, y resonando en la cámara de grises paredes me llegaba el tintineo de grilletes y voces incorpóreas, fuertes y cascadas, blancas y negras, la mayoría quejándose. Y cantando canciones de reclusos:

«¡Yo no fui!»

«Algún hijoputa me cargó el mochuelo.»

«Soy inocente. Yo no estaba haciendo nada malo cuando...»

Y arriba, en aquella fría caja, lejos de las palancas del poder, me pareció sensato no sumar mi voz al coro presidiario. Pero yo sabía que no era culpable. Sabía que no pude haber asesinado a Genevieve, pese a que cada vez me daba más miedo pensar que sí.

Chic, cómo no, fue el primero en acudir a verme tan pronto ello fue posible.

Por un pasillo apenas iluminado que olía a amoníaco me llevaron hasta una sala de interrogatorios utilizada para presos apartados de la población carcelaria para su propia protección. Una baqueteada silla de madera, escudo de plexiglás, obscenidades garrapateadas a uña en la mesa metálica: otra vez en el instituto.

El guardián pronunció incorrectamente su nombre, como el elogio francés de un peinado, aunque Chic no tiene nada de eso. Vestía igual que siempre, como si hubiera ido de compras por primera vez sin su madre. Pantalón corto hasta más abajo de las rodillas. Camisa extragrande de seda verde aceituna, abotonada sobre su tremendo tórax. Un collar hip hop hacía juego con el pedazo de oro que lucía en el dedo anular izquierdo.

Movió su corpachón tratando de acomodarse en una silla que no estaba diseñada para atletas profesionales. Verle hizo aflorar las lágrimas a mis ojos por las muchas maneras en que mi vida había cambiado desde la última vez que nos habíamos visto. ¿Hacía una semana? ¿Ocho días?

Chic puso la palma de una mano sorprendentemente blanca encima del plexiglás. Yo hice lo propio: me pareció surrealista parodiar un gesto que sólo conocía por las películas.

–¿Qué necesitas? –me preguntó.

Por falta de uso, mi voz sonó tan áspera como las que se encaramaban por las paredes:

–Yo no la maté.

Hizo un gesto para tranquilizarme (la mano extendida, la cabeza ladeada y un poco inclinada hacia abajo).

–No llores, Drew-Drew –dijo en voz queda–. Aquí no. No les des ese gusto.

Me enjugué los ojos con la punta de mi camisa carcelaria.

–Ya lo sé. Descuida.

Pareció como si Chic quisiera romper de un mamporro el cristal y liarse a tortas con los matones para asegurarse de que me trataran bien.

–¿Qué puedo hacer por ti?

–Estar ahí donde estás.

Torció un poco el gesto, indicando, supuse yo, que se refería a alguna tarea concreta. Nacido en Filadelfia, Chic es muy Costa Este y le gusta hacer gala de su lealtad a ella. Más tarde me enteré de que había estado esperando abajo cuatro horas y media para entrar a verme.

Sus poderosas manos se tensaron.

–Esto es como uno de tus libros. Sólo que peor.

–Me lo tomo como un cumplido.

Yo me estaba tocando otra vez la cabeza, paseando los dedos por el rosario de cicatrices de la sutura. Noté que Chic me miraba y bajé la mano.

–¿Cómo lo llevas? –preguntó con preocupación.

Miré el techo hasta que mi visión se volvió menos acuosa.

–Estoy cagado de miedo.

Una oleada de pánico me atenazó la garganta, recordándome por qué es preferible no enfrentar el miedo de frente.

Chic parecía estar meditando sus próximas palabras.

–Yo he estado en la cárcel, pero no se parecía a esto. Tu sombra debe de tener miedo de su sombra.

Me froté los párpados hasta que los latidos de mi corazón dejaron de sonar como un redoble de tambor en el cadalso.

–Ocúpate de que April esté bien –dije–. No ha venido a verme. Ni al hospital ni aquí.

–No llevabais tanto tiempo juntos...

–Supongo que son demasiadas cosas a la vez.

Chic levantó las cejas como si dijera: «¿En serio?».

No podía hablar de April y mantener al mismo tiempo la compostura, de modo que pregunté:

–¿Qué noticias hay del frente?

–La mierda de siempre. CourtTV, segmentos de tres minutos en *Five*, segmentos de cinco minutos en *Three*. Los periodistas encantados de sí mismos porque se acuerdan de decir «presuntamente».

Yo sabía que la versión de la fiscalía había infectado la postura de la prensa, y viceversa. La víctima era fotogénica; la opinión pública se había enganchado a ella por gusto y a mí porque le convenía. La historia había cobrado vida propia, y el papel más feo me lo habían adjudicado a mí.

Chic me miró inquisitivamente.

–¿Puedes dormir al menos un poco?

–Claro.

Pero lo cierto era que no. La noche anterior había estado en vela como Lady Macbeth, mirándome las manos, desconcertado por su historia secreta. Todavía tenía un pequeño rastro de sangre seca bajo la uña del pulgar derecho, y la estuve escarbando hasta que la frustración degeneró en algo parecido al horror y acabé arrancándome la punta de la uña con los dientes. Después soñé con Genevieve, la blancura de su piel parisina, sus acogedoras y bien acolchadas caderas, ella arrellanada en mi tumbona rebañando un aguacate, coronando cada trocito con la mayonesa que se había derramado en el vientre. Me miraba y sonreía indulgente, y desperté con la escueta almohada de mi catre empapada de sudor. La sábana de tergal era fina, y supe que debía de tener un aspecto patético tumbado allí a oscuras, temblando y aterrorizado por algo a lo que no conseguía poner nombre.

–¿Darás el pésame de mi parte a la familia de Genevieve? –dije con voz queda–. Diles que yo no lo hice.

–Con todos mis respetos, creo que ahora mismo preferirán no saber gran cosa de ti. –Levantó la mano cuando fui a protestar–. ¿Qué tal son esos abogados que te buscó tu superentusiasta editor?

–Parecen saber lo que hacen.

–Ojalá sea así.

Sacó un documento grapado y lo metió en la caja para pasármelo. El guardián se acercó presuroso.

–A ver, señor, déjeme echarle un vistazo.

Chic esperó con impaciencia mientras el funcionario examinaba someramente el documento en busca del soplete escondido entre sus páginas. Justificó su actuación quitando la grapa de la esquina.

Adiós plan B. No podré fugarme volando en una grapa mágica.

Recuperado el documento, Chic me lo pasó. Era un poder notarial que otorgaba a Chic Bales amplios poderes sobre mis asuntos financieros y legales.

–Amplios poderes –leí–. ¿Incluyen visión de rayos X o sólo poderes paranormales clásicos?

Chic sonrió a medias, pero percibí preocupación en las arrugas que subrayaban sus ojos.

–El bufete pide un anticipo de dos mil quinientos. Tendrás que hacer una segunda hipoteca de la casa.

–Una tercera, Chic. –Sólo de pensar en mi situación económica, las sienes empezaron a latirme.

Hubo ciertas complicaciones burocráticas hasta que el guardián sacó un sello de notario, imprescindible para validar cualquier poder notarial. Otro detalle de la cruda realidad soslayado en las páginas de mis (tan poco realistas, ¡ahora me daba cuenta!) novelas.

Firmé y le devolví el documento a Chic, quien rápidamente reparó en la nota que yo había incluido.

–¿Qué es esto?

–Para Adeline.

–¿La hermana de Genevieve? ¿En serio crees que quiere saber algo de ti?

Desdobló el papel sin preguntar y leyó el mensaje escrito con mi letra de adolescente: «Yo no maté a tu hermana. Dime si hay algo que pueda hacer. Siento mucho que tengas que pasar por esto». Volvió a doblarla y se la metió en un bolsillo. Su mirada lo decía todo.

–¿Porque me acusan de un crimen ya no puedo tener reacciones humanas? –dije.

–Claro que puedes, pero nadie te va a creer. Si eres sincero ahora, te machacarán. Todo el mundo va a pensar que quieres influir en el jurado. Piensa que esto es un juego. Cuanto antes lo comprendas, mejor.

–¿Y qué puedo hacer?

–Aparentar que eres inocente.

–¡Es que lo soy!

–Aparéntalo.

Nos quedamos unos segundos en silencio, mirándonos a los ojos. El guardián vino hacia nosotros.

–Se acabó el tiempo.

Chic no pestañeó siquiera para mirar el reflejo del guardián en el cristal.

–Acabo de llegar.

–Salga usted por la derecha, ¿vale?

Chic chasqueó la lengua y torció la boca.

–Vale, hombre, vale. –Y a mí–: Aguanta como puedas. Cuenta conmigo para todo lo que sea preciso.

Retiró la silla y sus pisadas se alejaron resonando entre las frías paredes de hormigón.

A la mañana siguiente fui requerido por mis abogados y hube de bajar otra vez al salón Plexiglás y su apestoso ambiente amoniacal. Me esperaban allí sentados, sus perfiles blanqueados por la fuerte luz matinal, uno inclinado con los codos sobre las rodillas y ceñudo, concentrado en las decisiones a tomar; el otro repantigado en su silla, con un pulgar afianzado en la mejilla correspondiente, el índice montado sobre el labio superior. Ambos tenían la cabeza gacha, como si estuvieran rezando. Antes de que sus facciones se concretaran, tuve la sensación de estar entrando en la famosa foto de JFK y su hermano Bobby tomada cuando los barcos de Jrushchov navegaban rumbo a Cuba.

Entendía que estuvieran preocupados. Como cliente había demostrado ser muy poco maleable. Pese a sus consejos, había escogido no renunciar a mi derecho a un juicio rápido. Me habían denegado la fianza, seguramente una medida para cubrirse las espaldas por parte del salomónico juez que nos había tocado, acojonado ante la creciente repercusión mediática del caso. La perspectiva de pasarme, quizás, años encerrado en espera de juicio fue lo bastante aterradora como para comprometer mi opinión al respecto. Mis abogados y yo habíamos discutido también por otra cuestión. Yo tenía dos opciones: declararme culpable o inocente. El tema de la enajenación mental transitoria se plantearía en una segunda etapa sólo si me declaraban culpable.

Donnie Smith, el pelo aplanado tras la ducha posgimnasio, empezó por donde habíamos terminado la vez anterior.

–Alegar inocencia le granjeará la animadversión del juez, de la opinión pública, de la prensa y el tribunal. Y es todo ese conjunto el que decide su destino. No sólo las doce personas del jurado. Tiene que declararse culpable para así ganar credibilidad en la cuestión de sus problemas mentales. Dado el revuelo de los medios, Harriman se encargará del caso, y le aseguro que esa mujer nos hará papilla en la primera etapa, y usted quedará manchado. Es preciso llegar cuanto antes al tema mental, sin borrones en el expediente y sin hacerle pasar por un juicio que difícilmente podría ganar.

El corazón quería salírseme de la camisa.

–Pero yo no la maté, coño. Y no hay nadie que me crea.

No era la primera vez que tenían que aguantar tales palabras. Pero se mostraron impasibles, con una paciencia rayana en la impaciencia.

–Entonces su postura es que no recuerda que usted no la mató –dijo Donnie hablando muy despacio, como a un niño tarado.

Guardé silencio; también a mí me sonaba estúpido. Como siempre, cada minuto con ellos me afirmaba en mi temor de que yo no tenía nada que alegar, y de que, si no quería morir en prisión, tendría que confesar algo de lo que no me acordaba.

Mi frustración afloró a la superficie.

–¿Alguien está intentando averiguar quién lo hizo, o todos están demasiado ocupados jugando a juicios, como nosotros?

Donnie y Terry se miraron incómodos.

–¿Qué pasa? –dije–. ¿A qué viene esa cara?

–La policía de Los Ángeles nos ha comunicado un dato preocupante. Han descubierto que Genevieve lo llamó a usted la noche del asesinato, a la una y ocho, unos veinte minutos antes de su muerte.

–Eso ya me lo habían dicho.

Donnie sacó de su maletín un sobre de pruebas con el sello de la policía. Contenía un CD.

–Y le dejó un mensaje.

–¿Es malo? –pregunté. No hubo respuesta. Nervioso, me puse de pie, caminé en círculo y volví a sentarme–. Por eso cambiaron el acceso a mi buzón de voz.

Donnie introdujo el CD en su portátil y pulsó unas teclas.

La voz familiar de aquella persona ahora muerta me sonó evocadora e inquietante: «Quería decirte que hay otra persona. Espero que te duela. Confío en que sientas este dolor. Confío en que te sientas muy solo. Adiós».

Tardé unos momentos en recuperarme de oír a Genevieve; me quedé allí sentado notando el pulso acelerado en los oídos, mientras mis abogados me miraban con serena preocupación. Su voz, el acento, aquellas sutilezas de pronunciación. Pero me turbaba también la intrusión en mi vida privada: los polis habían oído las últimas palabras de Genevieve antes que yo. El mensaje –como el resto de mi vida, paralizada por el procesamiento y accesible para mí sólo indirectamente– clavó el último remache en el ataúd de mis derechos y mi privacidad.

Por supuesto, no recordaba haber oído el mensaje de Genevieve aquella noche. La amargura de su tono no cuadraba con la idea que yo conservaba de cómo habíamos dejado las cosas entre nosotros, pero Genevieve tenía períodos depresivos, de modo que tampoco me sorprendió. De ninguna manera pude imaginar que el mensaje me impulsaría a hacerle daño. Eso sí, pensé casi con pánico, a un jurado influido por las fotos de Genevieve en la escena del crimen, el mensaje le vendría como anillo al dedo.

–Esto refuerza todavía más el móvil –dijo Donnie con tono ecuánime–. Necesitamos una versión sencilla para venderle al jurado. La única salida es alegar enajenación mental transitoria. Una respuesta limpia, patente, refrendada por los hechos. «La culpa fue del tumor.»

Le devolví la mirada. Él insistió.

–Si exponemos los hechos, usted saldrá de aquí. De lo demás ya tendrá tiempo de preocuparse tumbado en su propia cama. –Se quedó mirándome como si viera en mi expresión algo que no le gustaba–. No estamos jugando bien, visto lo que tenemos en contra...

La idea de pasarlo mal me hizo encogerme como un feto, los hombros encorvados, los zapatos alzándose unos centímetros del suelo antes de que frenara el ascenso de mis rodillas hacia el pecho. En el cine, pase lo que pase, la cárcel es siempre igual. Entras allí asustado, te llaman pipiolo y apuestan cigarrillos a ver cuánto tardarás en echarte a llorar. Te toca en la celda de Bubba, y el tipo te domestica y empiezas a endurecerte por dentro y haces trueque por chocolatinas y tienes que pinchar a un tipo del economato o sus colegas te violarán colectivamente, y después, por si las moscas, acaban violándote colectivamente.

–Usted escribe novelas policíacas –dijo serenamente Terry–. Permita que lo ayudemos a averiguar qué lectura hará de esto el jurado. Vamos a repasarlo todo otra vez.

Y eso hicieron, desde el mismísimo y sórdido principio. Yo permenecí en mi sillita dura, con la boca seca y aturdido por el –como dicen en la tele– predominio de las pruebas. Yo ya conocía los elementos, es lógico, pero oírlos conjuntados y plasmados en forma de un relato en el que yo asesinaba a Genevieve, fue escalofriante. Cuando me calmé de nuevo, mi cerebro sólo fue capaz de producir un pensamiento lúcido: «Estoy jodido».

Mi insistencia en declararme inocente tendría que ceder ante las presiones –y realidades– a que me enfrentaba. Sólo podía ofrecer la sensación visceral de no ser culpable y poca cosa más. Nada me parecía más importante que salvar el pellejo y conservar la libertad, ni siquiera proclamar a los cuatro vientos que yo era un asesino.

Cuando los abogados terminaron, quise dar la respuesta que había estado ensayando mentalmente, pero me sentí paralizado. Junté las manos sobre la madera rasguñada y las contemplé hasta que me oí decir:

–No pienso declararme culpable de un asesinato que no creo haber cometido.

Las cabezas de los abogados giraron hasta quedar enfrentadas, sus temores hechos realidad. Parecían tan extrañados como yo mismo de mi decisión.

–Con todos mis respetos –dijo Terry–, ¿cómo puede seguir pensando que usted no lo hizo?

–Porque, si lo hubiera hecho, lo sabría, lo notaría en mis entrañas.

Fue Donnie quien rompió el incómodo silencio con un suspiro. Luego se inclinó y, tras palmearse las rodillas, se puso de pie.

–No me declararé culpable –insistí–. ¿Y ahora qué hacemos?

–Discutir cada fase del juicio como si su vida dependiera de ello. –Levantó la vista de los papeles que había guardado en su maletín–. Porque así será.

Me acurruqué bajo la sábana, muerto de frío, la vista fija en la desnuda pared de enfrente. El hormigón estaba descolorido un poco más arriba, donde había una mancha de humedad y el goteo consiguiente. No podía ser debido a nada bueno. Pensé en los hombres que habían ocupado previamente aquella celda, que habían dormido incómodos e inquietos, soñado en aquella misma cama.

«¡Yo no fui! Un hijoputa me colgó el mochuelo. Soy inocente.»

Un guardián deslizó un sobre entre los barrotes.

–Tienes carta.

Recogí el sobre del suelo. Mi nombre, en letra femenina. Volví a sentarme y lo abrí. Contenía un papel roto en pedazos.

«tu hermana. / Dime si / Yo no mat / Siento mucho / pueda hacer. / hay algo que / pasar por esto».

Los restos de mi nota para Adeline cayeron de mis manos, esparciéndose por el suelo. El último trozo, «pasar por esto», se me quedó mirando. No fui consciente de que caía a cámara lenta hasta que tuve el cemento pegado a la cara, y todo el cuerpo sobre las rodillas. Permanecí más o menos en esa postura hasta la mañana siguiente, cuando vinieron a buscarme para ir al juicio.

Los Ángeles había aguantado un año entero sin un proceso famoso por asesinato. Yo no era un nombre muy conocido ni, que supiera, un asesino, pero las fuerzas del mercado habían convergido para convertirme en ambas cosas. Los primeros alegatos habían empezado dos meses después de la segunda comparecencia ante el juez, tiempo de sobra para que yo perdiera peso y tuviera un aspecto demacrado, o, lo que es lo mismo, pinta de culpable.

Pocos minutos después de iniciado el juicio supe que mis abogados llevaban razón y que aquello acabaría en desastre. Como estaba previsto, la exitosa fiscal –una Katherine Harriman severamente vestida llevando como accesorios unos discretos zapatos de tacón y a un padre recién llegado de Chicago para disfrutar de la actuación de su hija en primera fila– me había hecho literalmente trizas y el jurado se había retirado a estudiar su veredicto después de un proceso que, al final, sólo duró ocho días y una hora de deliberaciones.

Me habían condenado. Ahora, la única pregunta era si podría conseguir un veredicto de inocencia alegando enajenación mental transitoria. En el arranque de esta nueva etapa, mi única forma de mitigar la discreta crisis nerviosa que estaba experimentando fue desconectar. Enseguida aprendí que, como los demás actores, tenía que dedicar mi atención no a los ingredientes de la tarta-proceso sino a su glaseado.

Y contaba también con el apoyo de mis amigos, los cuales –me hicieron notar mis abogados– abarcaban un amplio espectro demográfico. Chic se llevaba el puño cerrado al pecho cada vez que veía que yo le miraba. Ocasionalmente, Preston levantaba la vista del manuscrito que estuviera editando en esos momentos y me ofrecía un gesto de apoyo con la cabeza; tenía un montón de papeles que iban consigo a todas partes como una mascota, ya bajo el brazo, ya asomando de una bolsa, ya instalados en su regazo cuando se sentaba; más de una vez, cuando se hacía el silencio en la sala, pude oír cómo garabateaba algo en un papel. Y April, Dios la bendiga, se había presentado aquella mañana tal como había prometido, soportando incluso el paseo de la vergüenza por un trecho de acera reservado al público mientras los periodistas la acosaban. Era evidente que ya no teníamos un futuro juntos, pero me alegré de que hubiera tenido conmigo este último detalle.

Sin embargo, más que ninguna otra persona, quien reclamaba toda la atención era Katherine Harriman. Ahora actuaba para el jurado, haciendo todo lo posible por ignorar mi tumor cerebral, que Donnie había tenido la buena idea de dejar en un bote sobre la mesa de la defensa. Tenía un feo aspecto, flotando en aquellas aguas salobres, como una granada de mano sin explotar. Yo había tenido que sufrir la humillación de estar sentado delante de esa cosa durante los primeros alegatos y más. Me lo imaginaba dentro de mi cabeza, adherido a mi cerebro, manejándome como un robot servil. Lo confieso, por más que me avergüence: me daba miedo un trozo de tejido color marrón.

¿Y por qué no? El testigo experto del equipo de casa, un neurólogo de pelo blanco y porte muy digno, acababa de identificarlo como ganglioglioma en la región anterior del lóbulo temporal izquierdo. Se habló largo y tendido sobre ventrículos y glándulas, supuse yo que para acojonar al jurado con la ciencia médica. ¿Ganglioglioma? Hasta esa sílaba repetida parece puesta ahí para amedrentar al personal. Pese al maligno aspecto de la palabreja, el ganglioglioma es un tumor cerebral de andar por casa. Después de la resección, el paciente goza de un índice de supervivencia cercano al cien por cien, y encima no tiene que oler colores ni saborear música. El lóbulo temporal, explicó el neurólogo al tribunal, interviene en el procesamiento de nuestra memoria, de ahí mi inoportuno apagón mental. Se sabe que estados como el mío han degenerado en psicosis de tipo esquizofrénico, delirios y episodios de comportamiento agresivo.

–¿Y qué es lo que provoca que toda esta constelación de síntomas se dispare? –preguntó Harriman a medio interrogatorio, desviando una luminosa mejilla hacia los jurados del número tres al siete (varones cuidadosamente seleccionados).

–Como es lógico, el tumor debe alcanzar la (si me permite la expresión) masa crítica, momento a partir del cual empieza a invadir estructuras vitales –respondió el neurólogo–. Pero, ciñéndome a su pregunta, lo provoca la adición de unas cuantas células más; una constricción de vasos sanguíneos. El lóbulo temporal está complejamente ligado a respuestas emocionales y a la excitación sexual, hay pruebas claras de que, una vez que un paciente ha alcanzado semejante estado de fragilidad, el colapso mental definitivo puede venir por un hecho emocionalmente intenso. –El médico se limpió las gafas con un pañuelo que llevaba bordadas sus iniciales–. Aunque sabemos muchas cosas acerca del cerebro...

–Todavía hay otras muchas que desconocemos –se le adelantó Harriman con una sonrisita.

En los seis meses anteriores a la operación, yo había sufrido ataques de migraña, algunos de los cuales me habían enturbiado incluso la visión. Al principio lo había achacado a los sospechosos habituales –estrés, pantalla del ordenador, deshidratación–, pero luego me había desmayado encima de la lavadora, recobrando el conocimiento al cabo de un cuarto de hora sin saber dónde tenía el estómago y con los dedos rezumando detergente líquido.

–Pero ¿no es cierto que la mayor parte de las personas que padece este tipo de tumor nunca traspasa el umbral de la psicosis?

El neurólogo respondió:

–Puede darse un comportamiento errático y violento, especialmen...

–Quizá no ha oído bien mi pregunta. Quiero saber si es cierto que la mayoría de los afectados por este tipo de tumor no cruza nunca el umbral de la psicosis.

–Estadísticamente hablando.

–¿Hay otra manera de hablar que responda mejor a una pregunta médica como la que le estoy planteando?

No la había.

–¿Existe, que usted sepa, un solo precedente clínico de que una persona –Harriman soslayó con astucia la palabra «paciente»– con ganglioglioma del temporal anterior izquierdo cometiera asesinato?

El neurólogo adelantó el labio inferior, frunciendo la cara.

–No, ninguno.

En callado unísono, Donnie, Terry y yo exhalamos el aire. Katherine Harriman no.

–¿La mayoría de los individuos con ganglioglioma en la región anterior del lóbulo temporal izquierdo experimenta amnesia retrógrada postoperatoria?

–La mayoría no, pero si ello viene combinado con una situación de gran estrés, más del treinta por ciento...

–Entonces, ¿un individuo con un tumor como el del acusado podría estar en su sano juicio hasta el momento mismo de la operación?

–El cuerpo humano es asombroso, constantemente rebate nuestras expectativas. El cerebro todavía más. Y la mente, más aún que el cerebro.

–¿Eso es una respuesta afirmativa?

–Sí.

–¿Y diría usted –continuó Harriman, virando hacia mí para taladrarme con una mirada desde las alturas– que un individuo muy inteligente, alguien como el acusado, por ejemplo, podría utilizar todo este proceso que usted acaba de exponer con lujo de detalles como una cortina de humo para un plan premeditado?

Mientras mis abogados saltaban de sus asientos para protestar, Harriman permaneció inmóvil, esbozando una sonrisa y sin dejar de mirarme. Se expresaba muy bien, y además de lista era extremadamente sensible a la implícita absurdidad de las cosas. Su serenidad me ponía nervioso. Hubo murmullos y desorden en la sala, y el juez hizo un asentimiento al alguacil para que anunciara un receso.

El ataque continuó a la vuelta. Nuestros testigos. Los de ellos. El inspector Bill Kaden subió al estrado, exactamente igual de robusto que cuando lo había visto al recobrar la conciencia. Bigote erizado, muñecas gruesas, polo debajo de la chaqueta. El camorrista Ed Delveckio, el polizonte sin barbilla, observaba desde el público e iba asintiendo con la cabeza a la declaración de Kaden, separado de su jefe por seis metros de tribunal y una hilera de butacas. Hizo aparición el cuchillo de deshuesar, manchado casi hasta el extremo del mango y bailando cruelmente dentro de una bolsa de pruebas. Hice lo que pude para no venirme abajo ni dejarme llevar por la ira.

El siguiente fue Lloyd Wagner, un perito criminalista que me había echado más de una mano experta con mis novelas y que había sido quien se presentó con el equipo del laboratorio en casa de Genevieve. Otra inquietante vuelta a mi vida anterior a la operación. Nos entendíamos bien, y Lloyd me había parecido exageradamente proclive a colaborar en la manipulación de elementos de mis tramas novelescas, a tal punto que en una ocasión yo le había llevado escenas enteras para que aplicara a ellas sus habilidades técnicas. Ataviado con su anticuado traje de ir a juicio y mientras sostenía una réplica exacta del cuchillo, cogida de la cocina de mi casa, Lloyd me dirigió un gesto con la cabeza como para pedirme disculpas antes de demostrar en un maniquí la tremenda fuerza de la cuchillada que había producido la herida mortal. Yo, al igual que el jurado y el público en general, no pude evitar un respingo.

Tras la actuación de Lloyd tuve que oír otra vez, ahora desde el portátil de Katherine Harriman, el mensaje que Genevieve me había dejado la noche de su muerte.

Hubo un respetuoso silencio por la voz de la víctima. «Quería decirte que hay otra persona. Espero que te duela. Confío en que sientas el dolor. Confío en que te sientas muy solo. Adiós.»

Por supuesto, Genevieve no estaba saliendo entonces con otra persona, al menos no en el sentido de contárselo a sus amigas o a su familia. Aquella no muy hábil manipulación por su parte no perjudicó demasiado mi situación, aunque la acusación sostuvo que había sido hecha la noche del 23 de septiembre. La defensa declaró en privado que el mensaje restaba puntos de simpatía a Genevieve, y en público que ése había sido el empujoncito final que había dado el pistoletazo de salida a mi tumor. Puesto que yo no tenía antecedentes criminales, arguyó Donnie, ese tumor era la única explicación lógica a mi comportamiento.

El quinto día de la fase de locura, y fundiendo todas las callosidades que yo creía haber desarrollado para entonces, la familia de Genevieve hizo por fin su esperada aparición. La madre, larga de huesos y ancha de senos, con el pañuelo Hermès de rigor sobre sus hombros, entró del brazo de su marido, igual de atildado con un traje hecho a medida. Aunque se conducían con su elegancia característica, sus mejillas habían perdido lozanía y consistencia, y su porte mostraba una casi imperceptible desazón; todo ello denotaba la tremenda pérdida sufrida. Al otro lado de Luc iba Adeline, tan sonrojada que casi no se le veían sus muchas pecas. Aunque me miraron todos con palpable odio, la realidad de su presencia disminuida, la mano temblorosa de Luc tocando la silla antes de sentarse, anuló la poca distancia que había conseguido poner respecto a ellos como medida de autoprotección. El hecho de que aparecieran justo antes de que yo subiese al estrado tuvo exactamente el efecto que Harriman buscaba. Noté un nudo en la garganta, los labios me temblaron y me llevé las manos a la cara como si quisiera evitar que se me partiera en dos. Reacción que el jurado interpretó probablemente como vergüenza, aunque era mucho peor que eso. Era pagar las consecuencias de haber perdido a Genevieve, una mujer a la que yo había amado, quizá desacertadamente, pero amado en fin.

Donnie pidió un receso a fin de darme tiempo para sobreponerme antes de subir al estrado, pero el juez lo denegó. Con el corazón todavía a mil, subí aquellos breves peldaños hasta el banquillo de abedul y levanté la mano derecha, pudiendo al fin observar los rostros de la galería sin necesidad de espiar por encima del hombro. La situación era de una intensidad mayúscula, y al mismo tiempo tremendamente vulgar. Periodistas con el traje bueno, cámaras con sus equipos digitales, el taquígrafo disimulando que mascaba chicle.

Donnie me interrogó con tanta dulzura como empatía. Cuando llegó su turno, la fiscal Harriman se acercó pausadamente a mí, serena, con un tomo abierto sobre la palma de la mano como si fuera un libro de salmos. Había retirado la sobrecubierta, de modo que no supe qué tramaba hasta que leyó:

–«Todos tenemos una ex amante a la que nos gustaría matar. Con un poco de suerte, puede que dos o incluso tres.»

El libro se cerró como las mandíbulas de una tortuga, sobresaltando a los miembros del jurado.

–¿Lo cree así?

–No –respondí.

–Pero lo escribió usted, ¿no es así?

Reconocí que así era.

–Entonces, ¿no espera que creamos lo que escribe?

–Por supuesto que no –repliqué. Terry me indicó por señas que no me alterara, de modo que continué con más suavidad–. El protagonista, Derek Chainer, es quien dice eso. Un escritor no tiene por qué refrendar las opiniones expresadas por sus personajes. Creo personajes que no son yo, y si tengo un buen día consigo darles vida.

–¿Quiere decir que escribe cosas en las que no cree?

–Trato de que los personajes expresen sus propias opiniones.

–¿Una manera de vender más noveluchas en los grandes centros comerciales?

–No olvide los aeropuertos.

Harriman sonrió. Dos amigos en pleno intercambio humorístico.

–¿Qué me dice de esta frase? «En lo más oscuro de mi corazón, estoy convencido de que, cuando pasión y destino se alían, todos, desde el que grita en el púlpito hasta la chica con el pelo teñido de azul que espera el autobús, somos susceptibles de matar.» –Harriman se acercó un poco más–. ¿Eso lo cree usted o también es una opinión expresada por su personaje?

Se produjo un silencio de ejecución pública, una sensación tensa de que, como suele decirse, todo se reducía a esto.

–Yo creo que cualquiera es capaz de cualquier cosa –dije.

Mis abogados se encogieron de un modo que en otras circunstancias habría sido gracioso. Los ojos de Harriman se animaron visiblemente.

–De modo que, ahora mismo y supuestamente en plenitud de sus facultades mentales, usted cree que podría ser perfectamente capaz de cometer el cruel asesinato del que se le ha declarado culpable.

–Capaz, sí –y hube de levantar la voz para salvar su interrupción–, lo mismo que usted.

–Sólo que, según mis noticias, Genevieve Bertrand no rompió una relación sentimental conmigo.

Harriman asintió con la cabeza ante la reprimenda del juez, levantando una mano en señal de disculpa.

Los Ángeles se alimenta de historias, buenas o malas, que son la sangre que corre por sus venas. Había apostado que Harriman, como todos los fiscales a quienes había conocido en los estudios cinematográficos, había recibido alguna oferta para asesorar un melodrama de sesenta minutos. O que se había hecho acompañar a un juicio por un escritor como yo que la acosaba a preguntas. El marido de una prima suya, quizá, que necesitaba hablar unos minutos por teléfono a fin de hacer que funcionara ese tercer acto de su guión. Más de una vez yo había sido ese tipo, el dócil escuchador del alboroto generado por el sistema judicial de la ciudad. Había tratado con polis que miraban demasiados telefilmes sobre polis y como consecuencia obraban como los polis que veían en la tele, que a su vez imitaban a asesores que eran polis reales. Ficción y crimen, un pez que se mordía la cola.

Unas horas después, mientras escuchaba en trance el alegato final de Katherine Harriman, comprendí de repente hasta qué punto se le daba bien contar historias. Y he aquí lo que, según ella, sucedió.

La noche del 23 de septiembre, a la 1.08, me levanté para contestar el teléfono, dejando a April dormida en la cama. Al escuchar el mensaje dejado por Genevieve Bertrand, todo mi rencor y acritud se habían concretado en un plan de acción. Había ido en coche a su vivienda, una casa piloto metida en los pliegues de una garganta cerca de Coldwater. Había cogido la llave de debajo de una maceta con filodendros que había en el porche y una vez dentro me había dirigido a la cocina, donde había sacado el cuchillo de deshuesar de su taco de roble. Luego había subido sigilosamente hasta la habitación de Genevieve. Despierta a causa de mi merodeo por la casa, ella me había visto a medio cruzar la moqueta blanca, y allí mismo le había yo clavado el cuchillo en el plexo solar, eludiendo sus costillas y atravesándole el corazón. Genevieve había muerto más o menos instantáneamente. Después yo había sacudido una y otra vez su cuerpo cubierto con un camisón de seda, como un gato ensañándose con un ratón herido. A modo de apoteosis, y presa del pánico por el crimen que acababa de cometer, mi cabeza había explotado, una crisis epiléptica parcial que, cuando llegaron los polis y sanitarios, degeneró en una crisis generalizada. Me había derrumbado encima del cadáver y no dejé de sufrir convulsiones hasta llegar a las Urgencias del Cedars-Sinai, donde me habían administrado Ativan por vía intravenosa. El escáner reveló la presencia del polizón que tenía metido en la región anterior del lóbulo temporal, así como una hemorragia, y rápidamente me habían trasladado al quirófano. Al final había despertado a la hora del desayuno con una coartada increíblemente oportuna.

Katherine Harriman dio las gracias al jurado por su dedicación, desarmó a todos con su sonrisa y se sentó, sumiéndose en sus papeles para no tener que enterarse de que Donnie había empezado su alegato.

–A nuestro «inteligente» asesino, a nuestro urdidor de crueles asesinatos, ¿no se le ocurrió un plan mejor que éste? Se introduce en casa de Genevieve Bertrand, y luego, ¿qué? ¿Decide dejar la puerta abierta de par en par? Claro, para que el sistema de alarma y hasta los vecinos puedan alertar a la policía. Porque él también había planeado al detalle cuándo iba a tener un ataque. Se contuvo hasta el último momento, ¿no? Este hombre, este hombre tan inteligente, pensó que sería beneficioso que su ganglioglioma creciera ese milímetro extra allí mismo, en el dormitorio de Genevieve Bertrand, provocándose una crisis epiléptica generalizada para que la policía pudiera encontrarlo en tan comprometido estado y establecer así la prueba de la enajenación mental transitoria que él sabía iba a necesitar en el juicio al que, lo sabía también, sería sometido. Sin duda un razonamiento de lo más lógico para alguien con la mente clara, ¿no les parece? Bien, por fortuna, su complejo plan dio resultado. Porque a mí, desde luego, me engañó. He intervenido en más de treinta casos de asesinato a lo largo de mi carrera, y nunca, repito, nunca, he estado más convencido de la cordura de mi cliente en el momento de los hechos como lo estoy ahora.

Mientras Donnie continuaba con vehemencia, sentí de pronto una oleada de cariño, una especie de amor, por aquel hombre que a cambio de una minuta había asumido mi caso y lo defendía como si aquello le hubiera ocurrido a él. Cuando hubo terminado, cuarenta y cinco apasionados minutos más tarde, se sentó, jadeando prácticamente adrenalina, e introdujo sus papeles con gesto profesional en las estrechas fauces de su cartera.

Una vez que el jurado se hubo retirado para deliberar, estiré el brazo y le apreté la nuca a Donnie, diciéndoles a él y a Terry:

–Independientemente de cómo acabe esto, quiero que sepáis que os agradezco mucho lo que habéis hecho por mí.

Nos dimos un apretón de manos, los tres a la vez.

El segundo veredicto llegó tres horas y diecinueve minutos después.

4

El suelo de la cocina estaba tan frío bajo mis pies descalzos como el mango del cuchillo de acero inoxidable. En la oscuridad miré fijamente el resquicio en el taco donde debería haber estado el cuchillo de deshuesar. Había cerrado la puerta corredera. (¿Acaso entró alguien más sin darme yo cuenta?) Con el pulso acelerado, miré la senda de marcas que yo había tomado por huellas. Las últimas podían verse en la moqueta antes de desaparecer en las losas de la entrada.

No era tierra, como yo había pensado.

Era sangre.

Experimenté un súbito pánico, el mismo que siente un crío en la oscuridad, y enseguida recordé que era un adulto y que no tenía más opciones que sobreponerme y manejar la situación. Aseguré la mano alrededor del cuchillo de chef y avancé lentamente. Nadie me estaba espiando desde la barandilla que recorría toda la galería del piso de arriba, de la escalera al estudio y de éste al dormitorio.

Las huellas no desaparecían al llegar a las losas del vestíbulo, aunque sí costaba más verlas. Pero allí, en el segundo peldaño enmoquetado, había otra C de sangre. Dirigí la vista escalera arriba hasta la oscuridad del rellano.

Hice de tripas corazón y seguí subiendo. A cada tantos peldaños, otra huella ensangrentada.

Llegué arriba. Las pisadas continuaban derecho hacia mi cuarto. Fui hacia allí sosteniendo el cuchillo boca abajo al extremo del brazo, con la hoja hacia fuera, como había aprendido de un experto durante mi investigación para ampliar el repertorio de Derek Chainer. Llegué al umbral de mi cuarto. Dispuesto a todo, hice acopio de valor y entré con un movimiento rápido.

Allí no había nadie, pero en la moqueta, a los pies de mi cama, estaba el cuchillo de deshuesar. Avancé unos pasos y me agaché. Vi que tenía el pie derecho manchado, desde el dedo meñique hasta el empeine. Estiré el brazo, reparando en que las yemas de mis dedos también tenían manchas oscuras. Suciedad asimismo en el mango del cuchillo de deshuesar. Y en la punta de la hoja. Sentí un ligero vahído.

Levanté el pie y vi la marca en forma de C, definida aunque ahora poco visible, que había dejado en la moqueta.

Mi propia sangre. Mis propias huellas.

Encendí la luz, dejé el cuchillo de chef y le di la vuelta en el suelo al cuchillo de deshuesar. La marca irregular de sangre que tenía en mi pulgar izquierdo era idéntica a una marca visible en el mango de acero inoxidable. La sangre de mis dedos, suponía yo que por haber tocado el corte que tenía en el pie, también había dejado marcas que encajaban con mi mano.

Mis huellas dactilares. En el cuchillo de deshuesar.

Me lavé los pies en la bañera. A pesar de la abundancia de sangre, era un corte sin importancia. Una incisión limpia de unos dos centímetros de largo, poco más, y ancha como un dedo gordo desde la base del meñique. Me apañé con una tirita.

Seguía notando la cabeza un poco turbia, ¿sería el ganglioglioma, una pequeña secuela de fin de semana? Traté de separar las preocupaciones razonables de las no razonables, pero por un momento me quedé paralizado. ¿Acaso alguien me estaba haciendo pasar por un laberinto para ratones? O yo me estaba volviendo loco, o alguien se había tomado muchas molestias para asegurarse de que fuera así. Me senté en el borde de la bañera, tiritando, hasta que me levanté de golpe y fui por la casa encendiendo luces, buscando un cuerpo, un intruso, a los del programa de la cámara oculta.

En busca de indicios de escalo, examiné la barra de seguridad para ver si tenía golpes, y la guía donde encajaba por si había rasguños en la pintura, pero ambas cosas estaban perfectas.

¿Había bajado yo, sonámbulo, y abierto la puerta? ¿Para qué habría salido?

Volví arriba y contemplé mi cama, estupefacto. Unas manchas de sangre en las sábanas, las mismas sábanas que aparecían en mi sueño de la casa de Genevieve. Un sueño extravagantemente vívido. ¿Y durante el sueño había bajado yo abajo, sonámbulo, a buscar el cuchillo de deshuesar y luego había vuelto a la cama y me había hecho un corte en el pie? ¿No podía encontrar un modo más productivo de castigarme?

El sueño volvió a mi mente en toda su magnitud. Sentí un sobresalto de agitación. No podía saber si me había vuelto temporalmente loco, pero sí podía hacer una verificación concreta: si el aspersor de Genevieve estaba efectivamente roto y el platillo de la maceta también, entonces no estaba alucinando del todo; al menos podría determinar si había rescatado un fragmento de la noche en que Genevieve fue asesinada.

Me vestí y bajé a la calle. Monté en mi híbrido culpablemóvil y comprobé el cuentakilómetros, como si eso pudiera responder alguno de los muchos enigmas que me acosaban. En una libreta que había en la guantera hice una columna de distancias al objeto de saber si estaba llevando a mi cerebro enfermo a dar una vuelta por el futuro.

Mientras conducía por Mulholland bajo una esquirla de luna, tuve la sensación de estar haciendo algo ilegal. Quizás era así.

Bajé por Coldwater pisando a fondo, y sólo levanté el pie para tomar la curva cerrada más allá del rótulo torcido de la calle. Y de repente allí estaba yo, en mi sueño, subiendo en coche por la cuesta. La farola, su luz filtrándose entre unas ramas. La calle demasiado estrecha, de antes de que las familias con tres vehículos se vieran obligadas a dejar en la calle el 4 × 4 de repuesto. Empecé a sudar, como si estuviera siguiendo el guión de aquella noche. Quizá todo era un sueño. Quizás era yo quien lo había inventado, y ahora lo estaba recreando.

La curva cerrada llegó enseguida, mis neumáticos rechinaron como era de rigor, y ante mi vista apareció la casa de Genevieve. Su aspecto era sobrecogedor, encaramada allá arriba, metida un poco en la ladera, con los pilotes hincados con saña en la tierra como si mi coche fuera una rata y la casa un gran danés sopesando la situación.

Me apeé del coche. Al llegar al borde del césped, el aspersor aplastado hizo que me detuviera en seco.

Quiero que esto no sea verdad. Quiero que no haya pasado.

Yo no sabía que el aspersor estuviera roto, salvo que en mi sueño me subía al bordillo con el Highlander. Y eso significaba que no se había tratado de un sueño.

Dios mío, yo iba solo en ese Highlander. Subí solo por este sendero. Busqué la llave yo solo. Estaba yo solo y nadie más.

Empecé a subir, las losas flojas bajo mis zapatos, meciéndose en el suelo y soltando briznas de tierra. Sabía lo que debía buscar, sólo necesitaba una confirmación.

Las tablas crujieron cuando subí al porche. La casa estaba en silencio y –confiaba yo– vacía. ¿Qué excusa iba a dar si de repente aparecía Adeline, la hermana de Genevieve?

El filodendro me saludó desde su tiesto de terracota. Me sequé las palmas en el pantalón y me agaché, apartando los brotes de hoja nueva para mirar debajo. En el plato de arcilla, una resquebrajadura en zigzag, como un rayo, llegaba casi hasta el borde.

No era un sueño.

Era un trozo del pasado que me faltaba.

5

Mientras volvía a casa medio aletargado, intenté procesar las ramificaciones de lo que acababa de descubrir. Si mi sueño era correcto, como parecían indicar el aspersor y el platillo, entonces había llegado solo a casa de Genevieve. Eso no me favorecía nada, pero la pregunta aún era la misma: ¿por qué había ido allí esa noche? ¿Vi cómo otra persona asesinaba a Genevieve y eso provocó que mi tumor explotara? La vieja frustración volvía a aflorar a la superficie. ¿Por qué todos –polis, fiscales y abogados– se empeñaban en dudar única y exclusivamente de mi cordura? ¿No nos habíamos colado todos en la trama a posteriori?

Yo había examinado a conciencia el dossier que Homicidios había entregado durante la presentación de pruebas, pero ni las notas de la investigación ni los informes periciales apuntaban a otra cosa, a ninguno de los puntos muertos o pistas omitidas que componen el deslabazado perímetro de cualquier reconstrucción de un crimen. Era una versión demasiado pulcra, una investigación que ya había sacado sus conclusiones desde el principio. Yo también lo había hecho, aunque mi razonamiento tenía la ventaja de carecer de pruebas y ser más inverosímil: la sierra (más que la navaja) de Occam.

Un atisbo de esperanza me sacó momentáneamente de mi extenuación. Si había recuperado un recuerdo de la noche en que Genevieve murió, quizá podría recuperar algunos más. Lo cual significaba que la verdad estaba al alcance de mi mano, por muy horrible que pareciera estar perfilándose.

Sonó el móvil. Angustiado, conecté el auricular preguntándome quién podía ser a esas horas.

Oí la voz de Donnie.

–¿Dónde te habías metido? Llevamos horas intentando localizarte. Al final, Terry ha conseguido tu número de móvil.

–Estoy bien –dije–. He ido a dar una vuelta en coche.

–La primera noche en casa a veces resulta dura.

Me miré las manos, agarradas al volante.

–Pues no se me ocurre por qué.

Donnie captó la ironía y rio.

–¿Necesitas compañía? Terry y yo podríamos pasar a verte.

–Gracias, pero creo que me las arreglaré.

–Bueno, si necesitas alguna cosa...

–Pues... –La idea surgió de pronto, inesperadamente, pese a que estaba allí agazapada desde hacía rato–. He estado pensando si podría echar un vistazo a los archivos del caso.

–Ganamos el juicio, Andrew. Ya no tienes que preocuparte más por eso. –Una pausa–. ¿Estás escribiendo una novela?

–No; sólo trato de entender lo que pasó.

–¿Por qué no te tomas la noche libre? Hasta Katherine Harriman está por ahí de copas. Uno de nuestros pasantes acaba de verla en Promenade llorando con un martini en la mano.

–Katherine Harriman no llora, y menos aún en público.

–Y tú tampoco deberías. Al menos esta noche. Mira, Terry y yo hemos visto muchos casos parecidos con clientes a los que habían absuelto. Le dan vueltas al asunto como quien se pasa la lengua una y otra vez por un diente flojo, buscando... no sé muy bien el qué, quizá la verdadera absolución. Pero no la encuentran. Permíteme un consejo: déjalo correr. Vuelve a tu vida de antes.

Llegué al cruce. A la derecha hacia mi casa, a la izquierda hacia la autovía. Giré a la izquierda.

–Me gustaría ver esas carpetas, Donnie.

Oí cómo resoplaba.

–Vale, Andrew, son tuyas. No vamos a quedarnos lo que no nos pertenece. Sólo necesitaremos un día o dos para hacer fotocopias.

–Gracias.

–¿Alguna cosa más?

–Sí –dije–. ¿En qué bar dices que han visto a Katherine Harriman?

Astutamente situado a media manzana de la muy transitada Third Street Promenade, en Santa Mónica, Voda cuenta con más de cien marcas de vodka y el único caviar que vale la pena. Con sus porteros vestidos de negro y sus mesas reservadas, es un local que se quiere exclusivo, pero sus propietarios no ponen mala cara a franquear la entrada a turistas cuando los bien tapizados bancos no acaban de llenarse. A espaldas del gorila, que dudó un poco, reconociéndome pero sin ubicarme, había botellas de importación sobresaliendo de la pared en estantes de obra, y una aglomeración de gente guapa, disponible también para el consumo. Velas, proteas hawaianas y cascadas artificiales completaban la mezcla dándole un aire de gulag tropical.

Harriman estaba junto a la barra lacada en negro, con sus esbeltas piernas cruzadas, toqueteando una cebollita empalada sobre el borde de su Gibson martini. No levantó siquiera una ceja cuando vio que me acercaba.

Me instalé en el taburete giratorio contiguo al suyo y pedí un vodka Brilliant con hielo, que primero olisqueé y luego dejé sobre el posavasos. Harriman hizo caso omiso como si hubiera invertido media vida en perfeccionar el método de pasar de los hombres, así que permanecimos allí sentados viendo cómo el agua de la cascada resbalaba por las losas mientras yo trataba de decidirme.

Yo sabía lo de mi tumor. –Las palabras, pronunciadas al fin, resonaron en mi cabeza–. Mi seguro de enfermedad había caducado. Estaba pendiente de colocar otro guión que me permitiera acogerme al seguro de la asociación de escritores. Venía padeciendo migrañas desde hacía seis meses, y un día perdí el conocimiento brevemente. Acudí a una clínica privada para que, si las pruebas daban positivo, eso no constara como dolencia preexistente. Por eso no salía nada en ninguna de las historias clínicas que usted citó durante el juicio.

Me callé que si yo no había hecho nada al respecto no fue sólo por el dinero, aunque el dinero tuvo mucho que ver. No había hecho nada porque tenía un libro que entregar y una gira en perspectiva, y además acababa de iniciar una relación. Si una operación quirúrgica es optativa, ¿cuándo tomas la firme decisión de dejar que un equipo de personas se ponga a hurgar en tu cerebro? ¿Cómo eliges el día? ¿Y si no te despiertas? Peor aún, ¿y si ellos la pifian y luego te despiertas?

Visité a un neurólogo pocos días después de desmayarme encima de la lavadora. Después de darme el desagradable diagnóstico, me instó a someterme a una intervención quirúrgica, pero yo le dije –amparado por el secreto profesional– que estaba dispuesto a correr el riesgo y esperar. El juicio me había proporcionado tiempo de sobra para rememorar la respuesta del neurólogo. «¿Está dispuesto a poner en peligro las vidas de la familia del monovolumen contra el que chocará cuando se desmaye usted al volante de su coche?»

Mientras Harriman liberaba la cebollita con sus dientes y empezaba a masticar, me pregunté si se dignaría a darme una respuesta. Finalmente dijo:

–¿Cuánto iba a costarle la operación?

–Sesenta y dos de los grandes.

–¿Y a cuánto ascendió el anticipo de los abogados?

–A dos y medio.

Soltó una risita –le salió de dentro– y tardé un momento en comprender que se reía de nosotros dos.

–Bueno –dijo–, estoy segura de que ahora recibirá muchas ofertas para escribir guiones.

–Sí, pensé que sería una buena estrategia profesional...

–Hay algo tremendamente ingenuo en usted. Tremendamente serio, por lo demás. –Hizo una mueca y le indicó al barman que le pusiera otra copa. No era la segunda.

–¿Y eso?

–Lo que acaba de confirmar no es una bomba de efecto retardado como cree. Ya lo habíamos pensado, como es natural; estuvimos investigando un poco.

–¿Y por qué no me lo preguntó en el juicio?

–Porque no teníamos la plena certeza, y aunque hubiéramos estado en lo cierto, usted nos habría mentido.

–¿Por qué supone eso?

–Un tipo honesto no va de tapadillo al médico para defraudar a la aseguradora.

–De acuerdo, pero yo no habría mentido estando bajo juramento.

–Bien, comprenderá usted que por puro escepticismo renunciara a basar mis argumentos en su integridad ética. –Bebió un largo sorbo–. Un fiscal no puede acusar a un testigo de estar mintiendo. Esto no es el recreo del parvulario. Visto el tipo de libros que escribe, debería usted saberlo. Yo tendría que presentar pruebas o un testigo que refutara. Y sus abogados no me proporcionaron un blanco. A propósito, los encuentro carísimos. Pero bueno, qué digo. Ustedes ganaron el juicio, más o menos. –Me dedicó una amplia sonrisa de felicitación–. Claro que, si su conciencia de tipo honesto se hubiera despertado, pongamos por caso, ayer... quién sabe si usted y yo estaríamos aquí sentados. –Dio un golpecito al borde de su copa con una uña bien pintada–. ¿Por qué hoy, Danner? ¿Y por qué me buscaba a mí? ¿Necesita que alguien le perdone?

Por su tono, no me cupo duda de cuál sería su postura al respecto.

–No.

–Entonces, ¿qué pretende? Le han absuelto.

–El veredicto es lo de menos.

–Y que lo diga –convino conmigo–. «Inocente en virtud de demencia transitoria» no es lo mismo, ni mucho menos, que «Yo no la maté».

–Pero así están las cosas. Usted no me condenó. Quizá debería haberlo hecho.

–Bueno, estoy segura de que cualquier autor de novela negra de segunda que se respete a sí mismo sabe que no pueden juzgarte dos veces por el mismo delito.

–Es que... –Mis manos se morían de ganas de agarrar el

vodka, pero las mantuve quietas–. Recordé algo. Un detalle de la noche en que murió Genevieve. Lo comprobé, y era así.

–A ver si adivino: y eso lo exonera.

–No –dije–. Todo lo contrario. Recordé que había ido allí en coche. Solo.

Harriman se llevó los dedos a la boca entreabierta, fingiendo sorpresa.

–Creo que puedo ayudar a esclarecer lo que sucedió aquella noche –continué–. Todavía quiero saber si le clavé ese cuchillo a Genevieve. Y usted puede ayudarme a averiguarlo.

Rio.

–¿Sabe por qué me ocupé de su caso, Danner? La presión del mercado. Si usted fuera un don nadie, le habrían puesto una multa de tráfico y ni siquiera habría tenido que pasar por un juicio. Pero como resulta que, por alguna razón que desconozco, esta ciudad decidió convertirlo en un acusado famoso, tuvimos que hacer algo con nuestro historial de procesos a gente famosa, que, como puede que haya usted comprobado, es bastante menos que espectacular.

–Así que sólo le importa conseguir condenas, ¿no? ¿De vez en cuando no le gustaría saber la verdad de los hechos?

–¿La verdad? ¿La verdad, dice? Cuando eres abogado procesal, hay una cosa que enseguida aprendes. Se supone que estás interrogando a testigos potenciales, pero tú sabes que sólo es un ensayo. Una vez que el testigo te ha contado la versión de la historia que le has empujado a contar, haces que te la cuente una y otra vez. Y al final, esa historia que has moldeado con ayuda de los testigos se convierte en la verdad. Y si no andas con ojo o eres demasiado precavido, la verdad incluirá detalles que al principio no estaban ahí. Y eso es lo que le pasará a usted, sólo que peor. Puede que quiera contarse a sí mismo la historia de lo sucedido la noche del veintitrés de septiembre, repetírsela mil veces, pero esa historia fue interpretada antes de que usted supuestamente despertara. Nunca se puede llegar a la verdad. –Apuró su copa–. ¿Y sabe por qué? Los hechos son material en bruto, no el producto final. Y si va en busca de la verdad, tarde o temprano acabará mordiéndose la cola. Haría mejor en buscar la absolución. –Un rápido gesto con la mano–. Pero no aquí.

Dejé un billete de veinte en la barra y bajé del taburete.

–Gracias por su tiempo.

Harriman no se molestó en mirarme.

–Le pasaré la factura.

Era más de la una cuando volví de mala gana a mi casa. Deseaba tener alguna otra cosa que hacer, algún sitio adonde ir. Al entrar en la oscura cocina, me chocó no querer estar a solas conmigo mismo. Durante aquellas frías noches en prisión, había imaginado muchas cosas, pero no que el hecho de que me declararan inocente sólo por motivos de salud mental iba a dejarme con la sensación de preferir estar muerto que vivir en mi propia piel. Y, encima, tenía que aguantar otras muchas cosas. El neurólogo me lo había advertido, pero yo elegí correr el riesgo, por mí mismo, por esa familia del monovolumen, por Genevieve. El precio de mi egoísmo me repugnaba.

Limpié la sangre de la moqueta lo mejor que pude y lavé el cuchillo de deshuesar. Luego subí arriba y me acosté. Las 2.13. Cuatro horas más y amanecería. Y luego, ¿qué? ¿Qué iba a hacer con mi vida?

Contemplé el techo, pendiente de los ruidos de la casa. Intenté dormir, pero me despertaba a cada momento, bruscamente, preocupado por lo que pudiera pasar. O quizá preocupado por lo que yo podía llegar a hacer.

Poco después de las tres fui por una videocámara digital al despacho y por un trípode al garaje y los coloqué en un rincón de mi cuarto, mirando a la cama. Pulsé el *rec* y volví a acostarme. Ahora, si me convertía en el Increíble Hulk, al menos tendría una prueba fehaciente. O si el Cortapiés entraba en la casa y me rebanaba el otro dedo meñique. Tal vez debería llevar siempre chanclos. Tal vez debería irme a vivir a otra parte. Tal vez debería invitar a Katherine Harriman a cenar fuera.

Me quedé mirando el objetivo que me observaba.

¿Dónde esconderse cuando te das miedo a ti mismo?

6

Muy temprano por la mañana, me senté hecho polvo a mi bamboleante mesa de la cocina, comí unas almendras rancias y miré la correspondencia. No había conseguido pegar ojo y al final me había levantado para bajar, incapaz de quitarme de la cabeza la noche anterior, el recuerdo soñado o el intruso que no era tal. Lo que ambas cosas podían suponer continuaba acosándome.

Del montón de cartas sobresalía una factura del hospital, y al abrir el sobre me encontré con que me cobraban mil doscientos dólares del anestesista. La nota que había al pie informaba de que, como yo carecía de seguro, debería haber solicitado ser operado en un hospital del condado. En mi próximo lapso de amnesia psicótica me aseguraría de que me llevaran a urgencias de Wilshire y Crack Central. O bien –era una idea– convocaría un gabinete de (próxima) crisis antes de que se convirtiera en un desastre para mí y una fatalidad para otros.

Por la batería de ventanas que daba al norte, el cielo se veía enfurruñado y húmedo, y la polución sólo empeoraba las cosas. *Gus*, mi gorda y artrítica ardilla, pasaba renqueante por la terraza de atrás. Era un milagro que los coyotes no hubieran dado cuenta de ella todavía. *Gus* ladeó la cabeza, mirándome –creo yo– con cierta simpatía, y luego levantó sus patitas como en un lamento judío.

–Tú y yo juntos, colega –le dije.

Continué mirando el correo. De mi agencia, un puñado de pagos de derechos de autor sorprendentemente sustanciosos. Tres proposiciones de matrimonio, con foto incluida, entre ellas la de una muy atractiva ama de casa de Idaho. Extractos de cuentas del banco, folletos sobre temas de salud, propaganda de podadoras de árboles.

El retorno a las futilidades de la vida fue desgarrador. Mi realidad –migas en la mesa de la cocina, prospectos de refinanciación de hipoteca– no era como la había imaginado. ¿Qué esperaba, de hecho? ¿Yo con mi cicatriz escarlata huyendo a la Nueva Inglaterra colonial, proscrito y caído en desgracia, sobreviviendo a base de larvas y bayas?

Lo que quería era una cogorza poco romántica, una bruma líquida, un bálsamo de alcohol, una juerga de esas en las que despiertas en tu propio vómito al lado del McDonald's. No era nada nuevo para mí, la sublime complacencia en la autodestrucción. Cuando no tienes nada que perder, algo tienes que ganar. De ahí la dosis de «a la mierda el mundo». De ahí el modosito compañero de clase que te sorprende en tu décimo cumple con una flamante seguridad en sí mismo y quince *piercings* en sus pálidas facciones. De ahí las propuestas de matrimonio que yo y Charles Manson recibimos. Puesto que la perspectiva de casarme con la señorita Sue Ann Miller de Coeur d'Alene era, por el momento, desagradable, me pregunté qué podía hacer ahora.

Tenía una bonita alternativa a mano: meterme en la cama y morirme. O no.

Saqué el móvil del bolsillo y marqué. Mientras esperaba a que Lloyd Wagner contestara, recordé el gesto que me había hecho en el juicio antes de apuñalar el maniquí con mi cuchillo de deshuesar. Lloyd se había sentido incómodo, pero era su trabajo y tenía que hacerlo. Yo no se lo tuve en cuenta. Le había acompañado alguna vez al laboratorio forense, incluso a una o dos escenas de crimen. Habíamos comido o cenado juntos varias veces cuando me ayudaba a revisar varios puntos de una de mis novelas. Lloyd tenía la cara alargada, pelo rubio ondulado y una sonrisa de chiflado que raramente dejaba ver. Aficionado al cubalibre. Madrugador. Era un poco frío, como corresponde a todo perito criminalista, aunque yo siempre pensé que había buena química entre los dos. Y, lo más importante, Lloyd había metido en bolsas las manos y los pies de Genevieve, recogido huellas, analizado el ADN. Saltó el buzón de voz, de modo que probé llamarlo a su casa. Su mujer estaba enferma, un cáncer en fase casi terminal, si es que no había muerto ya.

Contestador automático. Qué anticuado.

Después de la señal dije:

–Hola, Lloyd. Soy Andrew Danner. Sé que probablemente te parecerá extraño que te llame, pero estoy en libertad, más o menos. Me pregunto cómo podría reconstruir la noche de... la noche en que fui a casa de Genevieve. Pensaba que nadie mejor que tú para decírmelo. Naturalmente, nunca hemos hablado de las pruebas, pero me gustaría conocer tu opinión. Creo... creo que alguien me colgó el mochuelo. A menos que yo esté todavía temporalmente loco, que también podría ser. Bueno, Lloyd, necesito tu consejo. Llámame, por favor.

Colgué y caminé en círculos por la cocina. Saqué del taco el cuchillo de deshuesar y lo examiné como si pudiera decirme algo nuevo. Después volví a marcar.

Oí tres tonos y luego una voz familiar:

–¿Diga?

–Me gustaría verte –dije–. Sólo unos minutos, antes de que salgas para el trabajo. ¿Puede ser?

La pausa duró tanto que pensé que April había colgado. Al fin dijo:

–Pero sólo unos minutos.

Me di cuenta de que aún tenía el cuchillo en la mano, de modo que lo devolví a su sitio. Di las gracias a April y me dispuse a salir.

Atravesé las colinas de Encino. Las casas de la época Eisenhower situadas detrás de jardines con forma oval aparecieron una tras otra en el resplandor de mis faros antes de desvanecerse en la penumbra de la madrugada. Paré con el motor al ralentí frente a la casa de April y volví a telefonearla. Aparte de una luz atenuada tras los visillos de su habitación, la casa parecía muerta.

Cuando levantó el auricular, dije:

–Ya he llegado.

Se encendieron las luces, dejando constancia de su marcha a través de la casa hasta la puerta de delante, y luego la persiana de la entrada se movió.

–¿Por qué no llamas al timbre? –preguntó por teléfono.

–No quería asustarte.

–Ya. Está bien, sube.

Al llegar al porche, la puerta rebotó contra la cadena de seguridad. April rio un tanto cohibida, soltó la cadena y me indicó que entrara. Nos sentamos uno enfrente del otro en sendos sofás blancos sacados de un anuncio de compresas.

Elogió la cicatriz de mi cabeza.

–¿El Dilantin te ha producido picores?

–Los médicos se han portado bien. –Cambié de postura, incapaz de sentirme cómodo–. Quería darte las gracias por ir al juicio. Creo que eso contó mucho, y si no fue así te lo agradezco igual.

–De nada. Me alegro de que te absolvieran, y siento que tuvieras que pasar por todo eso.

Pese a su semblante impasible, estaba rígida. Llevaba una falda de lino subida hasta medio muslo y un top con tirantes anudados en la nuca, acentuando su garganta, que ahora estaba colorada por un rubor nervioso que se negaba a remitir. Se había sentado en el borde mismo del sofá, como dispuesta a huir en cualquier momento, y sus ojos se movían de un lado a otro, incómodos. Bueno, ¿por qué no? ¿Qué iba a decir ella?

Te echaba de menos –dije.

Bajó la vista a su regazo, y me sentí repentinamente vulnerable, consciente del tajo que tenía en la cabeza. ¿Le daba miedo estar a solas conmigo? ¿O me lo estaba imaginando?

Para April no había sido fácil. La prensa acampada en su jardín, helicópteros por la noche. La policía había arrasado su casa, vaciado papeleras por el suelo, incluso se habían presentado en su oficina con una orden judicial. April había esperado cinco días para ir a verme a la cárcel, cosa que me dejó claro por dónde iban a ir los tiros. Se había preocupado por mí, pero eso sólo la hizo sentirse peor. Me había recordado que sólo estábamos empezando a salir, nada más, que no estábamos comprometidos. Eran muchas cosas a superar por tres meses de relación sentimental.

Pensé en aquellas horas grisáceas, muy de mañana, cuando yo me movía en la cama y la encontraba allí a mi lado, cuando me acurrucaba contra su cuerpo y volvía a dormirme. Con qué facilidad olvidamos que necesitamos a la gente cuando todo va sobre ruedas. No había tocado a April desde antes del asesinato. Sólo la había visto a través de un cristal antibalas bajo la atenta mirada de un funcionario de prisiones, y ahora más allá de un trozo de moqueta blanca gastada. Sólo pensaba en el calor de su cuerpo mientras ella dormía, y en que ya no podía dar por sentado que volvería a disfrutar de eso. Bueno, tampoco entonces podía darlo por sentado, pero lo hacía.

Su inquietud era palpable, y el hecho de ser el culpable de ello fue un golpe muy duro.

Jugueteó con una punta de su blusa y entonces dijo:

–Mira, Drew, yo... –Le falló la voz.

–Tranquila. Comprendo que no quieras tener nada que ver con todo esto.

Consultó su reloj.

–¿Sólo has venido para darme las gracias?

–Sí, y a... –No sabía qué hacer con mis manos y las inmovilicé sobre el regazo–. ¿Puedo pedirte algo? Sólo una cosa.

April no pudo evitar ponerse alerta.

–¿Podrías repasar conmigo aquella noche?

–¿Yo...? ¿Por qué?

–Porque eres la única que puede hacerlo. Estoy tratando de componer el rompecabezas de aquellas horas, pero sólo recuerdo el desayuno y un platillo roto...

–¿De qué estás hablando, Drew? El juicio ha terminado. Estás en libertad. Deberías relacionarte, empezar a olvidar todo esto. O al menos dormir un poco. Si no te importa que te lo diga, tenías mejor aspecto en la cárcel.

–Confío en que algunas respuestas me ayudarán a dormir.

–O conducirán a nuevas preguntas.

–Cierto –dije–, pero al menos esta vez serán las preguntas correctas. –Esperé mientras ella miraba la pared a mi espalda–. Por favor, April, no volveré a molestarte más.

Inspiró hondo. Esperé a que soltara el suspiro, pero éste no llegó.

–Es como te dije en la cárcel –dijo al cabo–. Aquel día trabajaste. Yo llegué a eso de las seis. Fuimos a cenar a Fabrocini's.

–¿Nos encontramos con algún conocido mío?

–No. Luego fuimos a tu casa. Hicimos el amor.

–¿Dónde?

–En el sofá. Con la vista panorámica.

–¿Telefoneó alguien?

Negó con la cabeza.

–Y luego tuviste otra de tus migrañas. Te quedaste acostado, con las luces apagadas, lo de costumbre. Yo me puse a leer con una de esas lamparitas con pinza para poder estar a tu lado. Pero no ocurrió nada diferente de otras veces. Te acostaste normal...

El final de la frase quedó en suspenso: «y despertaste convertido en un asesino».

Descruzó las piernas, las cruzó de nuevo, se cubrió la rodilla con las manos enlazadas.

–Desperté sola en tu cama a las cuatro de la madrugada, cuando apareció la policía.

April solía dormir como un tronco. Me figuré su confusión al ver vacío mi lado de la cama. Quizá me había llamado para ver si estaba en el baño. El segundo e insistente timbrazo en la puerta. De confusa a preocupada, de preocupada a asustada. Descalza por la moqueta mientras iba a oscuras hacia el pasillo. Las luces de la policía a través del cristal empañado de mi puerta entrando hasta el vestíbulo, bañando el techo de la primera planta en azul y rojo. Qué largo debió de resultarle el trayecto escaleras abajo.

–¿No recuerdas una llamada telefónica, por la noche? ¿Y yo no hablé contigo después de que supuestamente escuchara el mensaje de Genevieve?

–No recuerdo nada.

–Me hago cargo –dije–. Gracias, April. Por todo.

La respuesta le salió a borbotones:

–Si hubieras sido más sincero conmigo respecto al tumor cerebral, podríamos haber evitado todo esto.

Traté de contestar, pero tenía la garganta seca.

–Estaba asustado.

–Vale. Estabas asustado y decidiste no contarme nada. Eso demuestra el tipo de relación que teníamos.

No podía transmitirle lo mucho que deseaba recuperarla, de modo que asentí lentamente con la cabeza. Ella se levantó, y yo capté la indirecta. Le di las gracias otra vez –tenía mucho que agradecerle– y, ya en la puerta, ella me dio un abrazo, estrechándome con fuerza. Después se volvió a toda prisa para que yo no le viese la cara.

–Cuídate mucho, Drew.

–Haré todo lo que pueda –dije.

7

Ansioso por dormir, me acosté con la idea de penetrar en otro fragmento de mis horas perdidas. Pero mi reloj interno había decidido despertarse y registrar el hecho de que eran las once de la mañana. Bajé a la cocina y me senté a la mesa con mis almendras rancias y un vaso de zumo de pomelo. Contemplé la vista. Empezaba a acostumbrarme a la sensación de ver el día sin que hubiera barrotes de por medio.

Al marcharme de casa de April había hecho mi primera salida con luz diurna, al Whole Foods de la esquina para comprar comida. La gente me pareció sorprendentemente amable. Una mujer mayor con una gorra de visera me hizo disimuladamente la señal del pulgar enhiesto desde la sección de frutos secos. El empleado, mientras iba metiendo mis cosas en bolsas reciclables, se inclinó hacia mí a la espera de que saliera el recibo impreso y me dijo por lo bajo: «Me alegro por usted». Yo sabía que no podía sacar conclusiones desde el punto de vista estadístico –probablemente eran más los que pensaban que yo estaba majareta–, pero esas frases amables me compensaron sobremanera de los desaires recibidos por parte de quienes constituían mis interlocutores favoritos para la charla matutina.

Sonó mi móvil.

–¿Qué estás haciendo? –Era Chic.

Cogí una almendra que me había quedado metida en un pliegue de la camisa, me la eché en la boca y respondí:

–Escribir.

–¿Te apuntas a una barbacoa? Olvídate por un rato de la puta condición humana.

–No, gracias.

–Paso a buscarte dentro de veinte minutos.

–Vale –dije cuando ya sonaba el tono de marcar–, será cojonudo.

Chic tiene una camioneta Chevrolet color cereza, tan grande que cuando estás dentro te sientes como un monigote de Playmobil. Mido oficialmente un metro ochenta desde que amañé dos centímetros extra al cumplir dieciséis años, pero Chic es todavía más alto. Y necesita más espacio vehicular.

Después de jugar como primer bateador en los Dodgers, había formado parte de los All Stars durante dos años consecutivos, pero eso fue antes del Bombo. Después de aquello abrió una cadena de asadores que bautizó como Chic Stics, sin importarle las incorrecciones ortográficas. Genio y figura...

En la trasera de la Chevrolet lleva un rótulo con el nombre de la cadena, «Chic's Stics». El apóstrofe se lo añadí yo con Magic Marker un día que Chic estaba entretenido arreglando un pinchazo. Que su cochazo lleve todavía una placa de los Dodgers dice más sobre él que cualquier descripción.

Su manera de conducir, lenta y regular, se aviene con su persona. No es que Chic sea petulante, sino que tiene esas maneras relajadas del alcohólico en período de rehabilitación. Alguien que después de vivir a tope descubre que eso no funciona, alguien que sabe qué cosas son importantes y cuáles un derroche de energía. Nos habíamos conocido en uno de sus restaurantes hacía cinco años, cuando yo había decidido hacer un *reset* en mi vida, y congeniamos de forma instantánea. Pese a haber tirado casi por tierra su matrimonio entre una y una docena de veces, la acostumbrada ristra de aventuras cuando jugaba fuera de casa, los tremendos bandazos de la suerte, Chic seguía con su novia del instituto. No era un hombre tremendamente apuesto, salvo cuando sonreía. Y tenía una risa suave y muy agradable que volvía locas a las chicas de la carretera. Al menos antes del Bombo.

Chic había jugado durante los noventa, antes de que los atletas empezaran a ganar millones. Y aunque creía en su talento, se apresuraba a decirte que no había sido titular en ninguno de los partidos de los All Stars que había jugado, que había echado a perder los mejores años de su futuro. Infamia aparte, ahora llevaba una vida apacible con su familia en Mar Vista, una ciudad dormitorio metida entre Santa Mónica y Venice, lo bastante cerca de la playa como para sentir los efectos de la erosión salina pero no tanto como para disfrutar de vistas (a pesar de su nombre). En sólo diez años, como gran parte de las urbanizaciones del Westside, Mar Vista había pasado de clase media a clase alta. Chic habría podido mudarse a un sitio mejor como Brentwood o los Palisades cuando su cadena de restaurantes empezó a funcionar, pero en cambio compró la casa del vecino, la hizo demoler y montó allí un patio gigantesco para sus ocho hijos, incluido un mini campo de béisbol.

Angela nos recibió en la puerta con un bebé en brazos, un niño pequeño agarrado a su pierna llorando, y tres o cuatro críos de diversos tamaños un poco más atrás, jugando al corre que te pillo alrededor de la mesa de la cocina. Todos los que sabían hablar me saludaron. Angela apartó de su cara una cuchara húmeda de alubias cocidas y me ofreció una mejilla deliciosamente tersa para que la besara, cosa que hice con gusto.

–Ay, Drew, estuvimos rezando por ti hasta que este suelo se cansó de aguantar nuestras rodillas.

Algunos niños salieron despedidos del tifón humano en que estaban metidos y chocaron contra mis piernas, llamándome a grito pelado. Yo les alboroté el pelo.

–Ronnie, has crecido.

–No, si soy Jamaal.

–¿Dónde está Ronnie?

–Aquí.

–Creí que eras Keyshawn.

–No, en esta casa no hay ningún Keyshawn, Drew.

Y así siguió el juego.

Mientras se ocupaba de tres niños y de un plato de muslos deshuesados de pollo frito –si esto fuera ficción, me echaría atrás e inventaría otra cosa, pero juro que era pollo–, Angela nos hizo pasar por la puerta lateral. Nos sentamos a una mesa de picnic en medio de lo que debía de haber sido el jardín delantero de los vecinos. Yo la miraba, como he hecho a menudo, totalmente pasmado. Para mí ella era la Supermadre, una mujer hermosa de suaves curvas y sonrisa pronta, siempre embarazada o criando o poniendo pan encima de una mesa recién limpiada. Empezamos a comer. Había también boniatos, maíz, masa fermentada recién cortada.

Angela se apretó la parte superior de los senos e hizo una mueca.

–Estoy a reventar –dijo–. Necesito una boca.

–A mí no me mires –dije.

Frunciendo el ceño en broma, se echó una mantita al hombro mientras Jamaal le pasaba el bebé.

Chic arrasó con unas costillitas de cerdo, escupiendo metralla. Hizo una pausa para eructar, y Asia, cuyo mentón llegaba apenas a la altura de la mesa, dijo:

–Cuando empieces a ir al parvulario no podrás hacer eso, ¿sabes?

–Está bien, nena. –Chic señaló el plato de Ronnie–. ¿Te lo vas a comer?

Ronnie protegió su plato con ambos brazos.

–Claro.

–Muy bien. Si no lo terminas, haré que limpies todos los retretes de la casa con tu cepillo de dientes.

–A que no.

–Espera y verás.

Ronnie se puso a comer otra vez. Finalmente le acercó el plato a su padre, y éste le pasó el brazo por los hombros y le dio un beso, dejándole una mancha grasienta en la frente que provocó quejas en los otros chavales. Angela se acomodó el bebé en su regazo y empezó a cortarle las uñas con los dientes, escupiéndolas hacia la buganvilla. Hacía fresco y el aire olía a jazmín; miré a Angela y le dije: «Gracias».

Me guiñó el ojo y se levantó, haciendo señas de que había que recoger la mesa. Los niños que no estaban en la cama colaboraron y luego fueron enviados a sus habitaciones para echar la siesta o leer o prenderle fuego a algo.

Chic y yo nos quedamos allí sentados, bebiendo cerveza y contando los coches que pasaban. Cuando llegamos al quince, un tipo de mediana edad que conducía un camión bramó:

–¡Chic Bales, eres un cagón!

Chic y yo saludamos como habíamos ensayado muchas veces: un gesto con la mano estilo reina de belleza.

Unos años antes de conocer a Chic, hubo una final de *play-off* en San Francisco para determinar el campeón de la Costa Oeste. El partido del Bombo. Yo había maldecido aquella bola en directo, y cientos de repeticiones de moviola lo habían conservado fresco en mi memoria desde entonces. Parte baja de la octava entrada, los Dodgers en el terreno, ganando de uno. Corredores en las esquinas. Empate. Robbie Thompson batea un altísimo bombo, dos fuera invalidando la regla del englobado al cuadro. Bales está debajo de la bola, hace señas al segundo bateador para que no intervenga. La bola se debate eternamente contra los vientos del Candlestick[1]. Uribe, que viene desde la primera base, está ya a medio camino de la línea de tercera base cuando la bola golpea el guante de Bales, le da en el muslo y rueda tontamente hasta el banco de los sustitutos de los Dodgers. Los Men in Blue van tres arriba, bajan tres en la altura de la novena entrada y pierden el campeonato. Chic se da a la bebida y no vuelve durante dos años.

–Al menos ahora –dije– puedo hacerte compañía en las filas de los menospreciados. Me siento como el que toca la tuba en el instituto.

Chic sonrió.

1. Estadio de béisbol en San Francisco, famoso entre otras cosas por estar a merced de vientos de mil demonios. *(N. del T.)*

–El instituto. Los peores seis años de mi vida.

–¿Te afecta eso alguna vez?

–Qué va.

–¿En serio?

–Pues claro que me afecta, DrewDrew, pero luego me digo: cada cual lleva su cruz a cuestas. Se trata de ver con qué dignidad la llevas. ¿Es que no lees nunca la Biblia? –Se rio al tiempo que se sacaba algo metido entre los dientes–. Mi cruz está ganando una pasta gansa, y encima se ha convertido en uno de los grandes de la historia del béisbol profesional. Resumiendo: hice el ridículo delante de veinte millones de espectadores. A más de diecinueve de esos millones no los conozco ni los conoceré nunca. –Se encogió de hombros–. Es peor que ser violado en grupo en un campo de concentración ruandés.

Le concedí que llevaba razón.

–Lo que yo hacía no es ningún oficio con mayúsculas. El tuyo tampoco. Nadie necesita nuestros así llamados servicios. Ningún niño enfermo se curará porque alguien escriba novelitas o saque una línea al campo contrario. –Hizo una pausa y estiró los brazos como si cruzara el bate–. Aunque sea bonito. Lo que yo aportaba no puede considerarse siquiera un lujo. ¿Si lamento haber sido marginado? ¿Que la gente me odie? Que se jodan, prefiero dedicarme a mis salsas de barbacoa. Porque tú sabes que para eso se requiere un negrazo con la cabeza bien puesta sobre los hombros.

–Pero a mí no se me ha caído una bola elevada...

–Oh, ¿ahora resulta que sabes lo que hiciste o no hiciste? –Dio un capirotazo a un grano de maíz que tenía en la rodilla–. La semana pasada, James escribió un trabajo sobre medioambiente. El borracho ese, el capitán del *Exxon Valdez*, vertió más de cuarenta millones de litros de crudo en ese estrecho. ¡Cuarenta, nada menos! Se cargó a tropecientos millones de pájaros y nutrias y a saber qué más. El gobierno dijo (y en mi modesta opinión de no diplomado, el gobierno se pasa de optimista) que se tardarían treinta años en limpiar el vertido. O sea, nos vamos al 2020, no veas. Y yo fingiendo que ayudo a James a redactar la jodida tarea mientras Angela termina con Asia en el baño, y todo el tiempo preguntándome: y ese hijo de la grandísima puta, ¿cómo se despierta cada mañana? Así que en cuanto James se va a la cama, me pongo a hacer averiguaciones. El tipo vive en Long Island, trabaja para una aseguradora haciendo valoraciones. Cada mañana se levanta, se toma su café y se va a trabajar como el resto de los pobres mortales. Tiene bocas que alimentar. Y yo digo, pues muy bien hecho. –Me miró un momento y añadió–: ¿Qué pasa? Se supone que esto levanta el ánimo...

–Yo sabía lo del tumor desde hacía meses. –No encontré signos de sorpresa o condena en su rostro, pese a que esperaba al menos una de esas cosas–. Pero no podía hacer nada al respecto, estaba atado de pies y manos. Lo mantuve en secreto porque me preocupaba que cuando renovara mi seguro de enfermedad no me pagaran la operación si descubrían que yo tenía eso antes de suscribir la póliza.

–¿Y qué?

–¿Cómo que «y qué»?

–Yo no oí que ningún abogado te preguntara si sabías que tenías un tumor. No cometiste perjurio. Y, que yo sepa, considerar la posibilidad de defraudar a una aseguradora no es ningún delito. De todos modos, dudo que hubieras tenido narices de llevarlo a cabo.

El comentario me recordó una cruel ironía, algo que en los últimos meses había contribuido a empeorar mi insomnio: Genevieve quizás había muerto debido a mi tumor cerebral, pero que ella muriera probablemente me había salvado la vida.

–Esto me hace culpable aunque sea inocente –dije.

–No te hace culpable, sino que te hace sentir culpable. Más culpable aún que si la hubieras matado. Pero, pasara lo que pasase aquella noche, yo estoy contigo.

–¿Aunque sea culpable culpable?

–Si eres inocente no necesitas ayuda, ¿verdad?

No le dije gracias por temor a echarme a llorar, pero Chic lo notó en mi cara. Me guiñó un ojo y tomó otro traguito de cerveza light.

–Dicen que un verdadero amigo es aquel que te ayuda a hacer un traslado. En el barrio donde me crié, un verdadero amigo es alguien que te ayuda a trasladar un cadáver. –Ladeó la cabeza, dirigiendo hacia mí sus ojos castaños. Las pestañas rizadas, vagamente femeninas, no cuadraban con el resto de su cuerpo–. Bueno, ¿qué tal si ahora me explicas qué diablos está pasando?

Le conté lo del sueño que había tenido la víspera y el corte en el pie, y que había ido a casa de Genevieve.

–No puedo vivir con esto –le dije–. Me despierto y no sé dónde he estado por la noche. He montado una cámara digital en mi maldito cuarto para vigilarme a mí mismo. Miro el cuentakilómetros para ver si he salido de casa. La explicación más clara es que estoy chiflado, pero resulta que sé que no lo estoy.

–Bueno, quizás estás sólo un poco chiflado, como todo quisque.

–¿Tú crees que el corte me lo hice yo?

Chic se encogió de hombros.

–¿El primer día de tu vuelta al mundo, y comiéndote la sesera con todo lo que pasó? Pues yo diría que sí, es bastante probable que te lo hicieras tú mismo. Y más teniendo en cuenta lo que me has dicho de tu tumor; seguro que llevarlo en secreto te obsesionaba. Pero te diré una cosa: si alguien te la estuviera jugando, esto es solamente el principio.

–¿Por qué lo dices?

–Si alguien hace algo así, es por una razón. Y, puesto que no eres un político y tampoco Donald Trump, ese alguien se está tomando demasiadas molestias para conseguir... ¿qué?

Se pasó la manaza por el pelo, cortado casi al cero con una estúpida línea en diagonal en la parte delantera.

–¿Y qué sería preferible? –pregunté–. ¿Que me estén jodiendo a base de bien, o que yo me esté chalando por momentos?

–¿Cuál sería la posibilidad número tres?

Exhalé el aire que estaba aguantando.

–No puedo evitar darle vueltas a todo esto, pero ¿y si lo que descubro no me gusta nada?

Se terminó su cerveza con un gesto de poderosa concentración típico de él, y luego dijo:

–Afróntalo todo. –Tiró la botella vacía encestando en el cubo de basura que había a diez metros–. Paso a paso.

Regresamos a mi casa en silencio. Chic me apretó la nuca un par de veces para darme ánimos. Ya me había apeado de su camioneta y me dirigía a mi casa cuando me silbó entre dientes. Estaba en la acera, el motor en marcha detrás de él.

–Sé que ha estado en boca de la gente, pero nadie lo dice nunca con las palabras exactas. –Se lamió los labios sin apartar la vista–. Siento que esto te haya pasado a ti.

Mientras rodeaba el vehículo por detrás para montar otra vez, alguien que pasaba correteando le enseñó el dedo anular.

Chic saludó con el brazo.

8

Aquella noche me puse a ver anuncios por televisión. Solamente anuncios. No estaba para melodramas largos. Y vi lo que cabía esperar: detergentes en guerra abierta contra la suciedad, amas de casa hechas polvo tratando de ordenar armarios, hongos de dibujos animados bailando la conga entre los dedos de los pies.

El móvil vibró en mi bolsillo.

–¿Qué haces? –preguntó Preston.

–Aquí tumbado, sin ganas de nada. Lamentándome de un mundo injusto.

–Estoy por la zona. ¿Me paso?

–¿Y si digo que no?

–Dentro de diez minutos estoy ahí.

Al cabo de tres cuartos de hora, sonó el timbre.

–¡Tienes llave! –le chillé.

Preston entró en el salón y vio el panorama.

–Cortinas echadas. Platos por fregar. Toda la ropa hecha un lío. ¿Qué tal si reescribimos esta escena?

Preston es mejor amigo de lo que parece. Fue el segundo en venir a verme a la cárcel, después de Chic, e incluso amenazó al guardián novato con exigir que ampliaran las horas de visita. Aunque no era fumador, había encendido un cigarro detrás del plexiglás, supuse que para estar acorde con el ambiente. Luego, tratando de contener la tos, había exhalado el humo lejos de su flequillo, diciendo como si tal cosa: «No hay postales de la cárcel, ¿verdad?».

A sus cuarenta y pocos años, Preston tiene unos intensos ojos azules y una mandíbula cuadrada que se desencaja de los costados cuando trata de convencerte de algo, cosa que sucede a menudo. Ha editado todos mis libros, los cinco, y jamás me ha pedido ninguna opinión sobre asunto alguno, ya fuese trivial o de vida o muerte. Exasperantemente decidido, inusitadamente prágmático, exageradamente implicado, Preston parece vivir en su propia piel los libros que publica. Adora lo fantástico, pero sus facciones mostraban una emoción aún mayor por estar ahora en la verdadera vida real.

Continuó examinándome con la cabeza ladeada.

–¿Cómo te sientes fuera de la trena? –Parecía haberse metamorfoseado en un cómplice con mucha calle y un vocabulario ad hoc.

–Con un pie aquí y el otro no sé dónde –respondí–. Mi horóscopo dice que es porque Júpiter está en mi décima casa.

–Vaya, eso es malo, sí –dijo, pensativo–. Una vez, de chavales, tuvimos una comadreja en el excusado.

Preston se crió en Charlottesville, en una familia muy convencional, y esporádicamente deja escapar algún que otro detalle pueblerino. Poseer apartamentos en Manhattan y West Hollywood a cuenta de tu salario de editor no cuadra con alusiones a excusados y comadrejas, pero si le quitaras a Preston todo su amaneramiento, no quedaría nadie con quien discutir.

Miró en derredor, cruzándose de brazos, impotente ante el follón que reinaba en mi casa.

–Me figuro que haces lo que puedes, dadas las circunstancias –concedió.

–Mis sufrimientos me han ennoblecido.

Apretó los labios y me miró como si eso pudiera no ser verdad.

–Gracias por ocuparte de mi correspondencia –le dije–. Por no hablar de la refinanciación de mi hipoteca.

Hizo un gesto desechando el agradecimiento, y luego miró la tirita que yo llevaba en el pie.

–¿Qué te ha pasado?

–Me corté con un cuchillo de deshuesar.

–Oh, claro. ¿Y por qué?

–Porque estoy loco.

–¿Me lo vas a contar?

Fingió paciencia mientras le relataba lo sucedido la noche anterior. Cuando hube terminado, dijo:

–Prepararé un poco de té. –Se metió en la cocina y desde allí gritó–: ¿Tienes limón?

–Mira en el frigorífico.

Volvió a los pocos minutos con un vaso de hielo y la botella de Havana Club que él había escamoteado a raíz de un supuesto viaje de investigación a Cuba y que me había regalado, supuestamente también, como presente de contrabando. Preston la tenía escondida en mi cocina para que otros invitados no tuvieran acceso a ella. Sentado en el largo brazo de mi sofá en L, bebió un sorbo de ron. Me fijé, con cierto mosqueo, que no se había ofrecido a traerme nada.

–¿No deberías estar en Nueva York? –pregunté.

–He alargado mi permiso oficial. –Una sonrisa astuta–. Estaré trabajando aquí unos meses, de modo que puedo echarte una mano. –Juntó sus dedos de buena manicura–. Mira, Drew, no voy a mentirte. No sé si la mataste o no, pero una cosa sí sé: si estuviese en tu lugar y tuviera una duda razonable respecto a mi culpabilidad, no me quedaría aquí sentado.

–¿Qué harías tú?

–Investigar.

–Consígueme informes del forense, un análisis de sangre completo, y un vídeo de la zona.

–No te pases de listo, Drew. No estás en condiciones de permitírtelo. Puede que hayas salido en libertad, pero la gente te considera un asesino. Estás cortado por ese patrón, y, a diferencia de O. J., no puedes dedicarte a jugar al golf y vivir de tu cuantioso plan de jubilación. Si aceptas la sentencia, vale. Procura no empezar a beber otra vez. Pero si no aceptas la sentencia, tienes que librarte de ese tumor, indagar en lo que sucedió y rehabilitarte. –Masticó un cubito de hielo–. La novela en que deberías estar ocupado es la que estás protagonizando.

Bebió otro sorbo, haciendo sonar los cubitos dentro del vaso. Incapaz de administrar su propia vida, Preston se dedicaba a microadministrar la mía. ¿Conseguiría acabar conmigo en una celda de aislamiento? Me retrepé en la butaca y contemplé el techo blanco.

–Harriman –prosiguió– supo retratarte como el asesino del caso, pero esta tontería de la locura podría no ser la versión real de los hechos. Y si no lo es, entonces tienes que averiguar tu historia. La verdadera. –Sus ojos brillaron, excitado ante las posibilidades–. Quizá no lo hiciste tú. Quizás alguien se coló en tu casa. Quizás existe una trama como en *Luz de gas* para acabar con tu sano juicio. Nunca leemos los libros sobre las novecientas noventa y nueve veces en que algo sucede como se esperaba; leemos los que hablan de la vez que salió mal. O que salió de manera extraña o extraordinaria. Y en este caso –añadió señalándome– son muchas las probabilidades de que se trate de algo así. –Se quedó mirándome, pero antes de que pudiera responder continuó–: Se trata de tu vida, Drew. ¿Qué has hecho para explorar todo esto desde que volviste a casa?

–Miré por todas partes, comprobé mis mensajes de correo electrónico y busqué en mi PalmPilot para ver si podía encajar alguna pieza, hablé con...

–Oh, vaya, estoy impresionado. ¿Te has dedicado también a torturarte de lo lindo, a regodearte en la melancolía? ¿Has tocado el saxo a oscuras?

La cara me ardía.

–He procurado torturarme lo menos posible, pero sí, algo de eso ha habido. Oscuridad moderada, pero nada de melancólicos instrumentos de viento.

–¿Qué has hecho hoy?

–Abrir el correo. Y he comido ñames.

–¿Ñames?

–En casa de Chic.

Levantó las manos al cielo como si eso lo explicara todo.

–¿Tú quieres hacer progresos o quieres estar de mala leche?

Lo pensé un momento.

–Quiero estar de mala leche.

–¿Qué haría Dirk Chincleft en tu lugar?

Preston tiene varios apodos poco agradables para mi personaje Derek Chainer. Es lo bueno de los editores. Su ingenio.

–Dirk Chincleft es inspector de Homicidios –respondí–. Tiene influencias. Yo no tengo ninguna, a nivel oficial.

–¡Venga ya! Te has atascado en el primer acto y no estás manejando la narración. Me decepcionas. O dominas tú la trama, o la trama te domina a ti.

–Esto no es una jodida novela.

Se inclinó e hincó un dedo en el suelo.

–La vida entera es una jodida novela. Y tú estás dejando que ésta languidezca. Necesitas que algo derribe la puerta, que entre a saco en la trama, que impacte en tu historia. Que te haga reaccionar. Actuar. Pero en el caso probable de que eso no ocurra, necesitas descubrir qué sucedió esa noche. Si es que no te da miedo. –Me fulminó con la mirada, quizá presintiendo que acababa de tocar un punto sensible–. La misión del escritor, más que ninguna otra, es no tener miedo de las posibilidades.

–Pero yo lo tengo.

No había caído en ello hasta que lo dije en voz alta. Me daba miedo lo que pudiera descubrir, y ese temor me tenía paralizado.

Habíamos derivado hacia los sentimientos del escritor, un territorio incómodo para Preston. Dejó de mirarme y recogió las correas de su bolsa, perdido el impulso del momento anterior. Se puso en pie y se sacudió el pantalón.

–No quiero parecer el típico y odioso angelino, pero tengo Bikram yoga.

–¿Yoga con los Teleñecos?

–En habitación caliente. A cuarenta grados. –Maestro de la última palabra, Preston se detuvo en el umbral de la sala de estar. Por una vez su expresión parecía sincera–. Dirk Chincleft no se quedaría ahí tumbado –sentenció.

La puerta se cerró suavemente tras él, y el pestillo encajó con un clic de autosatisfacción.

Nunca había imaginado que la libertad podía constreñir de esta manera. Si me hubieran condenado, habría tenido al menos el beneficio de siniestras historias carcelarias, mis estoicas últimas palabras una vez atado a la silla eléctrica. Preston llevaba razón en una cosa: me encontraba en un callejón sin salida narrativo. Contemplé mis alternativas. Ninguna me pareció agradable, de modo que subí arriba acuciado a cada paso por lo que Preston me había dicho. ¿Adónde va uno –en la vida real– cuando el caso está cerrado, y el tribunal, la poli, la prensa, el público en general (e incluso tú) creen que eres el asesino? No hay sitio adonde ir, qué coño.

Bueno, con un poco de suerte, te vas a la cama. Que es lo que me disponía a hacer finalmente.

Entré en mi cuarto y me quedé de piedra.

El tumor había desaparecido. Salvo la radio despertador y la lamparita de noche, la mesilla estaba vacía. El bote de cristal no estaba, y no había ni una sola gota de formol derramada.

Sentí una descarga eléctrica por todo el cuerpo.

La última vez que recordaba haberlo visto había sido justo después de haber salido a fumar un puro a la terraza. ¿Acaso lo había escondido o tirado durante mi trance de cortarme el pie? El pánico se me concentró en la garganta, no podía respirar. Me atusé el pelo, palpando el surco de la cicatriz con la mano izquierda.

Retiré la colcha y miré debajo de la cama. En los cajones de la mesita de noche había las cosas de costumbre. Luego registré los armarios del cuarto de baño, tirando frascos y cajas de medicamentos. Pasé a mi despacho, abriendo y cerrando cajones con furia, hurgando en la papelera. Lo siguiente fue el cuarto de invitados en la planta baja, luego la sala de estar. Fui a la cocina, y entonces capté un brillo en el fregadero.

Un pedazo de cristal grueso.

Me acerqué. La tapa de rosca que ya conocía, una colección de añicos. Ni rastro del ganglioglioma.

Hoy sólo había estado en la cocina para coger la lata de almendras. ¿Había echado un vistazo al fregadero? Probablemente no. ¿Y anoche, después de estar siguiendo mi propio rastro de sangre? ¿Había mirado entonces? De cerca no.

Recogí los cristales y los puse en la encimera. Después de estudiar un momento la boca de goma del triturador de basura, me remangué la sudadera y metí suavemente la mano. Vigilando el interruptor de la luz que podía poner en marcha las aspas, hurgué allí dentro, temeroso del tacto que pudiera tener mi tumor. ¿Resbaladizo y firme? ¿Húmedo, quizás? Añicos de cristal me pincharon los dedos. Exploré a fondo el triturador pero estaba vacío. ¿Lo había puesto en marcha la víspera, haciendo desaparecer para siempre el tumor? ¿O bien el intruso se lo había llevado para sumirme aún más en el estado de paranoia que me asolaba sin remedio?

Saqué de su estuche de madera un Warre's de veinte años, dejando en su lugar los restos del bote roto. Luego cumplí con el ritual y vertí todo el contenido de la botella de oporto por las fauces del triturador, al que tal vez había ido a parar mi tumor cerebral.

Exhausto y perplejo, volví al piso de arriba, me metí en la cama y, finalmente, me quedé dormido.

A las cuatro en punto de la madrugada, mi casa explosionó.

9

El estallido hizo que me incorporara de un salto, gritando, y luego oí un crujir de objetos pesados y ruido de cristales rotos. Un torrente de seres humanos irrumpiendo en la casa. Pasos de botas en la escalera. Los intrusos, medio dormido como estaba, me parecían demonios sublevados. Por un momento volví a estar en la cárcel, oyendo aquellas voces fantasmagóricas que venían de abajo.

Estupefacto, me quedé mirando la puerta fijamente hasta que se abrió con violencia, dejando entrar a un ejército de seres vestidos de negro y provistos de gafas protectoras, chalecos antibalas y armas de asalto. Unos guantes oscuros me agarraron la muñeca y el tobillo derechos y me arrancaron de la cama.

–¡Quédate en el puto suelo!

–¡Las manos, ojo con las manos!

Mis miembros se abrieron como por voluntad propia y alguien me cacheó, cosa que no fue difícil porque sólo llevaba puestos unos *boxers*. Una marca de agua en letras mayúsculas blancas flotó delante de mis ojos, pese a que tenía la cara aplastada contra la moqueta: LAPD SWAT.

Moví la cabeza a un lado para poder respirar. El inspector Bill Kaden apareció acto seguido, y detrás de él Ed Delveckio. Kaden me apretó la mejilla con un dedo hasta clavármelo en los dientes.

–Ahora sí que estás jodido –dijo.

Mientras Kaden me llevaba escaleras abajo, esposado y apresuradamente vestido –en medio de los polis que ya habían empezado el registro–, y pasábamos por encima de los cristales de la puerta delantera que sembraban la entrada, fui consciente de una cierta estupidez, de una vergüenza retroactiva acerca de lo jodido que había estado antes incluso de saberlo. Mientras yo babeaba en mi almohada, ajeno a todo, alguien había redactado el guión, tomado posiciones, preparado el ariete. El corazón me seguía brincando dentro del pecho. ¿Estar en el lado malo de una redada? Pues no es tan divertido como podría pensarse.

Imaginé los periódicos en el monitor de la hemeroteca, titulares proclamando NUEVAS PRUEBAS SOBRE EL ASESINATO DE GENEVIEVE BERTRAND. ¿No habíamos quedado en que no podían procesarme dos veces por el mismo delito?

–Supongo que tendrá una orden judicial –dije.

Kaden me la puso delante de las narices, sujetándola con el puño. Se me arrestaba por asesinato, aunque el documento no citaba nombres. Eso, me figuré, sería cosa mía.

Kaden me arrojó al asiento trasero de un sedán sin identificar y se puso al volante. Delveckio ocupó el asiento del copiloto. Mis vecinos estaban mirando desde sus portales y ventanas.

–Podría haber llamado, y ya está –dije–. Habría ido yo solo a comisaría. Siempre he cooperado. –Varias manzanas más en silencio. Mi sensación de alarma empezaba a dar paso a la indignación. Carraspeé antes de hablar otra vez–: Yo digo: «¿A qué viene todo esto?», y usted: «Lo sabes de sobra, miserable». Y luego yo: «Quiero hablar con mis abogados», y usted: «En cuanto te hayamos fichado».

Sus respectivas nucas no contestaron nada.

Ahora estábamos en la autovía, dirigiéndonos a toda pastilla hacia el centro de la ciudad. Era la primera vez que pasaba por la 101 sin que hubiera tráfico. La autovía desierta, cuando normalmente era parachoques contra parachoques, tenía un aire postapocalíptico.

No me sorprendió, al cabo de un cuarto de hora, ver por el parabrisas el Parker Center. El hogar de Derek Chainer. Y de la división de élite de Robos-Homicidios de la policía de Los Ángeles. Testimonio en cristal y hormigón de la rentabilidad arquitectónica de los años cincuenta, el bloque rectangular de Parker tapaba el sol que empezaba a despuntar.

Me condujeron al piso de arriba, a una sala de interrogatorios. La puerta quedó abierta, y a cada momento entraban y salían polis con algún papel o para informar de novedades en voz baja. Volví a sentirme desorientado, nervioso, arrancado del lugar que me correspondía. Yo conocía esos pasillos. Conocía ese edificio. Había investigado sobre hombres como ésos y escrito acerca de ellos de manera encomiástica. Cuando se publicó mi primer libro, el agente encargado del punto de información me llevó a hacer la gira por el edificio, y vi un interrogatorio de verdad desde el otro lado del espejo unidireccional. ¡Qué gran distancia entre ese lado del cristal y éste!

–¿Por qué me han traído aquí? –pregunté.

Kaden dijo:

–Quítese la ropa.

–Vale, pero son cincuenta pavos por adelantado, y no doy besos en la boca.

–Que se la quite.

–Hasta que no hable con mi abogado, no –repliqué, furioso.

–Hablará después de que lo hayamos registrado.

–¿Espera que lleve metido un *bazooka* en el culo?

–Puede dejarse puesto el calzoncillo.

Me quité los zapatos. Kaden se quedó mirando mis pies desnudos y dijo:

–Alto. Esa tirita fuera, por favor.

Obedecí. Chasqueó los dedos y un tipo entró en la sala con una enorme cámara Polaroid y sacó una foto del corte que tenía en el dedo mientras yo me sostenía sobre un solo pie.

Terminé de quitarme la ropa, y los polis se cercioraron de que no tenía más rasguños ni arañazos. Mientras me vestía, el fotógrafo salió y cerró la puerta, dejándome con Kaden, Delveckio, una mesa y una silla, además del espejo en la pared. Las luces quemaban, alguien me había traído café. Mi misión consistía en bebérmelo y ponerme nervioso y tener que ir a mear y luego vomitar todos mis secretos para finalmente acabar en el trullo. Habría podido hacerlo mejor si hubiera sabido qué secretos eran ésos.

Delveckio señaló mi pie con un escueto gesto de la cabeza.

–Parece un corte reciente con un cuchillo, ¿no?

–Vaya, ¿también habla? –repliqué.

–Conteste la puta pregunta –cortó Kaden.

–Vale. Parece un corte reciente. Oiga, ¿qué demonios pasa aquí?

–¿Es que no tuvo cuidado?

–¿Haciendo qué, si se puede saber?

–Dígamelo usted.

Me pasé la palma de la mano por la frente sudorosa. Las luces me estaban machacando.

–Puede que entrara un intruso hace dos noches. Creo que alguien forzó la entrada mientras yo dormía, y luego me hizo este corte.

–Claro –dijo Delveckio–, el conejito de Pascua, ¿verdad?

Lo fulminé con la mirada.

–Estamos en enero. Yo pensaba más bien en el pitufo retrasado mental.

–¿Por qué no avisó a la policía? –preguntó Kaden.

–No puedo decir que se hayan portado muy bien conmigo.

–Y ese... misterioso individuo, ¿le hizo un corte y usted siguió durmiendo como si tal cosa?

–Estaba muy descolocado. Era mi primera noche en casa. Me desperté justo después, creo. Es posible que el tipo estuviera todavía en la casa, aunque no podría asegurarlo...

Kaden me puso una manaza en el pecho y me empujó, y yo caí en la silla. Dio un puntapié a la mesa, y ésta patinó por el suelo deteniéndose a un paso de mí. Ahora estaba sentado a la mesa de interrogatorio. Bonito truco.

–¿Dónde estuvo anoche entre las diez y media y las dos de la madrugada?

«¿Anoche? ¿Por qué anoche?»

–Vale –dije, esforzándome por seguir el hilo y sin conseguirlo–. Vale.

Delveckio me entregó un café, un gesto extrañamente educado, pese a sus intenciones.

–Cada vez más astuto, ¿eh? –dijo Kaden–. Esta vez trasladó el cadáver. Y luego lo lavó con una solución de lejía.

«Si le hiciste eso a Genevieve, ¿de qué otra cosa no serás capaz?» El corazón me dio un vuelco.

–¿Es April? ¿April está bien?

Me miraron los dos, cruzados de brazos, allí plantados, Delveckio en versión más flaca del corpulento Kaden.

–Díganme que se encuentra bien. Ya me han traído aquí a la fuerza. No añadan insultos a la injuria.

Delveckio estiró el brazo y me dio un golpe en la cabeza. Con la palma, pero fuerte.

–Eres un mierda –masculló–. Eso sí es añadir un insulto.

Creí que ya no podía respirar.

–Díganme que no se trata de April.

Kaden estampó sobre la mesa una foto de la escena del crimen. Me eché a temblar de tal manera que el café se desbordó del vaso de plástico y me escaldó los nudillos: una mujer sobre la camilla del forense, con un tajo ya familiar en la boca del estómago. Pero no era April.

Fue como si una luminosa capa de esperanza descendiera sobre mí. Dos cadáveres, el mismo modus operandi. Si yo no había matado a esta mujer, tampoco había matado a Genevieve. Mi nombre sería rehabilitado. El alivio duró muy poco, en cuanto fui consciente de mi situación: sala de interrogatorios, Parker Center. Yo era el principal sospechoso, cómo no.

–Soy inocente. Yo no lo hice. ¿Qué están pensando, que se me resbaló el cuchillo mientras la mataba y me corté el pie?

–Se desnudó para asegurarse de que la sangre no le salpicara la ropa –dijo Delveckio–. Al manipular el cuerpo, con un cuchillo en la mano, se cometen deslices.

–Vamos, hombre. Eso no es ninguna prueba.

–Ah, ¿quiere pruebas? –repuso Kaden.

Ya estábamos otra vez. El puto *déjà vu*.

–Encontramos una lona protectora en su cubo de la basura. De esas para tapar el coche, por ejemplo.

Me salió una especie de tos silenciosa. No podía hacer otra cosa que seguir luchando. A ciegas. Mantenerme fiel a la idea de que yo no era un asesino, y mucho menos doble.

–¿Por qué iba a dejar esa lona en mi propio cubo? –pregunté.

–No fue eso lo que hizo –dijo Delveckio–. Primero la quemó, pero se dejó una esquina. Y ese trocito de lona tiene residuos que concuerdan con el adhesivo de la cinta aislante con que ella estaba maniatada.

No supe qué responder.

Kaden se rio de mi desconcierto, aunque en sus ojos no había humor.

–Le han cargado el mochuelo otra vez, ¿eh? ¿Otra teoría de la conspiración, como en lo de Kennedy?

–Yo no lo hice –murmuré.

–Es curioso, porque el asesino ha actuado exactamente igual en todos los detalles. El ángulo de la cuchillada. El modo en que estaba colocado el cadáver. La cabeza vuelta hacia un lado, el pelo sobre el ojo derecho. No es el tipo de detalles que damos para las noticias de las seis.

Mis pensamientos se mordían atropelladamente la cola.

–He aquí lo inesperado –continuó Kaden–. Ese trocito de lona protectora que encontramos en la basura, ¿sabe?, tenía algunas sorpresas más. Sangre de la víctima y sangre del asesino. ¿Y en cuanto al baño de lejía? Se dejó usted algunos puntos. Había un cabello debajo de una uña. Y rastros de sangre en la planta del pie de la víctima.

«Yo no puedo haber hecho esto –pensé–. Es imposible que hiciera eso anoche.»

–Por lo que hemos podido establecer, existe sólo una conexión entre las víctimas –dijo Kaden–: usted.

Señalé el cuerpo que aparecía en la foto.

–No sé quién es esa mujer. ¿Por qué iba a matarla?

–Trata de decirnos que no lo hizo, y se ha pasado las treinta y seis horas desde que salió en libertad removiendo el fango de un caso del que acaba de ser absuelto. Primero acosa a Katherine Harriman para echarle el guante al perito criminalista clave de la investigación. Está usted dando un nuevo significado a eso de volver al lugar del delito.

Hizo una seña a Delveckio, que fue hasta el rincón para desconectar la cámara de seguridad que nos enfocaba desde lo alto. Kaden puso ambas manos sobre el canto de la mesa, inclinándose de forma que su cara quedó a unos palmos de la mía. De un empujón hizo que el tablero de la mesa chocara con mis costillas mandándome hacia atrás con silla y todo. La madera golpeó las paredes a uno y otro lado y me dejó a mí atrapado en la esquina.

–Un tipo alto como usted podría sentirse un poco apretujado ahora mismo. Vaya acostumbrándose, porque ésa es la medida de su celda para toda su puta vida.

Mientras andaba, Kaden se iba remangando la chaqueta.

–Vamos a suponer que yo hago de poli malo, pero, verá, este juego es diferente. Aquí no hay poli bueno. Sólo poli malo y poli malo. Delveckio y yo odiamos más que a nadie a los asesinos de mujeres. Usted escapó una vez. No vamos a permitir que eso se repita.

Miré a Delveckio. Todo un detalle por parte de Kaden, hacerle sitio bajo el paraguas de los machos. Con su complexión delgada y sus ojos acuosos, Delveckio no tenía una pinta demasiado amenazadora. Kaden, por el contrario, parecía dispuesto a meterme los dedos en la cara y utilizar mi cabeza como bola de bolera.

–Estamos dispuestos a darle una paliza –prosiguió–. A partir dedos y romper costillas. Y también a testificar que no nos quedó más remedio porque usted se puso violento. Preferiríamos no recurrir a eso, pero lo haremos. Usted decide: o aguanta estoicamente o se libra de la paliza, pero sea como sea va a hablar, y esta vez no tiene a mano un tumor cerebral que le salve de ser un cochino asesino.

La foto de la escena del crimen había resbalado de la mesa cayendo en mi regazo. Del revés, parecía más grotesca todavía. Sangre y carne cercenada, sin otra orientación.

Las náuseas que ya conocía empezaron en mi estómago, haciéndome sudar todavía más. Las sábanas húmedas de la cama en el hospital, las voces rebotando en las paredes de la celda. Las costras habían saltado, dejando ver la misma y terrible escena. ¿Dónde me encontraba? ¿Qué había hecho? Toda mi determinación se vino repentinamente abajo y sentí la desmoralización de una derrota largamente esperada, de entregar las armas y rendirme a lo inevitable. Quizá sí la había matado yo. No podía afirmar que recordara la última vez que había encontrado un cadáver en circunstancias similares. Las pruebas, Genevieve, mis lapsos mentales..., era demasiado.

«¿Dónde estuvo anoche entre las diez y media y las dos?»

Solo en casa. Fuera de combate. Ya, y qué más.

Bill Kaden se aproximó a la mesa con un aspecto nada amistoso. Abrí la boca para ofrecer una temblorosa confesión tipo «yo no sabía que...» cuando de pronto, como un fogonazo, algo me vino a la cabeza e hizo que me enderezara en la silla y clavara los puños en la gastada madera de la mesa.

–¡La videocámara! –exclamé–. ¡Me grabé cómo dormía!

10

Me dejaron a solas en aquella sala durante una hora y tres cuartos. El primer rato lo pasé sentado en la silla con la foto, que ellos habían tenido la consideración de dejar allí para que me hiciese compañía. En el reverso ponía «Kasey Broach, 22/1, 2.07 horas». Los inspectores no habían perdido tiempo en ir por mí. Cuando no pude soportar más la espeluznante fotografía, no me quedó otra cosa que hacer que contemplar mi reflejo deformado en el espejo. La distorsión amplificaba mi pelo erizado sobre el surco de la cicatriz, o quizás ése era realmente mi aspecto.

Mi videocámara digital tenía una memoria de ciento veinte horas, lo cual significaba que había estado grabando sin parar desde que la había conectado, captando todos mis movimientos en la cama. Para bien o para mal, allí estaría la respuesta. Yo durmiendo apaciblemente o bien levantándome sonámbulo para ir a matar.

Al cabo de un rato moví de nuevo la mesa y la silla hasta el centro de la sala. Mientras caminaba me sorprendí pasándome los dedos por mi cicatriz escondida. Cuando fue la hora en punto, le dije al espejo que orinaría en el rincón si alguien no me llevaba al baño. Un momento después la puerta se abrió y un guardia novato con cara de pocos amigos me acompañó por el pasillo y luego de vuelta a la sala.

Kaden y Delveckio volvieron por fin, trayendo sillas y cara de dispepsia, al menos Kaden; por lo que yo sabía de Delveckio, ésa era su expresión normal. Al ver sus caras, sentí ni más ni menos que alborozo: yo no había sido.

Se sentaron enfrente de mí. La carpeta que Kaden dejó sobre su regazo tenía una marca de sudor de la mano.

–Hemos visto la filmación –dijo–. El laboratorio opina que seguramente no está trucada. No hay problemas técnicos en la continuidad.

Suspiré eternamente. Sentí tal alivio que casi se me fue la cabeza.

Kaden estaba hablando.

–Pero podría usted tener un cómplice. O el forense quizá se equivocó al determinar la hora de la muerte. Estuvo usted fuera de cámara durante media tarde y la primera parte de la noche.

–Tengo coartada. Estuve en casa de un amigo por la tarde, y luego vino a verme mi editor.

–Sigue sin convencerme –dijo Kaden–. ¿Por qué un inocente (inocente pese a que toda la evidencia física en el lugar del delito apunta nada más que a él) habría de tener una sólida coartada?

–Porque pensé que podía haberme cortado yo el pie estando dormido, y me preocupaba la posibilidad de estar perdiendo la chaveta.

Kaden rio:

–¿Perdiendo?

–Empecemos de nuevo. –Le tendí la mano–. Me llamo Drew.

Kaden se quedó mirándola como si fuera a escupirla, pero al cabo de un momento asintió con la cabeza. Delveckio hizo lo propio, de mala gana.

–De acuerdo. No os caigo bien, y a mí tampoco me gustáis mucho. –Miré a Delveckio–. Especialmente tú.

–¿Y por qué yo?

–La bromita del insulto era francamente mala. Kaden hace más poses pero impresiona más, de modo que supongo que tiene derecho a ello. Pero resulta que... –hice una pausa teatral– tenéis un caso por resolver. Puede que dos. Yo estoy metido en esta investigación. De manera peculiar, además. Me encuentro aquí, y sin abogado, de modo que sacad partido de la situación.

–¿Sabe qué me disgusta todavía más que los listillos de Hollywood? –dijo Kaden–. Pues reabrir casos que ya había cerrado.

–Si mi caso está cerrado, ¿quién mató a Kasey Broach?

Al oír el nombre de la víctima se quedó un momento perplejo, pero luego sus ojos se posaron en la foto.

–Pues no lo sé, Danner. Alguien que tiene tu mismo pelo, tu misma sangre y que usa tu papelera. Así que adivina a quién iremos a buscar cuando termine este rollo de la videocámara y tengamos otra vez un posible móvil.

A buen seguro, no al tipo que me había colgado el mochuelo.

Miré el cadáver de Kasey Broach preguntándome qué conexión tendría conmigo, si es que tenía alguna. O con Genevieve. Tal vez existía una conexión entre Broach y la familia Bertrand. O quizá sólo la habían asesinado para tenderme una trampa. ¿Quién podía tener motivos para verme entre rejas? Quiero decir, aparte de los dos inspectores a los que ahora me enfrentaba. ¿Acaso Genevieve estuvo saliendo realmente con alguien, y ese alguien consideraba que yo no debía ir por la calle impunemente? Quizá Luc Bertrand había contratado a alguien para destruirme por cualquier medio. Difícil de creer, con aquella mirada suya de besugo, pero bueno, tampoco era fácil creer lo del tumor. Seguí dándole vueltas, acordándome de un agente literario al que había despedido, de un tipo al que le rompí accidentalmente la nariz en una pista de baloncesto, de una carta estrafalaria que me había enviado un lector anónimo después de publicarse *Chainer's Link*.

–¿Cómo puedo ayudaros? –pregunté–. ¿Por dónde empezáis?

–A día de hoy –dijo Delveckio– no tenemos nada que podamos revelar.

–¿Genevieve y Kasey Broach tienen alguna cosa en común?

–Padres afligidos. Hermanas pequeñas desconsoladas... –Negó con la cabeza–. Yo me ocupé de informar al pariente más cercano, a Adeline. Ojalá hubiera tenido tu videocámara para que pudieras ver su reacción.

Me tragué las ganas de propinarle la reacción que se estaba buscando.

–Entonces, ¿no habéis encontrado nada que relacione a las víctimas?

Su sonrisita se difuminó y arqueó las cejas.

–Sólo a ti.

Kaden se levantó para marcharse, y Delveckio lo imitó con apenas un segundo de demora.

–¿Habéis encontrado algo fuera de lo normal en su sangre? –pregunté.

Se detuvieron y Kaden giró lentamente sobre los talones.

–¿Por qué lo preguntas?

–Dos días atrás, por la noche, me sentí muy mareado al despertar. Pensé que sería el estrés o alguna secuela del tumor, pero podría ser que me hubieran drogado para hacerme ese corte en el pie. –Me retrepé en la silla, cruzando los brazos–. Para sacarme sangre.

Delveckio miró a Kaden arqueando las cejas. Kaden dio dos solemnes pasos hacia la silla y se volvió a sentar.

–Entonces, si estabas drogado, ¿cómo es que te despertaste tan de golpe?

–Ni idea. Tengo una buena tolerancia a las sustancias tóxicas, secuela de mi disipada juventud. ¿Se podría analizar la muestra de sangre?

Kaden sacó un móvil de su bolsillo y marcó.

–Soy Kaden. Ponme con Wagner.

Se levantó y salió de la sala.

–¿Lloyd Wagner trabaja en el caso?

Delveckio parecía molesto por tener que seguir con lo mío.

–Pues claro –dijo–. Trabajó en el primer asesinato, ¿no? Por eso lo llamaste, supongo. Como le conocías del juicio, pensaste que podrías sacarle jugo.

–Le conocía de antes. Lloyd me ha ayudado en varios proyectos.

–Ya, pues creo que deberías saber que no tiene interés en ayudarte nunca más.

La voz de Kaden se filtraba por las paredes, pero no pude

distinguir lo que decía. Delveckio, mientras tanto, hacía todo lo posible por no establecer contacto visual conmigo.

–En la filmación –dije–, ¿os habéis fijado si... habéis visto si movía algo de la mesita de noche?

–¿Cómo dices?

–¿Un bote de cristal con algo dentro?

–Ya me imaginaba que esto se pondría más raro aún.

–¿Lo habéis visto o no?

–No.

Así pues, mi tumor ya se había largado cuando monté la cámara en el rincón. Por tanto, debió de desaparecer más o menos a la hora del corte en el pie. Otra rareza que añadir al montón.

Kaden volvió a entrar.

–A estas alturas ya no estaría en tu corriente sanguínea –dijo.

–¿El qué? –pregunté.

Kaden cambió el peso de pierna, una manera de contestar con evasivas.

–Vamos. Si es que alguien me drogó, al menos dime qué pudo correr por mis venas.

–Xanax y Sevoflurane. El alprazolam-no-sé-qué-más (eso es Xanax) es de corta duración. Lo otro también. Se trata de un gas anestésico. «Eliminación rápida del torrente sanguíneo», ha dicho el tipo.

–Entonces, ¿cómo lo detectasteis en Kasey Broach?

–Somos rápidos. El agente dio el parte por la radio de su coche patrulla. Supimos que el cadáver se parecía a Genevieve Bertrand y llamamos a la caballería para que nadie jodiera ninguna prueba. Nuestro perito criminalista acababa de dejar un informe de pruebas en Rampart, estaba a sólo unas manzanas de allí comiéndose un burrito. Salió pitando hacia la escena del crimen. Siempre sacan sangre nada más llegar.

Delveckio se humedeció los labios secos.

–Además, el metabolismo de Broach no funcionaba rápido cuando la encontramos.

–Pero ¿qué sentido tiene darle Xanax a alguien si luego te lo vas a cargar? –pregunté.

–No es el caso –dijo Kaden–. Pensamos que ella lo tomó antes de acostarse.

–Entonces ¿la atacaron mientras dormía?

–Había señales de lucha.

–¿No hizo efecto el Sevoflurane?

–O se lo dieron más tarde.

–¿Aguantar sus gritos y patadas y drogarla después? –dije. Kaden se encogió de hombros, de modo que añadí–: ¿Lucha de qué clase?

–Sábanas arrancadas del colchón, cosas caídas de la mesita de noche, el despertador se quedó sin pila a las diez veintisiete.

–Qué anticuado.

–¿El qué, el despertador de pilas?

–No. La pista.

–Eres muy suspicaz.

–Mi suspicacia podría servir de algo.

–No vamos a invitar al principal sospechoso a que meta las narices en nuestra investigación.

–No tenéis por qué invitarme a nada. Sólo necesito ver fotos de la escena del crimen. Ver el cadáver, cómo lo dejaron. Puede que algo me haga recordar...

–¿Recordar? –Kaden me miró y luego le dio un golpecito a Delveckio con la carpeta–. Andando.

–Lo creáis o no, os juro que no tengo ni idea de lo que pasó la noche del veintitrés de septiembre. Y lo creáis o no, quiero saber si yo la maté. Vosotros necesitáis respuestas. Sois interrogadores profesionales. Imagino que sabéis cómo sacarme lo que os interesa sin desvelar lo que no os interesa desvelar.

Kaden me miró y luego se rio y tiró la carpeta a la mesa. Los papeles salieron disparados. Los extendí sobre la superficie. Había copias de cada fotografía hechas a láser, con muy buena resolución.

El cuerpo desnudo de Kasey Broach había sido abandonado bajo una rampa de acceso a la autovía. Estaba boca arriba, con la barbilla levantada y vuelta hacia un lado como si quisiera apartarse el pelo de la cara. En la cadera derecha tenía un feo rasguño, y la piel de su pómulo derecho parecía hendida. Sus muñecas estaban atadas con cinta adhesiva, sus tobillos con una cuerda blanca. De las grietas en el asfalto a su alrededor sobresalían malas hierbas. Al fondo se veían los restos de una cerca de cadena, algunos eslabones caídos de tres estacas que quedaban en pie. Una ruina de cupé con los neumáticos rajados, las ventanillas reventadas, el techo caído sobre los reposacabezas, el capó sembrado de excrementos de ave. Detrás del coche, en la parte inferior de la rampa, un grafitero había abandonado una obra a medio hacer.

En primer plano se veían los brazos de Broach con señales de que las moscas habían empezado ya su trabajo. De alguna manera, eso ponía de relieve su muerte; estaba tan indefensa que ni siquiera podía apartarse una mosca a manotazos.

Miré a Kaden.

–¿Y eso de que el asesino reprodujo exactamente todos los detalles? ¿Me estabais tomando el pelo? Ese tipo secuestró a una mujer, la drogó, trasladó el cuerpo, la desnudó, le ató las muñecas y los tobillos y la tiró en un lugar público.

–Hay una cantidad alarmante de similitudes –dijo Delveckio–. Y en cuanto a diferencias, bien, normalmente observamos cierta evolución a medida que el asesino gana en experiencia, a medida que aprende de errores previos.

–Se os olvidó mencionar eso cuando estabais tirando abajo la puerta de mi casa. ¿Y por qué está desnuda?

–El asesino se ha envalentonado –sugirió Kaden, mirándome de hito en hito–. Podría formar parte de alguna fantasía suya.

–O bien la desnudó para el lavado con lejía –observó Delveckio–, lo cual significa que él sabía que analizaríamos el cadáver en busca de elementos biológicos extraños.

–¿Y...? ¿Fue violada?

Delveckio negó con la cabeza.

–¿Qué encontrasteis?

–¿Aparte de tu sangre y tus cabellos? –Kaden consultó su libreta, dando unos golpecitos con el bolígrafo–. Ah, aquí lo tengo: nada que sea de tu puta incumbencia.

–Si tiene magulladuras en muñecas y tobillos, eso indica que la ataron antes de darle la cuchillada, ¿no?

Los inspectores intercambiaron miradas exasperadas pero guardaron silencio. Un buen trabajo policial, eso de tenerme a mí a dos velas.

–El Sevoflurane. La mantuvieron con vida, a diferencia de Genevieve. ¿Indicio de tendencias sádicas? –Les devolví sus miradas–. Pestañead dos veces si me acerco a la verdad. ¿Y los rasguños en la cadera y la mejilla? ¿Eso es de cuando la arrojaron del vehículo?

Delveckio torció el gesto, pero Kaden se limitó a sonreír.

–Tenemos cierta experiencia con cadáveres, ¿sabes? –dijo–. Quizá tanta como tú. –En ese momento sonó su móvil. Kaden lo miró y luego hizo una seña a Delveckio al tiempo que se ponía de pie–. No eres de los nuestros. Tú no eres poli, sino un jodido escritor. Y además, según el primer veredicto, un asesino. Cuando necesitemos tu ayuda, te preguntaremos.

Mientras me daban la espalda, tapando la vista desde el espejo, aproveché para ponerme en el regazo algunas de las copias que había sobre la mesa. Fue algo pura y extrañamente instintivo.

Robar pruebas de una sala de interrogatorios en Parker Center. Estaba dando un paso adelante en el terreno de lo que no debe hacerse.

Kaden se detuvo al llegar a la puerta, frustrado su mutis teatral, y volvió por las fotos (salvo unas cuantas, se entiende). Salió al pasillo en compañía de Delveckio e hizo señas a uno de sus subalternos, al que yo no podía ver.

–Quiero una declaración completa –le dijo–. Luego lo sueltas.

La puerta se cerró y yo me quedé a solas con mi reflejo y unas fotos de la escena de un crimen remetidas dentro del pantalón.

11

Chic me dejó en casa e hizo un breve saludo militar tocándose el ala de su gorra con dos dedos.

–¿Alguna cosa más, Miss Daisy?

–Hay que ver qué buenos modales –dije, apeándome del coche.

Habían volcado mi cubo de la basura junto a la casa, y los desperdicios estaban esparcidos por la calzada lateral. Mis playeras rechinaron al pisar trocitos de cristal frente a la puerta. Dos noches en casa y me habían entrado dos veces. Hice memoria de cuando registré la casa después de despertarme con el corte en el pie. ¿Estaba allí conmigo el intruso, o ya se había escabullido? ¿Había venido por la calle o subiendo la cuesta? Examiné la puerta corredera buscando huellas que hubiera pasado por alto al mirar a oscuras. Luego salí a la terraza y me asomé a la baranda como si pudiera distinguir la hiedra pisoteada de la que no habían pisado. Volví dentro y seguí el rastro de las huellas de sangre (que ya había lavado) hasta el piso de arriba. Lógicamente, en mi videocámara recién forzada faltaba la cinta; una lástima, puesto que pensaba guardar para la posteridad mi cara de «¡Oh, mierda!» momentos antes de ser arrancado de la cama por noventa y siete tipos del comando especial SWAT. Futuras generaciones de Danner tendrían que contentarse con pases de *Hunter Pray* a altas horas de la noche.

Los polis habían dejado abiertos los cajones de mi despacho; había papeles fuera de sus carpetas o tirados por el suelo. El montón de correspondencia por leer había sido revuelto, y habían abierto –qué serviciales– las cartas que yo no había revisado aún.

Me di una ducha bien caliente, tratando de borrar de mi cabeza la pálida cara de Kasey Broach. Sus manos recogidas como garras carnosas, sus brazos ametrallados por los insectos. ¿Qué habría pensado ella si alguien le hubiera dicho, cuando iba al colegio, que un día acabaría tirada bajo una rampa de acceso a la autovía? Pensé en lo que debía de estar pasando su familia y vi con absoluta claridad que yo no tenía mucho de qué quejarme. Pensé en el agua caliente que aún podía sentir, en el aire que aún podía respirar. Pensé en Chic, Angela y Preston. Pensé que yo había tenido el derecho a permanecer callado y el derecho a un abogado y a un jurado que sopesó concienzudamente mi culpabilidad. Yo estaba vivo, libre, sano y salvo. Lo que sentí no fue culpa –no, eso no–, sino, curiosamente, gratitud. Y tuve el presentimiento de que a partir de la gratitud –no de la ira, tampoco de la culpa– podría salir del pozo en que había caído.

Me sequé con la toalla. En mi espejo había un pósit con la letra infantil de Chic, citando a Eleanor Roosevelt: «Tienes que aceptar lo que venga, y lo único que importa es que lo afrontes con valor y con lo mejor que puedas dar de ti mismo». Chic me lo había dado al llevarme a casa después del interrogatorio. El pósit se había caído y yo lo había vuelto a pegar incontables veces.

Afrontar las cosas. Paso a paso. Sí, podía hacerlo, e incluso bastante más que eso.

Las fotos robadas de la escena del crimen, rescatadas de mi pantalón, descansaban al lado del dentífrico. Tal como le había señalado a Preston, yo carecía de influencia a nivel oficial. Pero en cambio tenía otra cosa, algo que iba más allá de mi habilidad para pensar en medio de cualquier embrollo, más allá de mis amistades en diversos y estrafalarios ámbitos de la vida, más allá de mi lista de contactos extrañamente aptos para... bueno, para esto.

Yo tenía una historia. O al menos el principio de una.

«Pero ¿por dónde empezar?», me pregunté, como había hecho la noche anterior. Miré las fotos de Kasey Broach, arrugadas tras su ilícito trayecto, y quise saber por qué su cadáver se había cruzado en mi vida. Busqué la lista de asesores en mi PalmPilot, compilada a lo largo de la carrera de Derek Chainer: SEALS de la Armada, polis, ayudantes de sheriff, ayudantes de fiscal de distrito, forenses, detectives privados a cuál más duro, guardias de seguridad a cuál más blando, bomberos, criminalistas. Saqué una libreta del cajón de la mesita de noche y anoté aquellos que podían aportar conocimientos relevantes. Al pie hice una lista de todas las personas que me odiaban o que podían querer hacerme daño: los Bertrand, el presunto amante de Genevieve, Kaden y Delveckio. Algo me detuvo: había llegado a esta nada envidiable situación porque había tomado un atajo; uno más de los tantos que había tomado a lo largo de mi vida. La cuestión era cuáles de ellos podían estar pasándome factura.

Llamaron a la puerta. Envuelto en la toalla le di las gracias al mensajero que traía las carpetas de mi caso desde el despacho de mis abogados. Es sorprendente las ventajas que tiene haber pagado un cuarto de millón.

El proceso de intercambio de pruebas me autorizaba a disponer de la información reunida por la policía de Los Ángeles para los preparativos de mi proceso: todo lo relacionado con el caso de Genevieve. Deposité el grueso documento sobre la mesa de la cocina, que se bamboleó bajo su peso, y empecé a leer.

Los datos me eran familiares y extraños a la vez; parecían de otra etapa de mi vida, pese a que el veredicto final había sido entregado hacía apenas dos días.

Arrastrando sus imponentes cuartos traseros por la terraza, *Gus* se detuvo y me miró con sus ojos como canicas negras. Luego se metió entre la hiedra un momento antes de que un gavilán abortara su caída en picado para aterrizar sobre la baranda de la terraza. Una ardilla que escapaba por los pelos a la muerte.

«O dominas tú la trama o la trama te domina a ti.»

Cogí una de mis voluminosas novelas del estante del tocador y la metí debajo de una pata de la mesa para nivelarla. Me puse un pantalón de chándal y una camiseta que tenía desde la universidad, recogí los desperdicios que la policía había dejado a su paso, barrí la entrada, remendé con cinta adhesiva los cristales rotos de la puerta delantera y pasé el aspirador para despejar el suelo de añicos.

Me senté a mi escritorio, separé los apoyabrazos de la butaca, cogí un Bic y me lo coloqué detrás de la oreja izquierda. La libreta la puse también a mi izquierda. Dejé el documento de la policía a mi derecha, más allá de la almohadilla del ratón, y empecé a sacar informes del laboratorio, informes policiales, notas de la investigación e informe del forense y lo dispuse todo encima de la mesa.

«Dirk Chincleft no me la va a pegar.»

Había llevado a cabo la primera fase de investigación. Conocía los personajes, tenía una premisa, había desenterrado algunas pistas. Así pues, me arrimé al escritorio e hice la única cosa que era capaz de hacer pasablemente.

Escribir.

Desperté con suero intravenoso en los brazos, un tubito de alimentación por la nariz y la lengua presionando contra los dientes, inerte y gruesa como un calcetín. Noté la boca ardiente y con sabor a cobre, las muelas desencajadas de tanto rechinarlas. La luz cruda me hizo parpadear y un momento después vi una cara brumosa, demasiado cercana para ser casualidad: un hombre a horcajadas de una silla con los fuertes brazos apoyados en el respaldo y un papel colgando de una mano de gruesos nudillos. Otro tipo detrás de él y vestido igual: cazadora arrugada, corbata floja y cuello abierto, algo brillante en la cadera. Degradado a la condición de espectador, un médico permanecía de pie junto a la puerta, ajeno a los pitidos electrónicos. Me hallaba en una habitación de hospital.

Con la conciencia llegó el dolor.

12

Desperté temprano y animado, con una sensación nueva de determinación. Seguía sin tener línea en el teléfono fijo, de modo que fui a buscar el móvil al despacho. Llamé a la oficina del forense, hablé con un empleado a quien en el pasado había pagado para que me sacara informes de tapadillo y le pedí si podía conseguirme la autopsia de Broach.

–Usted es un asesino –replicó–. Váyase a tomar por culo y no vuelva a llamarme. –Y me colgó.

Bajé, me preparé un *espresso* a 138 dólares la taza, y brindé por *Gus*, que estaba en la terraza de atrás.

Gus, el más exigente de los críticos, se escabulló tras la palmera mexicana que había en un extremo del jardín.

Llamé a una analista de ADN que conocía de la oficina del forense. No aceptó mi llamada, aunque la oí rechazarla en susurros a través de la mano de la secretaria mal puesta sobre el auricular.

Mi primer manuscrito lo rechazaron diecisiete veces antes de ser contratado. Supuse que ahora tenía algunas probabilidades más. Volví al documento de la policía y comprobé de nuevo los nombres de todos los agentes, criminalistas, jueces de instrucción y empleados, descifrando incluso las firmas garabateadas al pie de los formularios de la cadena de custodia de las pruebas. El único que me sonaba era aquel por el que había empezado. Aparte de los inspectores, Lloyd Wagner conocería el caso de Genevieve mejor que nadie, puesto que se había ocupado de todo, desde recuperar los mensajes en mi buzón de voz hasta ver si el cuchillo encajaba con la herida. Y también había procesado el cadáver de Kasey Broach. Dada la relación que nos unía, confié en que, si hablaba con él unos minutos, podría lograr que me dedicara un poco de tiempo.

Me salió el buzón de voz en el laboratorio y en su móvil, y el contestador automático en su casa. Dado que Wagner había informado de mi último mensaje a los inspectores, no quise dejar otro. Cerré el móvil, me froté las sienes y bebí otro sorbo de café para tragarme el Dilantin.

Si no podía ponerme en contacto con alguien que estuviera metido en el caso, al menos podía intentarlo con alguien que lo hubiera seguido de cerca. Cal Unger, mi principal asesor en lo concerniente a asuntos Chainer, era inspector en la comisaría de West L. A. Su trabajo carecía por completo del glamour –si tal término se aviene a este contexto– de los casos que manejaba la división de Robos y Homicidios del centro de la ciudad: asesinos en serie, ladrones de banco y casos mediáticos como el mío. Su jurisdicción abarcaba la ciudad entera, contaba con mejores recursos... y sus hombres vestían mejores trajes. Cal, un adicto a la cerveza Coors, había resuelto algunos casos muy importantes y desde hacía tiempo sondeaba la posibilidad de un ascenso a Robos y Homicidios. No se me escapaba que, de las muchísimas horas que me había dedicado durante los últimos años, la mayoría las habíamos pasado hablando de esa división en particular.

Cal y yo teníamos un pacto tácito: él no opondría férrea resistencia a mis preguntas, y yo no escribiría un retrato hostil de alguien que se le pareciera mucho. Así pues, Cal me consentía, yo respetaba su talento y su dureza, y aún no se había publicado nada para que el encargado de Atención al Público de la policía de Los Ángeles le pateara el culo. Había, eso sí, una tensión latente. Cal siempre apretaba un poquito de más cuando me hacía una demostración de una llave de judo, y no dudaba en manifestar cierto desdén hacia mi profesión, supongo que basado en el hecho de que, como ambos sabemos, si él fuera un tipo realmente jodido, como Bill Kaden, no se pondría a hablar con un escritor ni compartiría vicariamente las hazañas de un inspector de ficción. Cal formaba parte de ese panel de polisasesores que eran generosos con su tiempo pero que abominaban de las tonterías que había que leer o escuchar (por ejemplo, que ese burro de novelista confundiera un revólver con una pistola, o cómo aquel pésimo actor de televisión había llamado Magnum a su Glock 357). Me dejaban hecho un trapo, y yo me dedicaba a asentir sonriente con la cabeza, sabiendo que en cuanto no hubiera nadie escuchando, en cuanto estuviéramos a solas en el coche camino de un restaurante o yendo de patrulla, carraspearían mansamente y me lanzarían una idea para un guión, algo sobre polis quemados y hartos de todo y niñitas blancas desaparecidas, o a veces, incluso, sobre el tremendo poder de Jesucristo.

Pese a todo esto –o quizá debido a ello–, Cal me caía bien y lo respetaba. Era apuesto y bien proporcionado y podía lucir unas gafas de sol igual que Clint Eastwood luce el entrecejo fruncido. Hay gente que exuda clase, y Cal era de ésos. Como Lenny Kravitz o Bono, a los que podías escuchar impunemente en cualquier parte, en cualquier compañía. Una cualidad difícil de encontrar. Por mucho que pueda gustarte en secreto Kelly Clarkson, todavía subes las ventanillas cuando estás parado en un semáforo si ella canta por la radio del coche. No era éste el caso con Cal. Cal era Bono. A Cal no tenías que subirle las ventanillas.

Llamé a su oficina. Buzón de voz. Probé en el móvil. Respondió mientras estaba a medio pedir: «Y una doble-doble, sin cebolla». Y a renglón seguido, a pleno pulmón: «¡Unger!».

Colgué. Cal estaba en la hamburguesería de Westwood donde a veces quedábamos para almorzar.

Miré el reloj: las 10.32. Comenzaba temprano su ingesta de calorías. Seguramente había empezado turno a las siete, quizás escuchando a una divorciada de Bel Air que llamaba histérica para dar parte de que le habían robado el artefacto-cama de rayos uva. Tengo entendido que hay un buen mercado negro de semejantes trastos.

Bajé a toda pastilla por Roscomare hasta Westwood y encontré a Cal sentado a una de las mesas de vivos colores. A su espalda, una pared decorada con baldosas con motivos tropicales. Su socio, un poli joven a quien yo no conocía, estaba picando patatas fritas. No muy recomendables, las de esa hamburguesería.

La mirada de Cal basculó hacia mí sin delatar la menor expresión. Me presenté al chico –Sam Pellicano– y miré a Cal, que seguía sin inmutarse.

–Imagino que habrás oído hablar de mi caso –le dije–. Las cosas no son lo que parecen. En todo esto hay una historia paralela, y estoy tratando de llegar al fondo. Si pudieras ayudarme, te lo agradecería mucho.

Cal limpió el espacio de mesa que tenía delante, pese a que no había dejado allí ni una sola miga.

–Así es como fue la cosa –dijo–. Tú conoces al primo del capitán porque una vez le pusiste en contacto con un agente. El capitán a su vez te pone a ti en contacto con la oficina de Atención al Público. La llamada pilla a todo el mundo desprevenido: ¿quién se hace cargo de este tío? Nos cagamos en esta ciudad. Finalmente me dan por culo a mí porque al capitán le jode que su sobrina me vaya detrás. La oficina de Atención me aconseja que sea amable, que permita que te columpies conmigo de vez en cuando. Yo te dejo fingir que sabes alguna cosilla porque empleas la terminología forense adecuada y porque tienes un par de amiguetes polis que te rondan por tu dinero y tus noveluchas. Te llevo en el coche patrulla. Río tus chistes. Tú pagas la cuenta cuando almorzamos, me llevas a alguna que otra proyección. Tienes una casa en las colinas con una bonita terraza para fumarse un buen puro. Por eso te aguanto.

Cal se puso las gafas de sol preparándose para partir. Vi reflejada mi cara de estúpido en las lentes de espejo.

–Ahora eres un asesino –dijo–, y eso significa que ya no necesito fingir que me caes bien. Ni ayudarte.

Salió del banco y tuve que apartarme para que pudiera ponerse de pie.

Sam parecía impresionado, como si esto fuera la cosa más guay que hubiera presenciado a lo largo de sus quince añitos.

–Creo que los tipos como tú sois unos cerdos explotadores –continuó Cal–. Os inventáis células terroristas y asesinos en serie, os aprovecháis de los temores de la gente y gracias a los lectores vivís a cuerpo de rey. ¿No es suficiente con que tantas cosas vayan mal como para que encima vengas tú a ensalzarlas? Estuviste jugando a oscuras y no te gusta lo que has encontrado. Bien, nada de esto es asunto mío. Ya no.

–Muy bien –dije–. ¿Has acabado de hacerte el rey de la ética delante del chavalín?

–De momento.

–Entonces haremos ver que ambos nos hemos olvidado de la idea para un guión que me diste hace tiempo. Ya sabes, lo del inspector que hace demasiadas horas extra buscando pistas sobre el... ¿cómo se llamaba?, ah sí, el asesino del guante rojo... y que además se siente incomprendido por su mujer.

Cal me apartó para pasar, dándome un golpe en el hombro. Sam parecía desconcertado; no estaba seguro de si poner cara de tío duro o si correr detrás del monitor de *boy scouts*.

–Los de Robos y Homicidios están demasiado ocupados regodeándose en su propia superioridad para echar un nuevo vistazo a estos asesinatos –dije.

Cal giró en redondo, la boca torcida en un gesto de desprecio.

–¿Kaden y Delveckio? No sabes cuánto me gustaría echar a ese par de pijos del grupo especial. Lástima que no disponga de un novelista loco para que me cuele.

Sarcasmos aparte, Cal había estado siguiendo el caso, como era más que previsible.

Saqué las hojas que llevaba en el bolsillo y se las pasé.

–Es todo lo que hay del caso hasta la fecha. Desde mi perspectiva, claro. Si fueras listo y ambicioso, te darías cuenta de que dispones de una oportunidad única para una investigación de campanillas.

–No soy ni una cosa ni otra.

Pero estaba mirando el fajo de papeles con demasiada avidez para alguien que acababa de zamparse una doble-doble.

–Cógelo de todos modos. Sólo son doce capítulos. Puedes leerlo mientras te das el baño de burbujas. Iré a molestarte dentro de poco con una cosa u otra, y más vale que hayas hecho los deberes. Así, cuando nos fumemos unos puros en mi terraza podrás parecer suficientemente tonto respecto a las conclusiones que has sacado.

Estiré el brazo con las páginas enrolladas, de manera que tocaran a Sam en el pecho, y Cal, confuso, las cogió. Me alejé de allí antes de que pudiera tirármelas a la cabeza.

13

Me retrepé en mi butaca y apoyé los pies encima del escritorio. Tenía la vista borrosa de tanto concentrarme en la transcripción del juicio, en indescifrables firmas de informes de pruebas, en fotos de un servidor aparecidas en los periódicos. Mi mente era un nervioso revoltijo de pensamientos inacabados. Pasaban sólo unos minutos de las cinco, pero el sol ya se había escondido tras la fila de palmeras que coronaban el cañón por el oeste. Aquellas frondas a contraluz, aun después de veinte años viviendo en Los Ángeles, no dejaban de admirarme.

Importadas como el resto de nosotros, las palmeras habían llegado a Los Ángeles de la mano de los misioneros españoles. Había leído que aquí se estaban muriendo: la última hornada se aproximaba ya al final de sus cien años de esperanza de vida. Los burócratas locales habían determinado que las copas más anchas combatían mejor las emisiones de los tubos de escape. Los casinos de Las Vegas habían disparado los precios más allá del alcance de las arcas municipales. Las ramas caídas molestaban a los *yuppies*, arañaban sus Mini Coopers. Las sierras de podar extendían unos hongos letales. Pero, a pesar de todo eso, las palmeras aguantaban. Con sus discretas raíces y sus troncos flexibles, las palmeras son auténticas supervivientes. No se vienen abajo si hay tormenta. Se inclinan con el viento. Se arrastran por terreno sombreado y luego emergen más al norte a pleno sol. Son luchadoras, tenaces, bellas... e inútiles, como la mayoría de cuanto sobrevive en esta ciudad. «Ojalá aguanten», pensé. Imaginar Los Ángeles sin palmeras es como imaginarse un león sin melena.

Llamé por quinta vez al laboratorio y, ¡milagro!, Lloyd cogió el teléfono. Después de saludarle, su voz se puso tensa.

–No puedes llamarme. Y menos aquí.

–He estado mirando unas cuantas cosas. Del caso Broach. Necesito que hablemos.

Una pausa me hizo ver que había despertado su curiosidad.

–No vengas aquí.

–¿Después del trabajo, entonces?

–Janice no está muy fina.

–Siento que las cosas vayan mal.

Oí su respiración. Luego, en voz queda, dijo:

–Gracias.

–Ya imagino que no estás para nada, pero te agradecería mucho que me concedieras unos minutos. ¿Qué tal si me acerco a tu casa y llevo algo de cena?

Oí un murmullo de fondo. La voz de Lloyd cambió cuando me dijo:

–Vale, Frankie. Mañana me pongo con eso. Ahora estaba a punto de marcharme. –Y colgó.

Pasé por Henry's Tacos camino de la casa de Lloyd en North Hollywood y luego me detuve en una tienda de licores, donde compré una botella de Bacardi 8 –el preferido de Lloyd– y una de dos litros de Coca-Cola. Vivía en una calle sin salida que serpenteaba por detrás de un parque, en una vieja y enorme casa con anexos, intrincados pasillos y un portón para acceder a un camino particular de gravilla. Descorrí el oxidado pestillo y enfilé el camino sin iluminar. La casa no estaba orientada a la calle, lo cual le proporcionaba una buena vista del parque pero la hacía poco hospitalaria, pues ofrecía al visitante sólo la puerta de la cocina, en principio privada.

Lloyd estaba en el garaje independiente, pasada la casa, atareado con el material en la parte trasera de su furgoneta. Había estantes industriales del suelo hasta el techo, y un coche invernando bajo una lona negra. Lloyd se sobresaltó al oír mi saludo. La furgoneta, como de costumbre, estaba atiborrada de cachivaches varios. Escáneres para huellas dactilares. Podadoras para cortar costillas. Un día le había acompañado en el vehículo mientras él recogía por ahí diecisiete marcas distintas de aceite lubricante, tratando de identificar la mancha dejada por un coche en el lugar donde había estado parado al ralentí.

Lloyd estaba metiendo ampollas y frascos de píldoras en una mochila e hizo una pausa al ver que me acercaba.

–Está tomando más analgésicos de la cuenta –dijo, como si continuara una conversación previa.

La puerta trasera de la furgoneta, apoyada contra el coche durmiente, gimió cuando la cerró. Nos dirigimos a la casa. Había estado allí varias veces, para ir a buscarle o a dejar manuscritos, pero era la primera vez que entraba en la casa propiamente dicha. Estaba todo oscuro salvo unas pocas lámparas que iluminaban trozos de cocina y de salón. El fregadero rebosante de platos sucios, los limpios amontonados en la encimera como si nadie tuviera energía suficiente para guardarlos en los armarios. Un lío de mantas de ganchillo en el sofá, almohadas mezcladas con los cojines. Habían cocinado algo y el aire estaba húmedo. Sentada en un sillón, mirando un programa de entrevistas en español y bebiendo una taza de té, había una mujer oronda.

–Hola, señorito Wagner...

–¿Cómo ha estado hoy?

–Bien. Hoy está bien.

Lloyd le pasó unos billetes y la mujer fue a enjuagar la taza al fregadero, saludó afectuosamente con la cabeza y salió anadeando por la puerta. No había ningún coche aparcado enfrente, y la parada de autobús más próxima quedaba a cinco manzanas.

Mirando alrededor entendí por qué Lloyd había pasado del primer mensaje que le dejé. Con todo lo que ya tenía, sólo le faltaba recibir la visita de un (quizá) psicópata asesino.

–Perdona todo este lío. Janice es hija única, sus padres fallecieron. No tenemos mucha ayuda. –Bajó la cabeza e hizo una pausa como para tomar aire–. Ponte cómodo. Enseguida vuelvo.

Giró hacia el pasillo, pero se detuvo unos instantes, tratando de cobrar arrestos. Al fondo del largo corredor oscuro se veía una franja de luz bajo una puerta. Lloyd se ajustó la correa de la mochila y caminó decididamente hacia allá.

Hice sitio en la mesa de la cocina y dejé las cosas que había comprado. Me cubrió una cascada de luz cuando la puerta se abrió al fondo del pasillo, y luego oí murmullos y un trasiego de material médico antes de que la puerta se cerrara. Cogí unos vasos de la encimera y llené el mío de agua. Al lado del jabón para vajillas había un tazón del que asomaba un cepillo de dientes. Junto a la puerta, una sandalia Birkenstock desparejada sobresalía de un montón de zapatos ostentando la mancha de un pie de mujer, una imagen sencilla que me resultó inquietante. Pensé en el segundo coche que había en el garaje. Probablemente, Lloyd aún no tenía valor para venderlo.

Al lado del sofá, en el suelo, había varias bandejas. Las llevé a la cocina, las limpié y sequé una para poner los tacos. Luego doblé las mantas del sofá, ordené las almohadas y cojines y preparé una copa para Lloyd. Había fotos de él y Janice por todas partes, en las paredes, la puerta de la nevera, las estanterías. Retratos de boda con un Lloyd todo orejas, cabellos rizados y postura incómoda, agarrado al brazo de Janice como si todavía no pudiera creer que la había conseguido. Janice sonriendo desde un AMC Gremlin verde lima, el pelo emplumado saliéndose del marco. La típica foto del decimoquinto aniversario, los brazos por el hombro del otro, delante de la torre Eiffel. Yo no había conocido a Janice, pero reparé con cierta tristeza en que la foto más reciente de Lloyd era de hacía al menos cinco años. Es decir, Janice estaba agonizando desde que yo conocía a Lloyd.

Apagué el televisor y me senté en la mecedora. Escuché los crujidos de la casa, imaginándome la vida de Lloyd, dividida (o rota) entre esta parte de la casa y el dormitorio. Probablemente venía aquí a respirar un poco mejor. Probablemente pasaba las noches yendo y viniendo de este sofá a la franja de luz bajo la puerta.

Mirando hacia el fondo del pasillo oscuro, caí en la cuenta de que me daba auténtico miedo el aspecto que el dormitorio pudiera tener.

Miedo a la muerte. Es lo que compartimos todos. Tratamos de ahuyentarla en vano, hacemos pequeños ensayos previos, como nadadores en aguas tenebrosas. El culturista obsesivo. El piloto acrobático de fin de semana. La fulana de billar. Bebemos demasiado. Postergamos visitas al quirófano. Disimulamos cuando vemos una pareja de viejos. En el fondo, todos tememos lo que hay detrás de esa puerta al final del pasillo. Es por eso por lo que yo escribo pequeñas y lóbregas novelas policíacas, para fingir que no temo a la muerte, que la azuzo con un palo. Y por eso la gente las lee en el metro y los aviones, pensando que se encaran a lo más profundo y tenebroso.

La costura que yo tenía en la cabeza, la costura en la preciosa piel de Genevieve, la costura también bajo esa puerta. Grietas y más grietas en aquello que creemos tener bien seguro. Jamás había sido tan consciente de la vulnerabilidad que me rodeaba, de todas las fisuras e imperfecciones. Están por doquier, sólo tienes que pararte a mirar.

El pasillo se iluminó brevemente y oí que Lloyd se acercaba. Le tendí el vaso. Dejó la mochila en el suelo, se hundió en el sofá, bebió un trago y soltó un suspiro.

–Gracias, Drew. Eres muy amable.

–Tacos y Bacardi. La vieja receta. ¿Cómo sigue Janice?

Desechó la pregunta con un gesto.

–Se ha reproducido. Ahora el otro pecho. A la tercera va la vencida.

–¿Dónde la están tratando?

–En Cedars.

–Creo que tienen un estupendo equipo de oncología.

Mi comentario quedó flotando en el aire, en toda su vacuidad.

El resplandor de las lámparas impedía ver el bonito panorama por las ventanas de atrás. Lloyd apuró su copa y dijo:

–¿Te sirvo una?

–Todavía voy de agua.

–Oh, claro. –Se llenó otra vez el vaso, desenvolvió un taco, dio un mordisco y lo dejó–. Siento mucho todo lo que has tenido que pasar, Drew, pero no estoy autorizado a hablar contigo. Eres un sospechoso.

–No estoy acusado de nada. Esas pruebas no tenían nada que ver conmigo...

–Ya lo sé.

–Mira, Kaden y Delveckio ya me han dicho muchas cosas. Sólo quiero conversar sobre lo que ya sé. Podemos empezar incluso con Genevieve. Tengo el resumen escrito del caso, el juicio terminó. No darás ningún mal paso por hablar de eso.

Hacia la mitad de su segundo cubalibre, Lloyd parpadeó y dijo:

–¿No te acuerdas de todo? Me refiero al juicio.

–Está como borroso. Me gustaría oírlo otra vez de tu boca.

Hubo una pausa incómoda.

–Me lo pones difícil, Drew.

–¿Pensabas que quería olvidarme de todo?

–Era improbable que un jurado te condenara, teniendo allí el tumor cerebral metido en un tarro a la vista de todos, pero las pruebas...

Sus largos dedos agarraron el vaso haciendo que su contenido se removiera. Se quedó mirando el combinado. Yo sabía de qué iba esa conversación silenciosa.

–Tu informe demostró que Genevieve no presentaba heridas defensivas –dije–, no había rastros de piel debajo de sus uñas.

–Katherine Harriman argumentó que eso era porque Genevieve te conocía.

–Pero, a diferencia de mí, Katherine Harriman no la conocía a ella. Genevieve no era fácil de sorprender, sobre todo si acababa de levantarse de la cama y se topaba con un intruso. Si hubiera visto el cuchillo, seguro que se habría lanzado a morder y arañar.

–Fue una cuchillada contundente. Lo más probable es que muriera al momento.

–¿Había huellas en el cuchillo?

–Aparte de las de Genevieve y su hermana pequeña, sólo las tuyas.

–¿Perfil del sospechoso?

–Lo de siempre, ya sabes. Varón, zurdo, ochenta kilos, un brillo diabólico en la mirada.

–¿Zurdo según el ángulo de la herida?

Miró el reloj que yo llevaba en la muñeca derecha.

–Ajá. Un poco sesgado.

–¿Varón?

–Por la potencia de la cuchillada.

–¿Movieron el cuerpo?

–Sí. Varias veces. –Otra pausa incómoda–. Lo moviste tú. De entrada tuviste una crisis parcial compleja. No el típico ataque de epilepsia, sino más bien una interrupción de la conciencia con automatismos: relamerse los labios, hacer movimientos repetitivos con los dedos. Hay gente que incluso puede andar. Crisis parciales complejas se han utilizado como defensa en casos de hurto en tiendas, aunque es un poco forzado. Pero tú habrías podido manipular el cuerpo de Genevieve Bertrand... Hasta que tu ataque degeneró en crisis epiléptica generalizada.

–¿En ese estado habría sido capaz de apuñalarla?

–Lo dudo. Estoy de acuerdo con Harriman en que eso te pasó después del asesinato, no antes. –Me miró y añadió–: Lo siento, Drew.

Me froté los ojos con el pulpejo de las manos y me retrepé en la butaca.

–La primera noche, recién salido de la cárcel, tuve un sueño. Yo iba en coche a su casa. Estaba frenético. Ella solía dejar una llave debajo de una maceta, en el porche. Resquebrajé el plato de la maceta al cogerla. Cuando desperté fui a su casa. –¿Debía contarle lo demás? ¿Podía? La casa de Lloyd estaba tan silenciosa que creí oír el débil suspiro del material hospitalario en la otra punta del pasillo–. El platillo estaba agrietado, pero no lo estaba la última vez que recuerdo haberlo visto. Creo que soñé un fragmento de memoria. Diría que estoy recomponiendo trozos de lo que acaeció aquella noche.

Frunció el entrecejo, asimilando la infomación.

–¿A qué te refieres al decir que estabas frenético?

–Sudaba copiosamente y sentía pánico.

–¿Recuerdas algún olor peculiar?

La piel de mi nuca se me heló de golpe. Me quedé sin voz, de modo que asentí con la cabeza.

–¿Un olor acre, como a goma quemada? –Lloyd no tuvo que esperar mi respuesta; la leyó en mi cara–. Lo llaman aura olfativa. Suele producirse antes de un ataque.

Me sonaba haber oído algo al respecto, pero no había asociado esa información a mi sueño.

–¿Puedo preguntarte otra cosa?

–La cuestión es: ¿puedo responderla?

–Quiero saber algo del Sevoflurane –dije.

Lloyd se puso las gafas, como si eso le ayudara a pensar mejor, y dijo con cautela:

–En concreto, ¿qué?

–Encontraste restos en la sangre de Kasey Broach.

–¿Eso te lo dijeron Kaden y Delveckio?

No supe si Lloyd estaba asombrado o colérico.

–La noche del sueño, cuando desperté, estaba grogui y tenía la visión borrosa. También tenía un corte en el pie; creo que alguien pudo drogarme y sacarme sangre para hacerme aparecer como el principal sospechoso.

Lloyd se rio, una mezcla de carcajada y tos, sin humor.

–Mira, Drew...

–No, escucha, Lloyd. Hoy he estado investigando un poco sobre el Sevoflurane. Es la droga perfecta para eso. Fácil de inhalar, produce una rápida anestesia, y el olor no es acre. Desaparece rápidamente del torrente sanguíneo, por tanto es difícil de detectar. No tiene efectos secundarios importantes. Yo no habría sabido que me drogaban.

–¿Lo supiste?

–Bueno, el asesino me llevaba ventaja, porque yo de entrada pensé que me había vuelto loco. Pero de eso se trata: el Sevoflurane también produce amnesia.

–Entonces piensas que...

–Pienso que el gas me devolvió al mismo descampado de espacio cerebral que el tumor. Me ayudó a recuperar parte de esa noche. –Mi voz sonaba fuerte y exaltada. Lloyd empezó a decir algo, pero le interrumpí–: He descubierto que el Sevoflurane tiene un «efecto duradero», pero creo que desperté antes de hora. Puede que viera al intruso en la calle, delante de mi casa, y eso significa que volví en mí antes de lo que él quería. Me pregunto por qué. Será que mi umbral de tolerancia es alto debido a mi vida disipada.

–De hecho, sería al revés. Si el hígado está dañado, eso te haría más sensible al Sevoflurane. Pero creo que estás haciendo demasiadas suposiciones, Drew. Tu pérdida de memoria, por ejemplo. Es imposible conocer la causa. ¿El tumor? ¿La operación? ¿La anestesia?

Lo medité unos instantes pero era imposible centrarse en algo concreto, había demasiadas cosas en movimiento.

–¿Cómo se administra el Sevoflurane?

Lloyd se rebulló en el sofá y removió su combinado.

–Con mascarilla.

–Me lo figuraba. Quizá desperté antes porque no me lo administraron bien. Quizás el asesino llevaba una máscara de oxígeno cuando entró en casa y soltó el gas en mi habitación, cerca de mi cara, mientras yo dormía. –Chasqueé los dedos, inclinándome al frente–. Recuerda que en el cuarto de Kasey Broach había señales de lucha.

–¿Eso también te lo contaron Kaden y Delveckio?

–Broach no se habría despertado cuando el asesino le puso la mascarilla en la cara, pero él debió de pensar que era lo bastante fuerte como para sujetarla hasta que el gas surtiera efecto. Ella era bastante menuda, ¿cuánto pesaba?

–Cuarenta y nueve kilos –dijo Lloyd en voz baja.

–Bien. Pero dudo que el asesino quisiera correr riesgos conmigo empleando directamente la mascarilla, de modo que liberó el gas en el aire mientras yo dormía.

–¿Tienes alguna prueba en que basar esta teoría?

–Ninguna. Esto podría apuntar a alguien con conocimientos médicos. ¿Es difícil de conseguir el Sevoflurane?

–Está controlado, pero no como los opiáceos.

–¿Puedes saber por el análisis de sangre cuánto tiempo estuvo Kasey Broach inconsciente?

–Es casi imposible de determinar.

–¿Y cuándo exactamente entró mi ADN en su cuerpo, o en esa lona protectora?

–No hay modo de poner fecha al ADN. Sólo sabemos que estaba allí durante el análisis. –Lloyd extendió los dedos de las manos–. Espera un poco. Calma. No estás trabajando a partir de hechos...

–¿De qué otra manera pudo penetrar mi ADN en el cuerpo de Kasey?

–Oficialmente no se te hizo la prueba del ADN. Esto no es un programa de televisión: necesitamos al menos cuarenta y ocho horas para esa prueba. Hicimos un análisis clásico. Tú eres AB negativo, lo cual te sitúa en menos de un uno por ciento de la población.

–¿Y sólo por eso los comandos arrasaron mi casa?

Lloyd hurgó en su mochila, sacó un informe y me lo lanzó de mala gana.

–El folículo de pelo –dijo–. Comprobé la cutícula y la médula con una muestra tuya que teníamos.

–¿Y éstas? –Señalé cuatro muestras más abajo–. No cuadran.

–Porque una es mía y dos son de Ted McGraw, que me ayudó a examinar el cuerpo. –Me miró y meneó la cabeza–. Una simple contaminación durante el procedimiento, ocurre muy a menudo. Ahora no saques conclusiones equivocadas.

–¿Y el cuarto pelo?

–Sin identificar. No hay nada en las bases de datos. Lo conservamos, pero probablemente no es nada. La verdad, me sorprende que no encontráramos más pelos por ahí, por cómo soplaba el viento.

–Así que un pelo mío y otro de Mister Misterioso. Pero es mi casa la que tomaron por asalto.

–Entre tu pelo, el tipo de sangre y las similitudes con el cuerpo de Bertrand, Kaden y Delveckio vieron claro que tú eras el candidato. Ahora mismo, eres el único vínculo entre las víctimas. –La mirada de Lloyd era ecuánime, no me juzgaba ni me acusaba de nada–. El ADN llegará mañana. Yo no me haría muchas ilusiones de que eso pueda exonerarte.

–Podría ser alguien del cuerpo. Kaden y Delveckio me dijeron que el asesino colocó el cadáver igual que el de Genevieve. Podría ser que algún poli o inspector quisiera cargarme el asesinato de Genevieve.

Lloyd me miró como si me hubiera vuelto paranoico del todo, y así era.

–Vamos, Drew. Las fotos de la escena del crimen suelen acabar filtrándose. –Se inclinó para arrebatarme el informe de las manos–. No como los informes del criminalista. Además, el hecho de que hubiera un juicio hizo que muchos abogados y periodistas husmearan en los archivos del caso Bertrand. Los datos no estaban guardados como secretos de estado, ni mucho menos. Seguramente Kaden y Delveckio sólo pretendían ponerte nervioso.

Las fotos que yo había robado confirmaban la opinión de Lloyd. Y a Kaden le cabreó que le presionara para saber qué más habían sacado del cadáver.

Mi siguiente pregunta llevaba implícita la respuesta:

–¿Y la otra prueba clave del caso?

–¿La cuerda? Algodón cien por cien, una marca utilizada para *bondage*. Probablemente comprada en algún *sex-shop*.

–¿Qué sentido tenía atarle los tobillos con una cuerda y las muñecas con cinta adhesiva?

–Así es más fácil trasladar un cuerpo, y también arrojarlo desde un vehículo. No hay brazos y piernas debatiéndose.

–No; quiero decir por qué dos tipos de atadura.

–¿Alguna vez le has atado las muñecas a alguien con una cuerda?

–No. ¿Y tú?

Soltó una risotada. Ya no recordaba que Lloyd podía desmelenarse riendo.

–No, pero es difícil. Puedes soltarte antes las manos que los pies.

–Ya, y entonces, ¿por qué no empleó cinta aislante también en los tobillos?

–No lo sé, Drew, pero lo estamos investigando. Eso y más cosas. –Dejó el vaso y bostezó. Imaginé lo rendido que debía de estar, entre su largo horario laboral y las constantes atenciones a su esposa enferma. Me acompañó a la puerta–. Huelga decir que no puedes comentarle a nadie (y he dicho a nadie) que nos hemos visto hoy.

–Descuida. Y no te preocupes: tú no me has dicho nada que no supiera ya por otros canales. –Me sentí como un canalla. Este tipo me envíaba por fax un informe de dos páginas si yo le pedía que me confirmara detalles sobre una autopsia. Ahora dejaba de lado su trabajo y a su mujer agonizante para echarme una mano, y yo primero lo manipulaba y luego le mentía al respecto. No era la primera vez que mentía para conseguir alguna cosa, pero me prometí no volver a hacerlo con él. Nos estrechamos la mano y le dije–: Te agradezco mucho que me hayas dedicado este rato. Sé que vas a tope.

Asintió con la cabeza y permaneció en el umbral mientras me alejaba por el camino de grava. Lloyd no parecía ansioso por volver al interior de la casa, a aquel pasillo. Cuando llegué a la verja volví la cabeza y allí seguía, recortado contra la tenue luz de la cocina.

–¡Déjalo correr, Drew! –me gritó–. Esto no es uno de tus libros.

Levanté una mano y salí a la calle.

¡Y un cuerno que no lo era!

14

Eché un nuevo vistazo a mi último capítulo, salpicado ahora con las notas de Preston.

Alguien me tenía en el punto de mira. Alguien se había colado en mi casa, me había drogado mientras yo dormía, me había sacado sangre y había salpicado un cadáver con ella. Completamente colocado, me levanté de la cama y fui de habitación en habitación, inspeccionando puertas y ventanas. ~~Todo en orden~~. Luego miré en el garaje y en los armarios, detrás de los sofás y debajo de las camas.

~~Estaba solo en la casa~~.

Había remendado los cristales rotos de la puerta delantera con cinta de embalar. Aun con las astillas y la cinta, alguien ~~puede~~ podría haber metido la mano hasta el cerrojo, las aberturas eran lo bastante grandes. Antes de volver arriba apliqué una nueva capa de cinta adhesiva a las ventanas, pensando que si dejaba abierta la puerta de mi habitación podría oír a un intruso que intentara arrancar la cinta.

Me tumbé —no me metí— en la cama, sudando pese al frío de enero y con la men-

Usa algo que no sea un tópico.

¿Y por qué no clavar unos tacos de madera en los agujeros? Estamos hablando de tu vida, no seamos quisquillosos con la arquitectura.

La semana pasada estuve en uno de esos frugales y nada opulentos banquetes. Me cabrea que los llamen banquetes, la verdad.

¡Estos tíos hablan como Dan Aykroyd en *Dos sabuesos despistados*! ¿Y por qué? Su léxico engreído da vergüenza ajena, ya que el narrador parece no apercibirse de ello.

¿Por qué acudiste a Cal sin una meta en concreto? Ve a ver a la gente cuando quieras algo de ella —como en el caso de Lloyd—, de lo contrario la trama se resiente y desperdiciarás recursos humanos que tal vez necesites más adelante.

te poblada de imágenes y retazos de conversación. Las fotos de la escena del crimen, dispuestas sobre la mesa de interrogatorios como un opulento banquete. Kaden y Delveckio manteniéndome al margen de la investigación. A día de hoy no tenemos nada que podamos revelar. Cal ofreciéndome sólo una censura y mi propia imagen reflejada en sus lentes de espejo. ~~Las constantes interrupciones~~ de Preston. La tarea del escritor, por encima de todo, es no tener miedo de las posibilidades. ¿De qué tenía yo miedo? ¿En qué no había pensado todavía?

incisivas observaciones

Quizás en que había más variantes en juego de las que me atrevía a contemplar. El hecho de que no hubiera matado a Kasey Broach difícilmente demostraba a posteriori que yo fuera inocente de la muerte de Genevieve. Aunque conocía a muy pocas personas capaces de matar a otra mujer y colgarme el asesinato, tal vez un perturbado telespectador —un vigilante especialmente aplicado, un radical pasado de rosca y obsesionado con el deterioro de la sociedad, un marido irascible que hubiera perdido a su mujer en circunstancias similares— había decidido vengarse en mi persona.

Te centras en ti mismo porque has oído la voz en off del tráiler diciéndote un montón de veces: «Esta vez es algo personal».

Alguien había ido a por mí. Y ahora era yo quien iba a por él.

Ábrete a posibilidades más narrativas. Esto podría girar en torno a ti sin implicarte directamente. / Bastante jodida es ya la existencia; normalmente no hacen falta tramas diabólicas. Pasan cuando pasan. Súmale a eso el prefijo 310, salen más coincidencias que en una trama de Dickens.

Levanté la vista de las páginas subrayadas en rojo. Preston estaba arrellanado en mi sillón de módulo, editando a alguna otra víctima con aquel típico aire suyo de quien está satisfecho de sí mismo.

–De hecho, a mí me corresponde el prefijo ochocientos dieciocho. Me salvo por los pelos.

Los ojos de Preston viraron hacia mí.

–Te estaba concediendo el beneficio de la duda. –Terminó su taza matutina de ron, dejándola en la mesita baja para la criada que yo ya no podía pagar. Se abanicó exageradamente con las páginas del manuscrito y las dejó a un lado–. Qué calor hace aquí –dijo.

–Estás menopáusico.

Se levantó, cogió las páginas que yo tenía en la mano y les echó un vistazo; no pudo reprimir la risa al leer una de sus correcciones. Se golpeó la palma de la mano con las hojas.

–Tiene que haber una historia que incorpore con elegancia todos estos elementos. Necesitamos una reunión para hablar del desarrollo. –Miró su reloj–. Tengo mesa reservada para tres en Spago.

–¿Para tres?

–He pensado que podías invitar a Cal Unger. Nos hará falta para sacar ideas.

–Acabas de escribir que era mejor no molestarle a no ser que yo tuviera (y cito) «una meta concreta».

–Pero esto es vida social.

Preston había conocido a Cal en la fiesta de promoción de mi tercera novela con Chainer de protagonista.

–Cal no es gay, Preston.

–Claro que no. Ser gay entraña un nivel de conciencia de sí mismo y de conciencia política, cosas a las que él es ajeno. Cal sólo tiene tendencias.

Preston piensa que todo el mundo las tiene, y es lógico, puesto que trabaja en el mundo de la edición y su vida se reparte entre el Village y West Hollywood. Cuando salíamos de noche, frecuentábamos restaurantes de West Hollywood y después él me llevaba a la fuerza a ver una obra de autor novel west-hollywoodiense protagonizada por un gay inglés y problemático donde todos los personajes hetero (especialmente los deportistas) son gays y están pirrados, en secreto y para su vergüenza, por nuestro frágil pero intrépido héroe.

–Sean cuales sean sus tendencias, herr Brokeback, no van en tu dirección –insistí–. Entiendo que el hecho de que tus padres te pusieran Preston Ashley Mills te haya marcado cruelmente de por vida, pero, naturaleza o crianza aparte, el tipo se llama Cal Unger. Yo diría que eso reduce drásticamente las probabilidades de que le guste chuparla. Además, necesito esperar un poco para un restablecimiento más airoso de las relaciones diplomáticas. Creo que invitaré a Chic.

–¿El jugador de béisbol?

Pronunció esta frase en el tono con que uno diría «ladillas».

Preston también había conocido a Chic en la fiesta de promoción de mi tercera novela de Chainer.

Pese a sus objeciones, fue hacia el teléfono.

–Les diré que llegaremos un poco tarde y les pediré que instalen un bloque de sal en los bancos de sentarse.

Cogió el inalámbrico y se lo quedó mirando.

–Sí –dije–, están demasiado ocupados proporcionando un excelente servicio como para contestar una llamada de mi teléfono. Que por lo visto ciertos editores, responsables de mi correspondencia, no se molestaron en pagar...

Por encima del cercado de mi casa llegaron sonidos del trompetista en pleno ensayo, enturbiando el aire del mediodía.

I've got a CRUSH on you, sweetie-PIE.

Preston arqueó las cejas.

–¿Qué diablos es eso?

–Creo que Gershwin.

All the DAY and NIGHT-time, hear me SIGH.

–Llamaremos desde el coche –dijo, perdiendo las esperanzas.

La mujer que conducía el Jaguar de matrícula personalizada que llevábamos delante tenía algo que decir al mundo: que ella pasaba de cero a «ahí te quedas» en 2,7 segundos. Bajamos por Cañón dejando atrás varios cientos de miles de dólares de ingeniería bávara, mujeres piernilargas con enormes bolsas de tiendas varias, palmeras tachonadas de lucecitas. Estas luces respondían a un doble objetivo: de noche eran bonitas y además resbaladizas, detalle importante, puesto que, si las ardillas intentaban trepar por el tronco para hacer un nido en las hojas, resbalaban y se partían el ardilloso cráneo contra el pavimento. Esta conjunción de estética y brutalidad define, cuando menos, Beverly Hills. Los souvenirs de porcelana de quinientos dólares, las boutiques accesibles sólo mediante reserva, los collares para gato repletos de piedras preciosas.

Mientras avanzábamos, Preston señaló el escaparate de una librería donde se exponían mis libros. Bueno, cuando una librería sacaba provecho de mi infamia, al menos me caían unos cuantos dólares.

En general, Los Ángeles participa del chiste que es en sí misma. Es frívola, desde luego, pero también sabe disfrutarlo, a diferencia de esas matronas de Des Moines que leen periodicuchos sobre famosos camino de la iglesia y así pueden chasquear la lengua y menear la cabeza, o esas estudiantes pijas que jamás reconocerían que *People* les gusta más que Proust y que, cuando están en la sala de espera del dentista por una rascadita en el esmalte, echan un disimulado vistazo a las páginas de chismorreo para ver por qué se engordó esa cantante o dónde pasó su luna de miel aquella pareja real. La frivolidad es consustancial a esta ciudad, y todos sin excepción creemos participar del espectáculo.

La gente que viene de fuera considera Los Ángeles muy excluyente. Todo lo contrario. Cualquiera puede acceder a ella. La única condición es que traigas algo interesante que poner sobre la mesa. Ése es el billete de entrada. No es preciso que aportes profundidad ni dotes de conversación, ni siquiera talento. Puedes ser sólo un buen peluquero y sentarte a una mesa de la jet set entre una señorona de Hollywood y un director de ópera. En cambio, si eres el responsable del mayor fondo de cobertura de Bel-Air pero eres un pelmazo, ya puedes largarte con viento fresco y una sonrisa; vuelve a Manhattan y laméntate de lo superficial que es Los Ángeles.

Y lo es, en efecto, pero también es una ciudad fascinante si uno sabe conservar el sentido del humor. De vez en cuando, un temblor de tierra resquebraja la urbe de punta a punta, sólo para mantener un poco el interés, o alguien amenaza con volar el aeropuerto, o pavorosos incendios arrasan el West Valley y durante una semana todo el mundo considera héroes a los bomberos. Las aguas de Santa Mónica se vuelven tóxicas. El súbito miedo al mercurio revierte en un bajón de los pedidos de sushi. Se desprecian los carbohidratos, o el Pilates, o el contenido calórico del Jamba Juice.

Había cuatro coches parados junto a la rampa del aparcamiento contiguo al restaurante, estrujando unos postreros segundos de cobertura de telefonía móvil. Dejamos el nuestro al cuidado de un empleado. Serpenteamos entre las mesas y encontramos a Chic al fondo, con los brazos sobre el respaldo de su banco.

–A mí me encanta la pizza de salmón ahumado –dijo.

Preston puso mala cara al sarcasmo de Chic, y nos sentamos uno a cada lado. Dejé sobre la mesa los documentos que había reunido.

Preston estiró el cuello hacia el tabique de vidrio grabado que separaba la cocina.

–¿Nos tocará de camarero ese latino?

–Lleva anillo de casado –dije.

–Por-fa-vooor.

–Le está mirando las tetas con la cabeza ladeada.

–Hipercompensación.

–Antes de que empecéis a practicar el amor que no osa decir su nombre, ¿qué tal si pedimos?

Chic levantó la vista del menú, sintiéndose incómodo:

–Para que lo sepáis, yo no soy gay ni nada de eso.

Preston le lanzó una mirada arrebatada.

–No lo permitiríamos, cariño.

Cuando llegó el momento de pedir, Preston se esmeró en establecer contacto visual y preguntar por las especialidades de la casa, pero el camarero se limitó a recoger las cartas y marcharse.

Desacostumbrado todavía a estar en público después de mi penosa escaramuza con los medios de comunicación, miré con cuidado alrededor. Una mesa más allá, dos tipos trajeados y otro con pantalón de chándal charlaban de financieras alemanas y circuitos de festivales. A su lado, mujeres demasiado viejas o demasiado ricas para que les importara que alguien pudiera oírlas hablaban de estrógenos. Una mujer agobiada comía con dos chavales que, gracias a sus gestos hoscos y sus vaqueros de marca, parecían más adaptados al mundo que ella. En la mesa de enfrente había un tipo bien vestido encorvado sobre un plato, y de repente todo su grupo miró hacia mí de manera más conspicua de lo que su actitud intentaba aparentar. Me sentí muy incómodo.

Chic, cómo no, fue el primero en percibir lo que ocurría y me sonrió:

Esto también pasará.

–Vayamos al grano –dijo Preston.

Mientras tomábamos nuestros aperitivos de alta cocina, recapitulé sobre las últimas novedades. Como de costumbre, había cogido un bolígrafo Bic para tomar notas, pero lo único que hice fueron garabatos.

Preston carraspeó una vez que yo hube terminado.

–No te martirices con lo del asesino en serie. No son tan convincentes.

–Que a ti te dejen indiferente no significa que no nos enfrentemos a uno. Recuerda que tenemos dos cadáveres con el mismo modus operandi.

–Tal como le hiciste ver a ese pomposo inspector, existen notables diferencias.

–O –a veces, con Preston, lo mejor era tomarle la delantera– yo podría haberme convertido en la imagen pública de un asesino de pacotilla, el cual a posteriori optó por cargarme el muerto. O la muerta.

–Eso significaría que tú sí asesinaste a Genevieve.

El llano comentario de Preston me pilló con la guardia baja. Sentí la imperiosa necesidad (fue como un tirón gravitatorio) de ponerme a la defensiva, de ampararme en negativas. Mi plato de gambas, tan hábilmente decorado, me pareció muy poco apetitoso.

–No puedes saberlo –dijo Preston–. De momento.

–Quizá debería tomar otra vez Sevoflurane y averiguarlo.

Preston removió su bebida con una pajita.

–Mira, Drew, ni siquiera tenemos la certeza de que hayas tomado Sevoflurane ni una sola vez. No creo que debamos asaltar instalaciones médicas basándonos en las escasísimas probabilidades de que, si lo inhalas otra vez, tu cerebro retroceda al veintitrés de septiembre.

–Tanto si te cargaron el muerto como si no –dijo Chic–, la manera más rápida de ir al fondo del asunto es determinar la conexión entre las víctimas, o entre éstas y tú. Un rollo aburrido y problemático que escapa a tus posibilidades.

–¿Qué hago? ¿Contratar a un detective?

Chic meneó la cabeza, decepcionado como de costumbre por mi incapacidad de hacer las cosas bien hechas.

–Conozco a un *hacker* hábil con las bases de datos: facturas de teléfono y de gasolineras, billetes de avión, todo eso. La mitad son compras hechas por internet y la otra mitad no... bueno, digamos que le da lo mismo. Sigue la pista a gente que deja de pagar la pensión alimenticia.

–¿Papás gorrones?

–No seas sexista, Drew. La última vez que recurrí a él fue para localizar a una mujer que había dejado plantado a un sobrino mío. Te digo que es un as con el ordenador. Ah, y necesitamos una lista de todas las personas a las que has hecho cabrear.

Saqué la lista que había estado elaborando y añadimos unos nombres más, pero ninguno tenía pinta de asesino creíble, ni siquiera un experto en colarse en casas ajenas. ¿Mi neurólogo, furioso por las secuelas de mi incumplimiento? ¿El padre de Katherine Harriman, hecho polvo tras una noche de salchichas picantes y partido de los Bulls, decidido a administrar justicia al estilo Chinatown? ¿Adeline Bertrand travestida en *ninja*?

Al final Chic se hartó de mi falta de enemigos peligrosos conocidos y cambió de tema.

–El segundo cuerpo –dijo–. ¿Por qué atar los tobillos con cuerda y las muñecas con cinta?

–Para las muñecas, es mejor la cinta que la cuerda. –Preston eludió sus ojos y siguió bebiendo–. Dijiste que la cuerda de algodón se emplea en juegos eróticos. Podríamos ver dónde venden ese tipo de cuerda en Los Ángeles.

–Que se encargue la policía de esa mierda de las diligencias –dijo Chic–. Para eso sí que sirven.

–¿Y para qué servimos nosotros? –pregunté.

Larga pausa.

–Para esa mierda de las diligencias, no.

–Yo creo que la cuerda es una pista falsa –dije–. Me huelo que la utilizó para desviar la atención de los investigadores.

La gente de la mesa contigua seguía susurrando, y finalmente el tipo bien vestido se levantó y vino hacia mí.

–No te olvides de sonreír –me dijo Chic.

–Usted es Andrew Danner, ¿verdad? –dijo aquel hombre–. Sólo quería decirle que siento todo lo que ha tenido que pasar. No estoy muy al tanto, pero creo que le acusaron falsamente.

–Gracias.

Nos dimos la mano. Antes de irse, miró a Chic.

–Bonitas manos, Bales, tonto del culo.

Volvió a su mesa. Preston y yo nos pusimos a comer para disimular la risa mientras Chic cabeceaba, azuzándonos todavía más. Llegaron los platos y, recuperado el apetito y el humor, me tomé unos momentos para recrearme con mis *agnolotti al mascarpone*. Cuando alcé los ojos, Chic estaba examinando las fotos de la escena del crimen. La de encima, presumiblemente la primera que tomaron, mostraba a Kasey Broach en apacible descanso. Sin indicios todavía de intrusión policial, su cuerpo parecía colocado en el encuadre por un ambicioso diseñador gráfico. Su carne desnuda y la película blanca de excrementos de ave sobre la capota del coche abandonado eran las únicas manchas de luz en la oscura escena.

–¿De dónde las sacaste? –preguntó Chic.

Yo había olvidado mencionar las fotos cuando Chic había pasado a recogerme al salir de la comisaría. Le dije que las había robado de la sala de interrogatorios.

Lanzó un silbido de admiración y luego puso una de las copias de lado, admirando la obra de un grafitero en la cara inferior de la rampa de la autopista.

–Un verdadero artista del spray.

–Centrémonos en el cuerpo –dijo Preston.

Chic sacó una segunda foto, donde se veía a unos cuantos agentes de pie o en cuclillas junto a la alambrada. Un hexágono delimitado por cordón policial cercaba ahora el cadáver. Había plumas pegadas al hormigón de la rampa, adheridas a la pintura del spray. El flash de la cámara había puesto al descubierto unas botellas de cerveza rotas.

–Mirad esto –dijo Chic–. Nuestra primera pista.

Preston se encogió de hombros tras echar un vistazo.

–Eso dice algo, señor escritor, sólo que tú no te enteras.

Cogí la foto y la examiné detenidamente.

–No veo nada.

Chic se levantó del banco, llevándome consigo.

–Entonces deja que te lo enseñe.

15

No había perfil en tiza, ni manchas de sangre, ni tristes restos de cinta policial que conmemoraran el cuerpo que había estado allí hacía menos de setenta y dos horas. Sólo el asfalto viejo, el cupé destartalado, Chic y yo. Sobre nosotros, los vehículos pasaban zumbando. El suelo olía a cerveza y orines. El sol se estaba poniendo y Rampart no era sitio para andar de noche. Chic abrió los brazos.

–¡Uf!

–Uf, ¿qué?

Señaló la nube de elaborada pintura al spray que iluminaba la cara inferior de la rampa. El grafitero había logrado que su obra, vista directamente, pareciera tener una perspectiva normal. Aun así, no me quedó claro qué era. Explosiones y protuberancias y letras acolchadas, todo ello tridimensionalizado de manera impactante. La obra había quedado inacabada, y la mitad de la derecha se perdía en el hormigón gris. Había plumas pegadas a la pintura ya seca.

–Oh –dije–. Oh.

Seguí a Chic hasta una parte pisoteada junto a la alambrada.

–Los polis tenían prisa, ¿eh? –dijo–. ¿Y el perito criminalista?

–Eso me dijeron. Estaba por ahí comiéndose un burrito.

–La patrulla ve el cuerpo. El criminalista hace la foto, capta la imagen antes de que todo el mundo joda las pruebas, pisando aquí y allá. ¿Y qué es lo primero que hacen?

–Cerrar la zona.

–Exacto. Lo cual significa que comprueban esta sombra. –Se metió en el pequeño hueco triangular donde la rampa se hincaba en el suelo. Un grupo de palomas, huyendo asustadas de sus puestos en lo alto de las vigas de refuerzo, turbaron la relativa quietud. Chic volvió hacia donde yo estaba, agitando los brazos para ahuyentar a las palomas que rondaban su cabeza. Había conseguido más de lo que había ido a buscar. Su retirada desmerecía la solemnidad de su relato, pero se sacudió la ropa, se quitó una brizna de la lengua y continuó, impertérrito–. Los polis asustaron a las palomas. Las plumas perdidas se quedaron enganchadas en la pintura. –Me indicó que le pasara las fotos y me enseñó una donde se veía el cuerpo de Broach antes de que acordonaran la escena del crimen: no había plumas de paloma–. Lo cual significa que la pintura aún estaba húmeda. Y eso quiere decir... –levantó un dedo con gesto académico– que el grafitero estaba pintando la rampa esa noche y alguien le interrumpió. –Movió la cabeza hacia la parte terminada del grafiti–. ¿Qué hace que el tipo salga corriendo? Un coche. ¿Cuál es el primer coche que apareció y le dio un susto?

–El del asesino al arrojar el cuerpo.

Chic esbozó una sonrisa de oreja a oreja.

–Tenemos un posible testigo, muchacho.

Miré la capota del cupé, rociada de cagarrutas.

–El caso de la caca de pájaro delatora.

–Ec-sac-to.

–¿Cómo encontramos al pintor?

Chic señaló el vistoso grafiti.

–Estás contemplando su firma, coronel Sanders.

Habíamos adoptado papeles ya conocidos. Chic era uno de mis mejores lectores de borradores, adicto a inyectar un poco de lógica urbana en el móvil de un personaje o a transformar un diálogo de novela en jerga de callejón. Vi que se mordía el labio: otro asesor convertido en cómplice.

Siguió con la vista fija en el grafiti, como si quisiera grabarlo en su memoria, y luego dijo:

–Déjame que investigue un poco, llamaré a algunos de mis hermanos.

Diseminados por toda la ciudad, Chic tenía unos veintisiete hermanos de incisivos de oro que aparecían con diversos disfraces para arreglar un coche, hacer de barmans en una fiesta o descargar un televisor de pantalla plana. La mayoría, al igual que él, eran naturales de Filadelfia; con unos cuantos tenía lazos de parentesco.

La brisa removió los desperdicios caídos de las vigas durante la erupción palomar. Me agaché para mirar un nido, más grande de lo que yo habría pensado. Dentro había un pequeño envoltorio redondo, como el doble de la circunferencia del plástico que sujeta una lata de cerveza. Y llevaba una pegatina de Home Depot con el precio.

Dejé de oír el silbido del viento, el arrullo de las palomas, los coches en la autopista. No oía otra cosa que los latidos de mi corazón.

Aquello era el envoltorio de un rollo de cinta aislante.

16

La puerta se abrió y por un instante no hubo más que oscuridad, un atisbo de mano pálida en el tirador y el incesante chirrido de los grillos.

Entonces Lloyd avanzó hacia el trecho de luz procedente de la farola y dijo:

–¿Qué coño traes ahí, Drew?

–Una pista. –Sostuve en alto la bolsa–. Dentro de una bolsita para sobras de Spago.

Impertérrito, Lloyd consultó su reloj. Eran sólo las seis y media, pero parecía medianoche, e imaginé que había tenido un día duro de trabajo. Se dejó convencer por su parte menos sensata y dijo:

–Espera aquí.

Me quedé en el porche mientras él se movía por la casa y una suave voz femenina le respondía. Al cabo de unos cinco minutos oí cerrarse una puerta.

Lloyd volvió a salir y me indicó que pasara. Nos sentamos como siempre, él en el sofá y yo en la butaca. En el suelo, la bandeja seguía llena de tacos. Sólo uno estaba fuera del envoltorio, y le faltaba el mordisco que yo le había visto dar a Lloyd.

Al fondo del pasillo, la misma franja amarilla de luz bajo la puerta del dormitorio. Era como si no hubiera transcurrido el tiempo desde la noche anterior, como si el tiempo no pasara nunca en esa casa.

Lo puse al corriente de mi aventura, finalizando con el hallazgo del envoltorio de cinta aislante en el nido de paloma.

Su expresión vaciló entre el asombro, el enojo y la renuente admiración.

–Santo Dios, parece que vas a por todas, ¿eh?

–Tengo que hacerlo, Lloyd. Cuatro meses de cárcel, un juicio por asesinato y dos mujeres muertas (una de las cuales me importaba mucho). Desde luego, tengo un interés puramente personal.

Miró la bolsa del restaurante, todavía por abrir.

–¿Y qué quieres de mí?

–Que analices las huellas dactilares.

–Una cosa es proporcionarte ciertos hechos, Drew, pero esto de las huellas...

–No me digas que no sientes curiosidad.

–Ni siquiera sabemos si son de nuestro hombre. Podría ser basura arrastrada por el viento, o que alguna paloma pilló de camino.

–Puede.

–Claro. ¿Y el tipo ese es tan cretino que dejó un envoltorio con sus huellas dactilares tirado cerca del cadáver?

–La poli (o tú) encontró una lona quemada en mi cubo de la basura, del tipo que se usa para forrar el maletero de un coche. Puede que el tipo atara a Kasey Broach con la cinta aislante dentro del maletero de su coche y se dejara allí el envoltorio. Podría haber quedado pegado al cuerpo de la chica cuando la tiró, y después soltarse.

Pero no hubo modo de sacar a Lloyd de sus objeciones.

–Y por si fuera poco –dijo–, no podemos certificar la cadena de custodia de esta prueba. Cualquier abogado podría aducir que lo sacaste tú de otro sitio.

–No sólo quiero que alguien vaya a parar a la cárcel.

Mi comentario quedó flotando en el aire viciado.

–Va a ser necesario, si es que quieres rehabilitarte. ¿No es ése tu objetivo?

–Sólo quiero averiguar lo que pasó –me corregí–, lo que está pasando.

Lloyd seguía con la vista fija en la bolsa.

–Dime que no sientes curiosidad –repetí.

Juntó las manos y soltó un suspiro:

–Vale, siento curiosidad.

–¿Te acuerdas de cuando usaste mi cepillo de dientes para enseñarme cómo se obtenía el ADN? ¿Qué diferencia hay? –Abrí la bolsita y la incliné para que Lloyd mirara en su interior–. Esta prueba no la encontró la policía. Habría pasado desapercibida. Yo la encontré casualmente como revestimiento en un nido de palomas.

–Las palomas no revisten sus nidos, pero sí son grandes comedoras de basura. Mira, tiene un borde de residuo adhesivo. –Cogió el boli que me había puesto tras la oreja y señaló–. Seguramente es dulce. La paloma pensaría que era comida y lo llevó a su nido.

La variedad de sus conocimientos me asombró, como siempre. Lloyd lo sabía prácticamente todo en materia de crímenes.

Si el gusano estaba más o menos hinchado; si la señal de la lavandería era más o menos rara; si el huevo de moscardón en la cavidad bucal estaba más o menos a punto de eclosionar.

–¿Por qué no buscas huellas? –insistí–. No vale la pena discutir si no hay ninguna.

Acababa de proporcionarle las razones que él estaba buscando. Fue a la furgoneta y volvió con un ordenador portátil y un estuche dentro del cual había pequeños estantes, como una caja de avíos de pesca. Se puso a trabajar encima de la moqueta y a los pocos minutos consiguió sacar una solitaria huella, una especie de arista sobre el exterior curvo del rígido envoltorio, justo al lado de la pegatina con el precio. Se apoyó sobre los talones.

–Debería tener suficientes puntos para buscar una igual.

No supe si estaba apenado o excitado; probablemente ambas cosas. Guardé silencio. A veces sé cuándo he de mantener la boca cerrada.

Tras unos momentos de silenciosa reflexión, Lloyd sacó de la caja una tira adhesiva transparente del tamaño de un móvil pequeño. Dejó al descubierto la cara adhesiva y la aplicó a la zona en cuestión, fijando allí la huella en dos dimensiones. Fue a la parte de atrás de la casa y al cabo volvió con una cámara digital. Hizo una foto de la tira adhesiva y descargó la imagen en su portátil. Cuando ladeó la pantalla para que yo no viera la contraseña que tecleaba, tuve un escalofrío de excitación. Estábamos entrando en la base de datos de huellas dactilares.

Esperé en silencio mientras él tecleaba. Adondequiera que miraba, veía fotos de Janice sonriente. Una perversa inversión de Dorian Gray: toda aquella bondad preservada tras el cristal del marco mientras la persona real languidecía en una habitación al fondo del pasillo.

Vi que enarcaba las cejas, pero me aguanté las ganas de preguntar. Finalmente giró el portátil hacia mí. Era una foto de archivo: un tipo de ojos tristes muy hundidos, casi calvo, mandíbula cuadrada. Richard Collins. Según la fecha de nacimiento, tenía treinta y un años, pero aparentaba más de cuarenta. Había estado preso en dos ocasiones por posesión de drogas, la última hacía tres años, pero desde entonces su expediente estaba limpio.

Era mi primer encuentro visual (y virtual) con el posible asesino de Genevieve o de Broach. Me decepcionó que Collins no tuviera un aspecto más impresionante; parecía el operario que ha hecho una chapuza en tu casa y le da igual que no le pagues.

–¿Te suena de algo? –preguntó Lloyd.

Eso mismo me estaba preguntando. ¿Se habían cruzado nuestros caminos en mi época de vino y rosas? ¿Había salido yo con su hermana? ¿Le había apartado a codazos en alguna fiesta?

–No le reconozco –dije.

–Pues si ese tipo ha querido colgarte un asesinato, está clarísimo que él sí te reconoce.

–¿Y ahora qué?

–Dale esto a un inspector.

–¿No puedes encargarte tú?

–Esto no es como en la tele. El criminalista nunca resuelve el caso. Incluso si yo no estuviera a tope de trabajo. –Metió la cinta y un disquete con la foto digital en una bolsa hermética–. Cualquiera puede tomar el relevo. Y no les digas que yo te he ayudado, o los que tú ya sabes vendrán por mí.

Cuando salimos, me pareció que andaba con paso más ligero. Pese a las advertencias que me había hecho para desalentarme, él también sentía la excitación de estar acorralando a un sospechoso.

Me lo iba ganando poco a poco, una egoísta solicitud detrás de otra.

Mis zapatos crujieron en la gravilla del camino particular.

–Buena suerte, Drew.

El tono me sonó desacostumbradamente optimista, pero cuando volví la cabeza Lloyd ya había cerrado la puerta.

17

–Esto es una huella dactilar obtenida de una prueba encontrada en la escena del crimen de Kasey Broach. Pertenece a Richard Collins, un delincuente con delitos graves en su haber. En mi condición de ciudadano libre, voy a ir a su domicilio a hacerle unas preguntas. Creo que deberías acompañarme.

Cal se quedó mirándome desde el otro lado de la mosquitera, sin sacarse el cigarrillo de los labios. Llevaba una camiseta de tirantes que dejaba ver sus gruesos hombros con tatuajes de Calvin and Hobbes, probablemente una idea divertida en plena borrachera a los dieciocho años. La cinta adhesiva y el disquete, visibles a través de una bolsa de pruebas, causaron mucho más efecto que la bolsita para sobras de Spago en mi última visita a su casa.

Cal abrió la mosquitera empujándola con la palma de la mano.

–¿Qué coño te pasa? ¿Te has vuelto loco?

–Eso dictaminó un jurado de mis iguales.

–Tú no tienes iguales, gilipollas. Habla.

Se lo expliqué todo, dejando fuera a Lloyd. Cal guardó silencio, lo cual indicaba interés (a no ser que se hubiera dormido con los ojos cerrados).

Su primera pregunta, por supuesto, fue:

–¿Cómo obtuviste la huella?

–Simplemente reconocí los dibujitos. ¿Tú no?

Sonrió con una mueca, divertido por mi salida.

–¿Seguro que no la dejaste tú, esa huella? Quiero decir en pleno trance inducido, ya me entiendes.

–Me han declarado oficialmente libre de tumor cerebral en un porcentaje del cien por cien.

–Libre de tumor pero no de imaginación hiperactiva.

–Esto no lo ha producido mi imaginación –dije, sacudiendo la bolsa por si no se había fijado en ella.

–Pero la cadena de custodia...

–A la mierda la cadena de custodia. Esto ha estado paseándose por allí toda la semana porque tus colegas no supieron encontrarlo. Ahora no se trata de encausar a nadie, sólo de hacer algunas preguntas. Y es a lo que voy.

Intentó cogerme la bolsa, pero la aparté.

–Dámela –dijo–. Lo investigaré.

–Mira, amigo, ayer tuviste la oportunidad de jugar a inspector de Robos y Homicidios, pero estabas demasiado ocupado quejándote de la violencia en los medios de comunicación. Ahora la investigación la llevo yo. Iré a ver al señor Collins, ninguna ley me lo impide. Si quieres acompañarme, creo que podría ser beneficioso para tu carrera.

–Has dicho que eres un ciudadano libre. Déjame recordarte que sólo hasta cierto punto. –Tendió la mano para que le entregara la bolsa, pero no le hice caso–. Más terco que una mula, ¿eh, cabrón?

–¿Conduces tú o conduzco yo?

Me miró fijamente al menos diez segundos. Eso es mucho para que alguien se te quede mirando, sobre todo cuando tú le sostienes la mirada. Apuesto a que Cal lamentó no llevar puestas sus gafas oscuras de tipo duro. Finalmente se apartó de la puerta, dejándola bascular en tácita invitación. En el sofá, a su espalda, acerté a ver las manoseadas páginas de mi manuscrito.

Dio media vuelta y dijo:

–Voy por mi placa. Eso impresionará al tal Collins.

Bautizada como autovía Ronald Reagan en 1994 por parlamentarios nostálgicos, la 118 atraviesa sin el menor glamour la zona norte del valle de San Fernando hasta Simi. Cal contempló desde su ventanilla las Granada Hills, entreveradas de centros comerciales y urbanizaciones. Habíamos parado junto a la gasolinera para que él escaneara de nuevo la huella. Al aparecer Richard Collins y su dirección de Northbridge en la pantalla del portátil, Cal me había mirado, diciendo con cara de palo: «Tienes buen ojo, Danner».

Contemplamos la vista, siempre uniforme y monótona. Apartados de la ciudad, lejos de los diseños prefabricados, aquellos barrios no tenían ni siquiera la gracia de los descampados urbanos, los Crenshaw y South Central y Compton, donde los billetes cambian de mano rápidamente y las balas crepitan y un Cadillac Escalade robado es la única nota alegre en el lúgubre entorno arquitectónico. Me pregunté si la gente de allí se resentiría de un entorno tan insípido. Sol todo el año, acceso inmediato a la playa y humedad en su justo punto les aseguran no llegar a sufrir siquiera.

Quizás era eso lo que había convertido a Richard Collins en asesino: una dirección en Corbin y Parthenia.

Al cabo de un rato comprendí que algo aparte del paisaje enturbiaba el humor de Cal.

–¿A qué viene esa cara?

Hizo una pausa, imagino que reflexionando sobre si volvíamos a ser amigos o no.

–Me fastidia esta cita. El tío podría ser un personaje de tus libros si escribieras novelas de terror.

–¿Tanto te fastidia?

–Cuando mi gata maúlla así, quiere decir que tiene hambre. Cuando mi gata maúlla asá, quiere decir que me quiere.

Reí, él no.

–Nada que ver con tu ex, ¿eh? –dije.

–Se ha vuelto a casar. Con un agente. Tiene cara de «dame un puñetazo» y se llama Jeremy. ¡Jeremy! –Cal meneó la cabeza.

Decidí no hacer más preguntas.

Dejamos la autovía y nos detuvimos frente a un bloque de pisos parecido a todos los que habíamos dejado atrás. Cal se apeó del coche, pero yo permanecí un rato dentro, dándome cuenta al fin de lo que se avecinaba. Íbamos a presentarnos en casa de un hombre que podía haber matado a dos mujeres... para luego incriminarme a mí. Me pregunté qué me detenía. La duda, como un cuchillo de fría hoja en la base de mi columna. ¿Y si descubríamos que Collins era el tipo que buscábamos pero que sólo me había colgado un asesinato? ¿Y si las miradas de odio de los Bertrand en el juicio estaban justificadas?

Cal rodeó el coche y se inclinó hacia mi ventanilla.

–¿Te vas a rajar ahora?

Negué con la cabeza.

–Pues quizá deberías. El año pasado nos presentamos en casa de un tipo que se cagó en las manos para que nadie quisiera esposarlo.

–¿Cómo puede alguien llegar a ese extremo?

–Su papá le apagaba cigarrillos en la frente. Su mamá no le colmaba de cariño. Demasiado Black Sabbath antes de la pubertad. –Cal se enderezó–. A veces no hay ninguna razón concreta. A veces la gente está jodida y punto.

«Sí –pensé–, pero es más interesante si hay razones.»

Cal echó a andar hacia la escalera y tuve que apresurarme. Metió rápidamente la mano por dentro de su americana y soltó el cierre de la pistolera. Una de las ventanas del apartamento 11 B daba a la galería. Estaba abierta unos centímetros, pero la cortina estaba echada.

Cal se situó a un lado de la puerta y golpeó ésta con la base de su linterna.

–¿Richard Collins? Policía de Los Ángeles. Abra, por favor.

Ruidos en el interior, quizás una silla al caer.

–Por favor, abra. Sólo queremos hacerle unas preguntas.

–¿Qué coño queréis?

–Señor, haga el favor de abrir la puerta ahora mismo. –Pasos en el interior–. O utilizaremos gases lacrimógenos.

Me miró y negó con la cabeza para tranquilizarme.

En vista de que el tipo no abría, Cal fue a coger un extintor de incendios que había pasillo abajo y volvió. Tiró de la anilla y luego lanzó un chorro de dióxido de carbono por la abertura de la ventana. Oímos un alarido, y de inmediato Collins salió al pasillo con los brazos en alto.

Cal lo puso rápidamente contra la pared para cachearlo.

–Vamos dentro.

El piso olía a marihuana. Mientras Cal lo mantenía a raya, inspeccioné la sala comedor. Había una mesa arrimada al rincón junto a la pequeña cocina. Un tenedor sobresalía de un cazo con espaguetis recalentados. Había una silla volcada de lado, una camisa naranja chillón enredada en el respaldo.

–Yo no he hecho nada, tío. No me conviene una tercera condena.

–¿Dónde estuviste la noche del veintidós de enero? –preguntó Cal.

Debo reconocer que la cara de sorpresa de Collins pareció genuina.

–Yo qué sé. ¿Cuándo dices?

En el fregadero, medio escondida, la típica bolsita de diez dólares de hierba. Cuando levanté la vista, Collins me estaba mirando con cara de pánico.

–Hace tres noches. El jueves –aclaró Cal.

–Estaba trabajando.

–¿Entre las diez y media y las dos de la mañana?

Enderecé la silla, y con ella la camisa colgada del respaldo.

–Trabajando, tío. Habla con mi encargado, puedes comprobar que fiché. Soy reponedor y trabajo de noche.

–¿Dónde?

Miré el logotipo cosido en la pechera de la camisa. Decir que sentí pesadumbre sería quedarme corto. Cal miró hacia donde yo estaba y vio el uniforme en el instante en que Collins respondía:

–En Home Depot.

Cal reprimió la risa, pero fue en vano: al momento estaba doblado con las manos en las rodillas, partiéndose de risa.

–Eh, un momento –dijo Collins–. ¿Qué pasa aquí?

Desde la cocina formulé una pregunta que, en retrospectiva, me parece estúpida.

–¿Recuerdas haberle vendido cinta aislante a alguien?

–No trabajo en planta. Yo sólo descargo. ¿Cinta aislante? Pues claro. Cajas y más cajas. Si habláis con el encargado, no le digáis que tengo antecedentes. Mentí al solicitar el empleo. No podía rehacer mi vida teniendo un historial por drogas.

–Descuida –dijo Cal.

Collins no dejaba de mirarme.

–Si me pillan por tercera vez, me joden bien jodido. Podrían caerme de veinticinco años a perpetua. Pago pensión alimenticia por un hijo. Aparte de las drogas, estoy limpio de todo.

Mi fervor investigador había convertido a Collins de pobre fumeta en asesino salvaje. Y al hacerlo había estado en un tris de joder su vida mucho más de lo que estaba la mía, pues Collins no tenía ningún tumor cerebral al que agarrarse. Fingiendo que me lavaba las manos, dejé que el agua empujara la bolsita de hierba triturador abajo.

–No te preocupes por eso –dije.

Cal no me dirigió la palabra cuando volvimos al coche. Antes de salir había contactado por teléfono con el encargado de Home Depot para confirmar que Collins había estado allí la noche del 22 de enero. Yo había encontrado una pista, pero tan cargada de condicionales que era casi inservible. Si el envoltorio pertenecía a la cinta aislante del asesino, entonces éste la había comprado en el Home Depot de Van Nuys. Si lo había hecho cerca de donde vivía, entonces era residente del Valle. Dos condicionales no harían avanzar mucho la causa del equipo de casa.

Subimos al coche. Esperé a que Cal aullara, pero lo único que hizo fue mirarme de soslayo y decir, con una sonrisita:

–Mejor dedícate a seguir escribiendo.

Lloyd me telefoneó al móvil mientras yo volvía en coche de casa de Cal.

–¿Cómo ha ido?

Se lo expliqué.

–Vaya –dijo–. Siento añadir sal a la herida, pero han llegado las pruebas de ADN y de la lona encontrada en tu basura.

El ADN es tuyo. No digo que eso destruya tu coartada, sólo quería informarte.

Le di las gracias y colgué. Volver a casa me hizo pensar de nuevo en los desperfectos de mi puerta y en la nota de Preston sobre el peligro que eso podía significar. Llamé a información y conseguí el número de una de las empresas de alarmas antirrobo que se anunciaban en postes metálicos clavados en los arriates del vecindario.

–Lo siento, amigo. No puedo mandarle a nadie hasta el martes, o quizás el miércoles.

–¿No será que trabaja para la compañía telefónica?

–¿Cómo dice?

–Nada. Olvídelo.

Le di mi dirección y quedamos en una hora. Luego llamé a Home Depot pensando que me debían una –o yo a ellos–, pulsé números según me dictaba la voz artificial y dejé un mensaje para el departamento de puertas que sin duda no me devolverían, pero me quedé con la sensación de haber actuado acorde con las notas de mi editor.

«Richard Collins. Reponedor de cinta aislante para uso eléctrico. Sigue así, muchacho.»

Decidí dedicar el resto del trayecto hasta mi casa en sentirme mal. Pero me pasé de la raya. Al llegar, estaba demasiado agotado para fumarme un cigarro en la terraza, de modo que me aposenté en la butaca de leer y reflexioné sobre mis errores. Al cabo de un rato, harto de mí mismo, puse la tele.

La humedad, baja; las noticias sobre terrorismo, abundantes. Un día más en Norteamérica. ¿Y qué estaban reponiendo en la TNT? *Hunter Pray*. Cómo no, allí estaba Johnny Ordean, con un cuello de clérigo que le sentaba mal y sosteniendo la cabeza chorreante de un cabronazo sobre un hediondo retrete. «Escúpelo o te bautizo otra vez.»

Santo Dios.

El ruido de la cisterna al vaciarse disparó mi dedo de zapear. Un huracán de nombre sugerente estaba arrasando la costa de Georgia. Los presentadores de informativos envalentonaban a los terroristas. Un cantante adolescente había estado involucrado en un topetazo en el cruce de Fairfax y Le Brea, y un equipo de informativos había acudido allí para registrar los desperfectos y las palabrotas pronunciadas.

Mientras yo me ocupaba de mis cosas, el mundo seguía en movimiento.

Pulsé el botón de *off* y me quedé sentado en la semioscuridad. No existe silencio más lastimero que el de una casa vacía cuando se apaga el televisor. Ahora que los medios de comunicación habían dejado de tratarme como un trapo sucio, me sentía abandonado.

Los cojines del respaldo del sofá, desparramados por Preston, me hicieron pensar de nuevo en Genevieve. Antes de ponernos a mirar una película o una representación de ópera, ella solía desmontar el maldito sofá y ordenarlo de nuevo a su antojo, lo cual solía implicar transformarlo en una poltrona de ante de imitación, elevándola a ella cual Cleopatra en la barcaza. Y desde su regio trono, me miró ahora con aquellos franceses ojos suyos, implorantes.

–Estoy en ello –dije–. Todo el mundo sufre sus reveses. Acuérdate de Waterloo.

Se desvaneció al sonar el teléfono móvil.

–¿Quién es el mejor?

–¿Barry Bonds? –aventuré.

–Chic Bales, hombre.

Le expliqué lo de Collins, el (inocente) fumeta a sueldo de Home Depot.

–No desesperes, Chicken Little. He conseguido un grafitero. Salimos a primera hora de la mañana.

Después de colgar me quedé mirando el sofá, pero Genevieve no reapareció. No la culpé. Yo era muy mala compañía, igual acababa metiéndole un cuchillo de deshuesar entre las costillas.

Subí a mi cuarto y dormí esporádicamente. A la una de la madrugada estaba totalmente despierto. La hora de Genevieve. Cada silbido del viento era una mosquitera rasgada, cada crujido de la casa un pie pisando con cautela. Fui encendiendo luces, cogí unos trozos de contrachapado que tenía en el garaje y los claveteé de través sobre las ventanas rotas de mi puerta principal.

Volví a mi habitación y me tumbé a oscuras, rodeado de sombras familiares.

«Tienes que aceptar lo que venga, y lo único que importa es que lo encares con valor y con lo mejor que tengas que ofrecer.»

Había cometido una estupidez. Eso no era una novedad. Había pasado la tarde estrujándome la sesera. Tampoco es que tuviera nada mejor que hacer. Había jugado una carta con Cal que podría haberme reservado para más adelante. Bueno, ¿y qué? Me quedaban más en la manga. El día de mañana (al cabo de unas horas) podía aportar un testigo en forma de artista del spray, otro cadáver, un *tsunami* que nos dejara a todos respirando con escafandra.

Yo estaba comprometido en esta historia: por Genevieve, por Kasey Broach, por mí mismo. Formaba parte de la trama. Tras la sangre, el sudor y las lágrimas vendría un final, favorable o no.

Por primera vez desde que había despertado en aquella cama de hospital, dormí profundamente.

18

Me reuní con Chic en una zona de Compton que había sido revitalizada, lo cual quería decir que los adictos al crack parecían mejor alimentados.

Se inclinó hacia mi ventanilla y dijo:

–El padre de Genevieve invirtió en una empresa propietaria de una boutique donde una vez Kasey Broach compró jabón. Ambas compraron neumáticos en el mismo proveedor, Broach personalmente, y Genevieve a través de su mecánico en el concesionario Lexus.

–¿Qué nos da eso?

–Nada importante que anotar en el marcador. –Sonrió–. El tipo de la base de datos es muy bueno sacando información, pero no necesariamente buena información. Veremos qué más puede averiguar. No creo que saquemos muchas conexiones entre las dos; lo que sería cojonudo es que saliera algo entre Broach y tú. Si además vincula a Genevieve, perfecto. –Mientras cruzábamos la calle, Chic señaló hacia un almacén con un gesto de la barbilla–. Ahí tiene su estudio de arte el chico en cuestión.

–¿Su estudio de arte?

–Eso he dicho. Y procura no hacerme ruborizar llamándolo grafiti.

–¿Cómo quieres que lo llame?

–Arte de aerosol.

–Oh, por supuesto.

Al entrar nos topamos con una mujer obesa sentada detrás de un mostrador, soplándose unas uñas que eran el doble de largas que sus manos. Levantó la vista y arqueó las cejas como si la hubiéramos pillado desnuda en un probador.

–Mi amigo Engelbert Humperdinck está buscando a Bishop –dijo Chic, señalándome–, pero no quería venir solo porque tiene miedo de que lo metáis en una marmita de caníbales.

–¿Uno de los negros?

–Exacto.

–Déjeme ver. –Se apartó del mostrador y desapareció por una puerta metálica. Su voz sonó a través de las paredes–. ¡Bish! ¡Vienen a verte! –No nos llegó la respuesta, pero ella añadió–: Pues otro día te sientas tú en la recepción, majo.

Volvió a salir y aguantó la pesada puerta para que pasásemos. Me miró de arriba abajo.

–¿Es poli o viene a comprar?

–Es escritor –dijo Chic.

La mujer soltó un bufido.

–¿De qué restaurante?

Entramos en el almacén propiamente dicho. Aparte de una mesa metálica en el rincón, varias cajas de cartón y un orondo negro desnudo, la sala estaba vacía. El hombre nos ofrecía su generoso trasero mientras trabajaba en un lienzo de enormes dimensiones, lleno de manchones, colgado de la pared del fondo. Sus dedos chorreaban pintura, que a su vez le resbalaba por las carnosas pantorrillas.

Miré a Chic, que se encogió de hombros. Cruzamos la enorme sala admirando las ampliaciones que adornaban las paredes. Eran fotos de grafitis pintados en trenes, vallas publicitarias e incluso varios coches de policía. Las cajas de cartón estaban llenas de botes de pintura, boquillas, filtros, gafas de visión nocturna salpicadas de pintura.

Chic carraspeó, pero Bishop no se dio la vuelta. Cogió un rodillo de un recipiente con pintura morada y se lo pasó desde las piernas hasta el cuello. Luego, emitiendo un rugido de oso, se lanzó hacia delante embistiendo el lienzo y dejando una gran marca morada. Retrocedió unos pasos, se limpió con una toalla húmeda y se puso un pantalón de chándal.

–Interesante técnica –comentó Chic–. Es como...

–¿Una chorrada? –dijo Bishop con voz estruendosa–. Claro que lo es. Pero me dan tres de los grandes en la galería. No es como para pensárselo, si te pagan esa pasta por una impresión de tu paquete, digo yo.

–Si yo pudiera sacarme tres de los grandes por algo relacionado con mi paquete –dije–, no me lo pensaría, desde luego.

Se rio.

–¿Tienen intenciones de comprar, caballeros?

–En realidad, sólo queríamos hacerle un par de preguntas.

Saqué del bolsillo trasero de mi pantalón una copia del grafiti de la autovía. Previamente, le había dado unos pases mágicos ampliando la imagen de manera que el cadáver quedara fuera del encuadre.

Bishop miró la foto y dijo:

–Yo no fui.

–Entiendo lo que siente –dije–, pero no somos polis ni fiscales, y nos tiene sin cuidado que sea ilegal.

–No; quiero decir que eso no lo he hecho yo. –Abarcó con un amplio gesto las fotografías circundantes–. ¿Ve ese número, el ciento tres? Ahí, siempre en la esquina inferior derecha.

Examiné las fotos. Los números tenían relieve, casi como en esos carteles que si los miras fijamente durante veinte minutos producen una imagen en tres dimensiones, o directamente migraña.

–Eso es porque nací en el ciento tres de Watts, ¿vale? –Bishop señaló la copia que yo tenía en la mano–. Ahí no sale el número. Además, yo nunca utilizo Verde Amazona ni Vincapervinca Metálico. No son de mi paleta. Eso es que algún pipiolo me mordió la pieza.

–¿Traducido para blancos?

–Soy un autor de fama. Por eso habéis sabido cómo localizarme. Pero éste es un pipiolo, un chaval que está empezando. Muerde mis obras (copia mi trabajo) para hacer currículum.

–¿Sabrías decir qué chaval hizo este grafi...?

Chic me cortó:

–... pieza de arte de aerosol?

–Claro. Su nombre está ahí, que no se entera. –Escondidas entre las burbujas de color había dos letras en hipercaligrafía abstracta: «WB»–. West Manchester Boulevard, al lado del Forum. El chaval es de ahí. De Inglewood. Junior no lo hace mal. Hace pintadas en rampas de autopista y almacenes. No usa matrices ni aerosoles, dibuja la cola de la Q muy retorcida.

Había pronunciado la J de Junior a lo hispano.

–¿Es mexicano? –preguntó Chic.

–Nuestra comunidad no entiende de razas. Lo que nos importa es el arte.

–¿Sabe dónde podemos encontrarle?

–Sí. El chico me envía cartas de admirador.

Bishop fue hasta la mesita metálica y se puso a hurgar en los cajones, tirando envoltorios de chocolatina al suelo. Finalmente sacó una carta arrugada de un cajón lleno de correspondencia. Contenía una Polaroid de una persiana metálica de almacén transformada en país de las maravillas. La carta rezaba así:

> Querido Bish:
>
> Eres el mejor. Aqui tienes una pintada que hize inspirandome en lo tuyo en la línea roja del metro. No es tan buena pero algun dia espero hacerlo igual de vien que tu. Cuando sea mayor pienso pintar la casa blanca, hasta la ultima columna. Ja ja ja. Quiza cuando salga de la condicional podre conoserte y que me espliques cosas.
>
> ¡Eres el rey!
>
> JUNIOR DELGADO

Le di la vuelta al sobre. En el remite constaba un sitio llamado Hope House con una dirección en la Sexta Oeste. Cogí mi Bic y copié las señas en una libreta de poli que Cal me había regalado hacía años.

–Tengo que verme con un distribuidor en el restaurante –dijo Chic–. ¿Crees que podrás ir a visitar a Junior sin que un negro grande te coja la mano?

–No sé. –Miré a Bishop–. ¿Quiere cogerme la mano? Bishop soltó una risita. –Lo siento, estoy comprometido.

19

Un tipo con tatuajes de banda callejera en el cuello se lanzó en silla de ruedas por la rampa para minusválidos y torció hacia la furgoneta aparcada al lado de mi coche. De camino yo había llamado a Preston para que me buscara en Google qué era eso de Hope House. Resultó ser un centro residencial de colocación (o sea, un hogar comunitario) algo más arriba de MacArthur Park. Era una casa de seis dormitorios, dos chavales por habitación, con personal nocturno. La última parada antes del tribunal de menores para jóvenes conflictivos de Los Ángeles.

Me apeé del coche. El tipo estaba forcejeando para levantarse de la silla y montar en el asiento del conductor.

–¿Te echo una mano? –dije.

Volvió la cabeza. El frontal de su gorra de béisbol llevaba escrito: «Yo sé a lo que me expongo. ¿Y tú?».

–Vale. He llegado hasta aquí abajo pero además he de subir a mi puta furgoneta.

De momento, la suerte me sonreía.

La casa tenía dos plantas y era la viva imagen del deterioro: pintura desconchada, persianas torcidas, etcétera. Cuando entré, aquello era un torbellino de adolescentes entrando y saliendo de habitaciones, chillándose los unos a los otros, saltando por encima de las estructuras medio rotas del patio de recreo. Una monitora hispana se paseaba de acá para allá, mordiéndose las uñas, con el teléfono pegado a la oreja.

–Su asistente social no se ha presentado, nos falta un conductor y he de pagar la fianza para sacar a Patrick, de modo que no puedo aceptarlo.

Colgó y soltó un resoplido.

–¿Usted es el conductor?

–No; estoy buscando a Junior Delgado. Necesito hacerle unas...

–Pues... –Hizo un gesto de mandarme a la porra, pero se contuvo y añadió con más suavidad–: espere en la parte de atrás. Tendrá que hablar con Caroline Raine, nuestra terapeuta. Ahora está arriba ocupándose de un tema de contrabando. Bajará enseguida, pero éste no es el mejor día. Sírvase un café. –Señaló una serie de tazones colgados de sendos ganchos de madera–. Puede que tarde un rato. Haga el favor de enjuagar el tazón cuando acabe.

Reanimado por la dosis de cafeína, salí a la parte de atrás y me senté en el borde de un tiesto con tierra pero sin flores, al lado de un chaval con un aspecto tan dinámico como James Taylor.

–¿Sabes dónde está Junior?

–No, tío.

Se puso de pie y se alejó de allí. Mi presencia le había molestado.

Me sorprendió lo mucho que las películas sobre casas de chavales habían influido en mí. Allí no había chicos latinos de largas pestañas y piel tersa, ni chicas con sonrisa millonaria en caras sucias de tierra, ni mentes entusiastas esperando un modelo de conducta, un programa de música con subvención estatal, un caprichoso profesor de matemáticas. Sólo un montón de pantalones holgados, zapatillas Converse y gestos hoscos. El tobogán de la zona de juegos daba pena y algunas estructuras estaban incompletas. Pensé que esos chavales merecían algo mejor, pero por lo visto se apañaban.

Un muchacho con síndrome de Down estaba sentado en uno de los maltrechos columpios, sujetándose la cabeza con las manos y llorando.

–Quie-ro a mi ma-má...

Uno que llevaba una sudadera verde le espetó:

–Pero si la mataste tú, subnormal.

–Ya lo sé. Ya lo sé.

«Nunca más volveré a quejarme de nada», pensé para mis adentros.

Había un chaval latino, flacucho, con una cazadora Lee, vaqueros acampanados y zapatillas Ked. Parecía que se le hubiera sentado encima el hombre más gordo del mundo. Al volverse para cuchichear con otro conspirador, vi que la espalda de su chaqueta estaba decorada, o personalizada. Creo que lo llaman arte de aerosol.

–¿Junior?

Se acercó a mí, se sentó a mi lado y corrigió el modo en que yo había pronunciado su nombre.

–Perdona. ¿Esto lo has hecho tú? No soy poli, sólo un admirador.

Miró el papel doblado y sonrió.

–Sí, yo mismo.

–¿Lo pintaste el jueves pasado por la noche?

–¿Cómo lo ha sabido?

Señalé las plumas de paloma pegadas a la pintura.

–Todavía estaba húmeda. ¿A qué hora estuviste allí? –Tardé un poco en darme cuenta de que dudaba–. Tranquilo. No le diré a nadie que te escapaste.

–Tarde. Yo diría que... bueno, entre las doce menos cuarto y las dos menos diez.

–¿Estás seguro?

–De lo último sí. –Me enseñó un aparatoso Sanyo–. Mi reloj pita a la hora en punto. Recuerdo que pitó cuando volvía en bici, más o menos a mitad de camino.

En la primera foto de la escena del crimen ponía las 2.07. Eso me hizo preguntar:

–¿Por qué no terminaste la pintada?

–Algo me interrumpió.

–¿Un coche?

–Sí.

–¿Viste qué clase de coche era?

–Yo lo veo todo, colega. –Notando mi ansiedad, me miró

a los ojos–. ¿La señorita Caroline le ha dado permiso para estar aquí?

–No ha dicho lo contrario.

–Ya. ¿Todavía no la ha visto? Quiero decir en persona.

–Pues no.

Sonrió como un loco.

–¿Por qué lo dices? –pregunté.

–Disculpe, señor.

Volví la cabeza y vi a una mujer de pie a mi lado. A primera vista, su cara era como una bella máscara hecha pedazos. Una cicatriz le nacía en la línea del pelo, torciendo hacia la sien; otra empezaba debajo de un ojo y salvando los obstáculos de sus labios partía el borde de su boca.

Se me cayó el tazón, probablemente no tanto por la sorpresa cuanto por el vidriado de la cerámica, pero en cualquier caso el efecto fue el mismo. Me sentí como una heroína de Jane Austen, sosteniendo la taza de té sobre el platillo con mano temblorosa mientras escucha los chismorreos en la pista de baile. Mi bochorno fue en aumento con cada arco que la parte intacta del tazón describía en el suelo, y Junior aguantándose la risa no me ayudó mucho.

–Lo siento –dije–. Se me ha resbalado.

Su expresión no dejó entrever nada. La muesca de sus labios no se juntó, y el sendero de la cicatriz más larga parecía igual de caprichoso. Las marcas habían perdido color, la piel estaba ligeramente moteada en algunos sitios y supuse que eran rasguños ya curados. Estaba encaneciendo, pero como si le hubiera sucedido de golpe. Su pelo había perdido brillo y tenía un tono sándalo sucio. Lacio, recogido atrás mediante un lápiz. Sus facciones, vistas entre los desperfectos, eran impresionantes. Glaciales ojos verdes, boca delicada, pómulos que acentuaban unas preciosas mejillas.

Le tendí la mano.

–Soy Drew Danner.

–Le he reconocido del juicio.

Junior miró al de la sudadera verde, que movió los labios diciendo: «Es verdad, tío».

–Junior, haz el favor de ir a tu cuarto.

–Señorita Caroline...

–¡Ahora!

El chico se dio prisa en obedecer. Yo también me la habría dado.

–¿Qué quiere, señor Danner?

–Estoy tratando de averiguar qué ocurrió en realidad. Sólo quería hacerle unas preguntas a Junior.

–¿Y pensó que podía venir aquí a interrogar a uno de mis chicos sin pedirme antes autorización?

Me obligué a sonreír.

–¿Un poco de amabilidad para alguien que ha padecido un tumor cerebral...?

–No me venga con ésas, macho.

–Mecachis.

–Recoja lo que ha tirado y lárguese.

Me dejó sentado en el tiesto. Los chicos que quedaban se rieron de mí, incluido el mongólico, y el chaval de la sudadera verde me sacó la lengua. Yo necesitaba la descripción del coche que había interrumpido a Junior mientras terminaba su pintada, pero no se me ocurrió cómo acceder a él sin pasar por encima de nadie. De momento.

Recogí los trozos de cerámica y encontré un cubo de basura al entrar en un pasillo. Desde allí pude oír las voces airadas de Caroline y la monitora.

–El juez Celemin ya está harto. Si Junior se salta otra comparecencia, irá directo al correccional.

–¿Qué podemos hacer, Caroline? He de pagar la fianza de Patrick, pero ya, y el conductor se ha esfumado. Vale, no pasa nada, no hay nada que...

–Claro que pasa. Debería haber previsto que necesitaba tener más personal disponible, y ahora por mi culpa puede acabar en el correccional.

Las dejé enfrascadas en los sinsabores de las empresas altruistas.

Estaba ya arrancando cuando un golpe en la ventanilla de

mi lado me hizo dar un respingo. Caroline Raine me indicó por gestos que bajara el cristal. Presentí que cuando Caroline Raine sugería que hicieses algo, tenías que hacerlo. Me puso un documento encima del volante.

–Firme esto. Aquí abajo. Ya es un Gran Hermano. Autorizado por nuestro centro. Lleve a Junior al juzgado... ya va con retraso. Sólo perderá una hora de su tiempo, y con eso le ahorrará a Junior el tribunal de menores.

Ya me imaginaba la cubierta de mi próximo libro: «Los martes con Junior».

–¿Me está tomando el pelo?

–De camino podrá hacerle todas las preguntas que quiera. Aunque no conseguirá nada.

–¿Cómo sabe que no soy un psicópata o algo así?

–Ojo clínico que tiene una.

–Me juzgaron por asesinato.

–Locura temporal es una nadería comparado con lo de estos chicos. Junior se lo comerá vivo.

–Pues que se ande con ojo porque debo de ser tóxico, con todo lo que he pasado –repuse–. Bien, supongo que podré manejar a un chaval aunque se me ponga gallito.

20

–De modo que alguien te interrumpió, ¿eh? ¿Qué clase de coche era?

–Déjame tranquilo, colega. Tengo tribunal. Siempre me pongo nervioso cuando tengo tribunal.

–¿Vas muy a menudo? –Mi pregunta recibió la mueca que merecía–. ¿Por qué ha sido esta vez?

–Por pintar, ¿qué, si no? –Junior manipuló la radio del coche y empezó a dar botes mientras el ritmo hacía vibrar las ventanillas–. ¿Y tú qué, colega? ¿Miraste mal a un asesino?

Bajé el volumen y se lo dije, preguntándome qué demonios me había entrado para explicarle todo eso a un delincuente juvenil harto de la vida. Repetirlo, como reescribir mis cosas, me ayudó a aclarar vacíos y puntos débiles, a detectar lo que requería investigar más a fondo.

Cuando hube terminado, Junior me sorprendió diciendo:

–Joder, colega, qué putada. ¿Sabes lo que necesitas? Tendrías que conseguirte un perro.

–¿Un perro parlante que resuelva crímenes?

–Mira, un tío se cuela en tu casa, te da un tajo en el pie y eso. Un perro te protegería, colega. Yo tenía uno que era mezcla de dóberman y rottweiler. Con un perrazo así no tendrías que preocuparte de nada, tío. Al menos dentro de tu castillo.

Concedí que no era mala idea. Metí el coche en el aparcamiento del Tribunal de Menores de Eastwood. Miré los dibujos que Junior llevaba pintados en la espalda de su cazadora mientras él se apeaba.

–Oye, ¿no te parece más aconsejable dejar la cazadora en el coche?

–Ni lo sueñes, colega. Tengo que dar el pego. –Me mostró una pierna, y un pie con una PRO-Ked blanca–. Esto y mis bambas son mi equipo de artista aerosólico.

Consulté mi reloj y vi que pasaban cuarenta y cinco minutos de la hora concertada.

–Llegamos tarde.

–No te preocupes –dijo Junior, caminando a saltitos–. Al juez Celemin le caigo superbién.

El juez nos fulminó con la mirada; sus voluminosas vestiduras negras le daban aspecto de buitre con las alas desplegadas.

–Cuánto nos alegramos de que haya podido usted venir, señor Delgado. Confío en que no haya sido demasiada molestia.

Junior le miró radiante:

–Oh, en absoluto, su señoría.

El magistrado fijó en mí su atención de ave rapaz. Debido a nuestra tardanza, el defensor de oficio había ido a ocuparse de otro caso en otra sala, pero el juez Celemin había exigido la comparecencia «del señor Delgado y quienquiera que sea el responsable de su traslado».

–Ésta es la segunda vez que el señor Delgado, a la tierna edad de catorce años, viola la libertad condicional y es detenido en posesión de botes de pintura al spray. ¿Usted es su Gran Hermano?

Empecé a sudar.

–Culpable de la acusación, su señoría –dije.

–Tal vez le convendría reflexionar sobre la calidad de las enseñanzas éticas que está usted impartiendo.

–A decir verdad, su señoría, últimamente he pensado mucho en ello.

–Imagino que sus recientes experiencias le habrán enseñado algo respecto a la Sexta Enmienda, ¿no es así, señor Danner?

Me quedé en blanco. Solía tener un miedo enorme a no ser tan listo como pensaba que era. Y me había aliviado sobremanera descubrir que no me equivocaba. Con todo, ningún adulto que se precie quiere quedarse a dos velas en un tema que se enseña en Sociales de sexto. Terminas los estudios y al cabo de los años te das cuenta, para tu disgusto, de que eres ese gilipollas inculto que no sabe situar Maryland en un mapa ni enumerar los planetas por orden.

–Supongo que no el derecho a presentarse tarde ante el tribunal.

–Supone correctamente, señor Danner. Bien, el señor Delgado tenía su última oportunidad aquí y ha decidido presentarse tarde, de modo que, sintiéndolo mucho, tendré que...

–Ha sido culpa mía –dije, contrito–. Tenía un... compromiso y me he retrasado un poco.

«¿Un compromiso? Ándate con cuidado, Chandler.»

La cara del juez Celemin no pudo haber expresado mayor repugnancia.

–Muy bien. Vuelva usted mañana a la misma hora con el defensor del señor Delgado y zanjaremos este asunto de una vez por todas.

–Mañana me va a ser un poco difícil, pero estoy seguro de que alguien podrá...

–¿Algo en lo que acabo de decir le ha hecho pensar que esto está abierto a discusión?

–No, su señoría.

–Necesito que una persona adulta me garantice que este chico va a estar aquí mañana.

–¿Yo?

–¿Usted es un adulto?

–Supongo que algunos discreparían de eso, su señoría.

–Yo entre ellos, señor Danner, pero debemos atenernos a nuestro sistema judicial, por defectuoso que sea. Y en cuanto a sus ocupaciones de mañana, mire, siento mucho causarle molestias. Ahora mismo llevo una hora de retraso, de modo que sé muy bien lo difícil que es cuando uno tiene una agenda apretada.

Junior no dejó de reírse mientras íbamos hacia el aparcamiento.

–Suéltalo ya.

–¿Y si nos vamos al cine, Gran Hermano?

Arranqué con un rechinar de neumáticos y dije:

–El jueguecito ha terminado. Me cuentas lo de ese coche que viste o te echo de aquí ya mismo.

Miró en derredor.

–Bonito barrio. –Pero parecía inquieto–. Vale, tío. Yo estaba pintando el puente ese y entonces vi unos faros. Salí pitando.

–Pero viste el coche...

–Un Volvo marrón. Una ranchera, o como se llame. Tenía una abolladura en el hueco de la rueda de delante. Me fijé porque la pintura estaba saltada.

–¿En qué lado?

Se miró las manos, formó una L con los pulgares y los índices y dijo:

–El derecho.

–¿Un Volvo viejo o nuevo?

–Jolín, sólo me fijé en el culo cuadrado. Un Volvo es un Volvo, colega.

–Cierto. ¿Alcanzaste a ver la matrícula?

–Claro.

–¿Claro?

–Cuando tienes el spray en la mano y aparece un coche, siempre le miras la matrícula, por si es la pasma. Una E con un círculo alrededor al principio de los números quiere decir «exento». Así se conocen los coches de la poli sin identificar. –Sonrió satisfecho–. Pero no, no llevaba ninguna E. Éste empezaba por siete. Es todo lo que puedo decir, colega.

–¿Viste al conductor?

–Qué va, tío. No me quedé a mirar. Me largué mientras el tipo aparcaba.

–¿Había alguien más?

–Sí, todo un convento de monjas. A mí me gusta hacer pintadas con cantidad de gente mirando.

–¿Dónde aparcó el Volvo?

Señaló un punto en el papel.

–Por aquí.

Recordé que en ese lado de la rampa había un trecho de tierra. Y si había tierra, podía haber huellas de neumáticos o de zapatos.

–Quiero que me enseñes dónde. ¿Cómo se va a la rampa desde aquí?

Pusimos música, y Junior empezó a golpear la cabeza rítmicamente contra el reposacabezas.

–Tuerce a la derecha... Izquierda... Ahora a la derecha... Hemos llegado.

Me encontraba frente a una hilera de casas diminutas.

–¿Dónde diablos estamos? Esto no es la rampa de la autovía.

Junior saltó del coche y fue hacia la puerta más cercana.

–Entra un momento –dijo.

Lo seguí, cubriéndolo de improperios indignos de un Gran Hermano.

Entré por la puerta mosquitera. Junior estaba allí de pie, en la estrecha entrada semioscura.

–Éste es mi primo –dijo.

Un tipo se acercó con andares de pavo real. Traje negro, sombrero negro de ala ancha, corbata negra, zapatos negros; girando un poco el dial étnico, podría haber sido un mercader jasídico de diamantes. Dirigió su tétrico rostro hacia Junior, torciendo la boca.

–Te presento a Hector –dijo Junior.

–Saca a tu puta perra de aquí –dijo el tal Hector.

–A eso hemos venido, colega.

–Métete lo de «colega» por el culo, Junior. Déjate de esa jerga de gueto. Todos los *niñitos*[1] estáis perdiendo el orgullo

1. En español en el original. *(N. del T.)*

mulato. –Se dirigió hacia la puerta–. Me marcho. Más vale que esa perra se haya ido para cuando vuelva o la llevo a la perrera. –De un tirón de brazos, mostró sendos puños de la camisa y se marchó.

–Oh, no –dije.

Junior abrió la puerta de atrás y un perro mezcla de dóberman y rottweiler entró arrastrando la correa que colgaba de su cuello de toro.

–Con un perro así, nadie volverá a tocarte los cojones en tu casa. Mírala bien. ¿A que es una preciosidad? Se llama *Xena*. La princesa guerrera. Una asesina sanguinaria, colega.

–No necesito un perro.

–Mira, mira. –Junior tiró de la correa; *Xena* gruñó.

–No quiero ninguna *Xena*. Sólo quiero ver la rampa.

–¿Te apetece comer algo, colega?

–Nos vamos. Quiero ver esa rampa.

–No pienso enseñarte la rampa si no te llevas a *Xena*.

–Déjate de *Xenas*.

–¿Permitirás que sacrifiquen a este fantástico perro guardián, con la falta que te hace uno?

–A mí no me hace ninguna falta.

–Dijiste que sí.

–¡Sólo por quedar bien! –exclamé.

Junior dio un paso atrás y se rascó la cabeza.

–No puedo dejarla morir. –Sus ojos se humedecieron.

–¡Santo Dios! –resoplé.

Junior se abrazó al cuello de *Xena* y rompió a llorar.

–Te van a matar, pobrecita. –Se mecía abrazado al perro, el cual, para completar la *pietà*, se había dejado caer–. Te van a llevar a la perrera y allí te inyectarán veneno.

Esto duró varios minutos, con pequeñas variantes.

–Está bien –dije al cabo–. Me llevaré el maldito perro.

Junior sonrió y se puso a dar brincos, y recordé que sólo tenía catorce años. Luego me tendió la mano con la palma hacia arriba. Había cerrado el grifo de las lágrimas.

–¿Qué significa esto?

–Te llevas un perro guardián de primera categoría. Son cincuenta dólares.

–¿Rescato a *Xena* y encima he de pagar?

–Pues claro, tío. –Sonrió–. Es una princesa guerrera.

Esbocé mi mejor sonrisa de Gran Hermano:

–Ni lo sueñes, «colega».

Xena iba en el asiento de atrás, asomando la cabeza entre nosotros. Las farolas rotas de Rampart poco podían hacer para camuflar la llegada de la noche.

–¿Podemos parar a coger un poco de pintura? –pidió Junior.

–Me temo que eso sería faltar a mis obligaciones.

Chasqueó la lengua y se dejó deslizar en el asiento, cruzado de brazos.

–Tú eres escritor, colega. ¿Qué harías si tu arte fuese ilegal? ¿Dejar de escribir? –Paré bajo la rampa de la autovía, y Junior miró en derredor–. Oye, ¿y es legal esto de llevar a un menor al lugar de un delito?

–Hace unos minutos eras un cruce entre Belcebú y un vendedor de cuchillos Ginsu, ¿y ahora eres un menor?

No respondió, ni falta que hacía. Su argumentación era más fuerte que mi réplica.

–Mira, Junior, si coges más pintura violarás la condicional y te meterás en un lío aún peor.

–Y qué. Me gusta la condicional. Ya me va bien quedarme en Hope House. La señorita Caroline es superguay. No quiero marcharme. Tengo comida y cama gratis, y puedo seguir pintando.

–Me parece que no acabas de entenderlo.

–Bah –bufó ante mi ignorancia.

Echó a andar y me mostró el sitio donde se había detenido el Volvo. La tierra había sido peinada por el viento y pisada por innumerables pies. Fue decepcionante, pero me aferré a la pista que él me proporcionaba. Un Volvo marrón, abollado en el hueco de la rueda delantera derecha, con una matrícula que empezaba por siete.

De vuelta en el coche, Junior dejó que *Xena* le lamiera la cara mientras yo llamaba por teléfono a Lloyd. En el trabajo me salió el buzón de voz, y en casa el contestador. Me disponía a arrancar cuando alguien golpeó la ventanilla de mi lado y me deslumbró con una linterna.

Bajé el cristal y me encontré mirando de frente el peligroso perfil de una pistola.

21

El poli mantuvo encañonada a *Xena*, que estaba tan tranquila rascándose la papada contra el reposabrazos de Junior.

–¿Qué se le ofrece, agente?

–Documentación.

Le tendí mi carné. El agente lo miró, arrugando la nariz, y luego desvió la linterna hacia Junior.

–¿Cuántos años tienes?

–Catorce.

La linterna me cegó otra vez.

–¿Sabe que este chaval es menor de edad?

–¿Eh? Oiga, se equivoca. Soy su Gran Hermano.

–Sí, claro. Y supongo que tendrá alguna documentación que lo acredite.

Imaginé la cara que pondría Preston.

–Pues no. El papel firmado está en Hope House, el centro donde vive este chico.

–Número de teléfono, por favor.

Miré a Junior, y éste dijo un número de carrerilla. El poli volvió a su coche patrulla. Entre los gruñidos satisfechos de *Xena* y las risitas de Junior, audibles pese a que tenía la boca tapada con la mano, traté de formular un plan de acción.

No tuve tiempo. El poli ya estaba de vuelta.

–No contesta nadie –dijo. Apuntando con la pistola a la princesa guerrera, preguntó–: ¿Es suyo el perro, señor?

–Sí –respondí.

–Salgan del coche y déjenlo dentro.

Miré hacia atrás. Un tipo corpulento me apuntaba con un

arma a la cabeza, y *Xena* seguía tan campante dejando el coche perdido de babas.

–Menudo perro guardián.

Junior se encogió de hombros.

–Está entrenada para respetar a la autoridad.

–Mire –le dije al poli–, si me permite hacer una llamada...

–Ya he llamado yo. No responde nadie. Haga el favor de apearse del vehículo y ponga las manos sobre el techo.

–¿Está de broma?

–Pues sí.

Obedecí. Una vez fuera del Highlander, vi cómo la perra se instalaba cómodamente en el asiento de atrás.

–Baja, *Xena* –dije.

La celda de la comisaría de Rampart estaba asombrosamente limpia, pese al tufillo a vómito reinante. Me pusieron aparte de Junior, claro, no fuera que siguiese corrompiéndolo.

Tras una eternidad, la cara de Caroline Raine apareció entre los barrotes. Nunca me había alegrado tanto de ver a alguien.

–No es usted buena compañía –dijo.

Me levanté del pegajoso banco de la celda.

–¿Es sólo una suposición?

Dejamos a Junior en Hope House y luego Caroline me acompañó a recoger el Highlander. Hice salir a la perra, y *Xena* fue trotando hasta un arbusto, donde se agachó y echó una meada.

Apretando los labios, evidentemente divertida, Caroline preguntó:

–¿Ése no es el perro de Junior?

–Es una princesa guerrera.

Silbé para que *Xena* regresara al coche.

Caroline se estremeció.

–La otra noche hubo un asesinato aquí –dijo.

–Ya. Y me lo cargaron a mí. Alguien se tomó muchas molestias, pero esta vez yo tenía una coartada.

Asintió ligeramente con la cabeza; no era una mujer que se dejara impresionar.

–¿Qué coartada?

–Me grabé con una videocámara mientras dormía.

–Es usted un hombre de hábitos extraños.

–Si quiere que se lo explique, tendrá que dejar que la invite a cenar.

Se rio, un tanto incómoda.

–¿Es una cita?

–Es un modo de darle las gracias.

Pareció aliviada.

–Hay buenos sitios donde escoger en esta zona –dijo–. ¿Le parece bien Pepe's House?

–Perfecto.

Caroline estaba tomando una cerveza y yo un ginger-ale. Restos de hamburguesa y patatas fritas al queso adornaban nuestra mesa. Unos cuantos clientes en la barra, una mesa de billar sin jugadores, los Rolling Stones recordándonos desde la máquina de discos que no siempre puedes conseguir lo que quieres. Habíamos recorrido en caravana unos cuantos kilómetros hasta una zona menos deteriorada. *Xena* estaba dormitando tranquilamente en el asiento trasero del *Culpablemóvil*, vigilando con sus instintos de asesina sanguinaria.

Caroline había hecho gala de una insistente curiosidad a lo largo de la cena. Mantenía todo el tiempo el contacto visual –quizá por hábito de terapeuta–, pero eso no me incomodó tanto como me habría temido. Sorteé sucesivas e incisivas preguntas sobre mi juicio, mis hipótesis, mi actual investigación y el colofón de Junior y yo en el trullo.

–Es un chaval muy listo –dije.

–Lo abandonaron de bebé en la calle; todavía llevaba el cordón umbilical. Es un presidiario de por vida, y gracias a eso ha aprendido unos cuantos trucos. –Bebió otro sorbo de su Corona–. Le cae usted muy bien. Tal vez debería verle.

Bueno, quiero decir después de su cita con los tribunales de mañana.

–Quizá no me vendría mal hacer algo por otra persona –dije.

–Yo no me fío de nada que no tenga un motivo egoísta. Hágale de Gran Hermano si quiere, pero por usted mismo.

Su rostro se había endurecido. Lo estudié tratando de descifrar sus cambios de humor, algo que había perfeccionado durante mi relación con Genevieve. Me costaba no mirar las cicatrices. Sus líneas eran limpias, si bien melladas, de donde deduje que habían sido producidas por una navaja o cuchillo, probablemente resultado de una agresión. Me di cuenta de que corría el riesgo de encontrar la cara de Caroline fascinante por sí misma. Aparte de los daños, su piel era tersa, bien cuidada con cremas. Habría apostado a que antes se sentía orgullosa de su piel; tal vez era lo bastante astuta como para seguir valorando su atractivo. Pese a ser delgada, tenía curvas que marcaban sus músculos, una variación entre lo duro y lo blando que parecía encajar muy bien con su personalidad. Era unos años mayor que yo, cerca de los cuarenta, pero sus manos de palmas arrugadas eran la única parte que denotaba su edad. Parecían unas manos suaves e indulgentes, más frágiles que el resto de su cuerpo.

Miré alrededor, más que nada por no seguir examinándola.

En el solitario televisor apareció Johnny Ordean en una reposición de su papel habitual, el del inspector Aiden O'Shannon. Un judío de Brooklyn haciendo de poli irlandés de Chicago en el plató de exteriores de la Fox. Bienvenidos a Hollywood.

Con Johnny manteníamos una de esas amistades materialistas; yo fingía revolotear alrededor de su llama, y él me tenía en la agenda de su teléfono móvil por si yo, accidentalmente, escribía alguna otra cosa que sus agentes pudieran contratar.

El inspector O'Shannon estaba rodilla en tierra junto a un cadáver magullado, comiendo –ojo al dato– un perrito caliente mientras sostenía un casquillo de bala con un sujetapapeles doblado. En el subtitulado para sordos –con apropiada falta de humor– se leía: «Lleve esto enseguida al forense; el casquillo, no mi perrito caliente».

Caroline vio lo que estaba mirando.

–¿Ese tipo no es el que hacía de Derek Chainer en esa mierda de película?

–¿Ha leído mis libros? –pregunté, casi emocionado.

–Naturalmente. ¿Por qué cree que seguí el juicio por la tele?

–¿Curiosidad perversa?

–Claro, por eso le leo, también. –Al sonreír, las cicatrices se le pusieron rectas y las muescas de los labios se alinearon. Los desperfectos no desaparecían, por supuesto, pero quedaban muy mitigados. Sin duda la habían herido mientras fruncía el entrecejo, o mientras lloraba o gritaba, y una sonrisa de algún modo simulaba esos estados lo suficiente para resucitar las líneas originales de la navaja–. Se mantuvo muy al margen durante el proceso. No hizo el papel de foca amaestrada. Seguro que no le resultó fácil.

–Fue una experiencia enriquecedora de principio a fin.

–¿Por qué no participó más activamente?

–Puedo oler las auras.

–¿En serio?

–De hecho, ahora mismo estoy percibiendo algo. Y su aura huele un poco a... –me incliné sobre la mesa y olfateé su encantadora cabeza– a perro mojado.

–¿A perro mojado? –repitió. Ya no sonreía.

–Sí. Un pequinés, quizá.

Me dio un golpe en el hombro.

–Creí que le caía bien por mi sentido del humor.

–No me cae bien. Pero si así fuera, sería por su infamia.

–Eso pasará. El tiempo cura todas las heridas.

–No es verdad –dijo. Se miró las puntas del pelo.

–Ajá.

–¿Qué?

–Enfrascada en hábitos privados. Si es cierto lo que dice *Men's Health*, eso significa que ha perdido interés por la conversación.

–¿*Men's Health*?

–Sí. Pido disculpas.

–Pese a las teorías seudocientíficas dominantes, eso no significa que haya perdido interés. Significa que me siento incómoda.

–Porque...

–Ahora trabajo. No salgo a cenar con desconocidos.

Unas carcajadas cerca de la mesa de billar llamaron nuestra atención. En una de las mesas del bar, un musculitos con *piercings* en las orejas le dio un codazo a su espectacular amiga. Rubia, ojos azules, todo un escaparate de genes exuberantes. Parecían muy jóvenes, probablemente habían entrado con carnés de identidad falsos.

–Lo que daría por tener un vídeo de cuando iba a la universidad –dijo Caroline–. El pasado siempre parece fascinante, cuando lo has dejado atrás. Pero aquí estamos, metidos en el muy poco fascinante presente. –Miró cómo se besaba la pareja–. ¿Se acuerda de esa edad? Todo cuanto uno sentía era por primera vez, todo era nuevo. Como si la emoción fuese un descubrimiento propio. –Su tono era claramente nostálgico–. Uno no puede arder así toda la vida porque se consumiría por completo, pero eso no quita que se eche de menos la llama una vez se apaga.

El tipo se puso de pie. En su camiseta se leía esta leyenda: «No va a chuparse sola».

–Los jóvenes y el romanticismo –dije.

Caroline rio y el tipo se detuvo un momento y nos fulminó debidamente con la mirada.

–Vale –dije–, te pones esa camiseta y pretendes que la gente no te mire, ¿eh?

El tipo, con cara de mala leche, se dirigió hacia el teléfono público dando golpecitos a un paquete de cigarrillos. Vino la camarera y yo intenté pagar la cuenta, pero Caroline insistió, quizá con demasiada firmeza, en que pagásemos a medias.

Cuando nos trajeron el cambio, Caroline dijo:

–Cuando empecé en Hope House nos dimos cuenta de que

no sintonizábamos con ciertos chicos porque no comprendíamos algunas de sus reacciones; teníamos que cambiar de chip. Puse en práctica visitas domiciliarias por parte de los monitores. Quería ver de dónde salían esos chicos. Nos sirvió para saber cómo tratarlos en otros contextos. –Se terminó la cerveza; yo no sabía bien adónde quería ir a parar–. Usted conocía a Genevieve, pero todo lo que conoce de Kasey Broach es la foto de su cadáver. Si quiere averiguar dónde encaja ella, tiene que ver dónde vivía, conocer a su familia.

–¿Y qué les digo? ¿«Soy sospechoso del homicidio de su hija y me gustaría hacerles unas preguntas»?

Se encogió de hombros.

–Se supone que usted es creativo. –Desvió los ojos hacia la mesa de billar–. ¿Una partida?

–¿Me va a timar?

Otra vez la hermosa sonrisa.

–No, no juego tan bien.

Dos minutos y medio más tarde, Caroline se inclinaba para golpear la bola quince, la penúltima de las suyas. A mí me quedaban seis y muy poca dignidad de jugador. Entretanto había descubierto que ella tenía un variado repertorio de risas: la espectacular para el triunfo, la comedida cuando se sentía segura, la condescendiente para el disimulo.

–¿Se dejará, no se dejará? Ay, no sé... –dijo. Y de un tacazo impresionante hizo pasar la bola quince entre la uno y la cinco–. Al bote con ella –sentenció, mandándola a la tronera de un certero golpe que yo sólo había visto en las películas de Paul Newman.

Rodeó la mesa mientras entizaba su taco. El listo de la camiseta estaba todavía hablando por teléfono, pero la silla de su chica impedía a Caroline situarse bien.

–¿Te importaría hacerme sitio para esta tacada? –pidió Caroline.

–Nosotros estábamos aquí primero –dijo la chica–. Y ya me he movido una vez. No pienso ponerme a bailar alrededor de la mesa.

–¿Tanto te molesta apartarte diez centímetros a tu izquierda?

La chica esbozó una sonrisa falsa en su cara irrazonablemente bonita.

–Le encantan los deportes acuáticos, largos paseos por la playa, los gatitos. Detesta las tías pelmazas con la cara hecha un mapa.

La cara de Caroline se ruborizó por entero, menos las cicatrices: un marcado contraste. Dejó el taco a un lado y me dijo: «Vamos». Avanzó unos pasos hacia la puerta y me miró con gesto intransigente.

Yo estaba al lado de la chica. Encima de la mesa, junto a su vodka con hielo, había tiras de fotos en las que aparecía ella en poses de tía buena. Alguien, ella o su acompañante, había marcado algunas con lápiz rojo, quizá pensando en un primer plano.

–Te conozco bien –dije sin alzar la voz–. Te han tocado en suerte unos buenos genes y piensas que eso constituye tu contribución al mundo. En el fondo no quieres convertirte en actriz, eres muy perezosa, quieres que te miren y con eso pagar el alquiler. Conseguiste meterte en un anuncio de colutorio y en una campaña de prensa para TJ Maxx, y tu agente opina que eres la próxima bomba. Dentro de unos años te darás cuenta de que para ti no hay estrellato y de que tus únicas opciones son hacer de amiga irónica de la protagonista o de esposa en una telecomedia. Otra excusa para seguir sin hacer nada durante diez años más. Mientras transcurre ese tiempo, quizá te convendría reflexionar sobre qué te da derecho a ser cruel y presumida, aparte de unos pómulos altos y los elogios que recibes de piropeadores a sueldo.

No vi a su amigo hasta que el puño apareció por mi flanco derecho. Me aparté rápidamente y el golpe me rozó la mandíbula, y entonces oí un golpe sordo y un taburete que caía. Tambaleándome, vi cómo Caroline inmovilizaba al musculitos en el suelo, retorciéndole un brazo mientras con el zapato le presionaba la jeta contra la moqueta raída. La chica estaba con la boca abierta y una mano sobre sus dientes perfectos. Había palidecido notablemente. A lo mejor era buena actriz, después de todo.

Caroline me miró.

—¿Nos vamos?

Asentí con la cabeza, y ella soltó al tipo. Esta vez no me rezagué. Una vez fuera, nos detuvimos entre nuestros coches. *Xena* estaba aposentada al volante del mío, meneando su trocito de rabo.

—Eres un escritor de segunda con una boquita de primera —dijo Caroline.

Busqué alguna réplica ingeniosa —o una réplica sin más—, pero tenía bloqueo de escritor y encima me dolía la mandíbula. Me la toqué con cuidado.

Caroline suspiró.

—¿Cómo estás?

—Avergonzado.

—No; me refiero a tu mandíbula.

—También está avergonzada, la pobre.

—Ya. —Se cruzó de brazos—. ¿Qué lecciones habría que extraer de todo esto?

—¿Nunca juegues con una chica que llama Charlie a su taco de billar?

—Primera: he aquí una chica que sabe cuidarse sola. Segunda: no empieces una pelea que no eres capaz de terminar.

Pasaron varios coches haciendo sonar el claxon. Por la puerta de la cocina del local escapaban humos condensados.

—Nadie te había concedido el privilegio de cabrearte ahí dentro —añadió Caroline.

—Me preguntabas qué saqué del juicio. Bien, supongo que tolero menos que antes la malicia ajena.

—Sí, sé de qué va eso. Yo antes iba por ahí como una defensora de pleitos perdidos sintonizando con todas las fragilidades humanas. La chica obesa que asiente demasiado con la cabeza cuando la gente habla, deseosa de mostrarse considerada. La anciana que espera el autobús con el bolso metido en una bolsa de plástico, por si llueve. La inmigrante de mediana edad que atiende pedidos en un McDonald's. Y entonces me di cuenta de que iba de Teresa de Calcuta y pensé que valía la pena reservar para mí misma una parte de esa solidaridad.

Me acordé de cuando la había oído lamentarse en su oficina: «Claro que pasa. Debería haber previsto que necesitaba tener más personal disponible, y ahora por mi culpa puede acabar en el correccional».

Caroline pareció leerme el pensamiento.

–Y no es que se me dé muy bien, pero he descubierto una cosa.

–¿Cuál?

–No puedes pasar por la vida (la cual es una jodida y frágil empresa) sin sufrir daños. Ni pensarlo. A menos que seas totalmente insensible o tengas la cabeza enterrada en la arena. Todo el mundo está jodido, lo que pasa es que algunos lo llevamos con gracia. Y cuando no quieres ver eso en ti mismo, lo ves en los demás.

Subió a su coche, puso la marcha atrás y luego bajó la ventanilla.

–Eso es lo que tú no entiendes en esas noveluchas que escribes. Todo el mundo es bueno y todo el mundo es malo, según lo dispuesto que estés a fijarte bien.

22

Llamé otra vez a la puerta de madera de tsuga y atisbé a través de uno de los cristales deslustrados. Aunque había ido muchas veces a buscar a Preston, nunca le había visto dentro de su vivienda, una casa de dos habitaciones con balcón entre las vallas publicitarias de Sunset Boulevard. Caí en la cuenta de que siempre me había imaginado cómo sería por dentro: muebles italianos de anticuario, bañera de piedra, un ligero aroma a jabón de lavanda.

La puerta se abrió sólo un palmo. Por un momento, incluso pese a la proximidad, tomé a Preston por otra persona. Su pelo, normalmente impecable sobre la frente, parecía apelmazado, y además iba sin afeitar, con una incipiente barba entreverada de gris. Alcancé a ver las solapas de una bata. ¿No había salido de casa en todo el día?

Incluso parecía un poco avergonzado.

–¿No te dije que pasaba a recogerte para ir a una fiesta de etiqueta? –intenté bromear.

Su rostro estaba tenso; por una vez Preston no sabía qué decir. Carraspeó y abrió un poco más la puerta.

–He estado trabajando. No he tenido tiempo de arreglarme.

Lo dijo a la defensiva, y se me ocurrió que, en todos los años que le conocía, nunca me había invitado a su casa. Dado que él siempre parecía complacido de poder irrumpir en la mía con su propia llave, yo había supuesto que el trato suponía reciprocidad.

–¿Llego en mal momento? –dije–. Si quieres, puedo...

–No, más vale que entres ya.

Me franqueó el paso y avanzamos por un pasillo corto y oscuro hasta la sala comedor. El mobiliario no estaba deslucido en absoluto, pero me chocó su vulgaridad. Un sofá estándar. Cocina con baldosas blancas. Un aparador de anticuario con grietas finas como cabellos; un par de golpes más, y a llamar al trapero.

Preston volvió a la mesita que había junto a la ventana, se sentó e indicó por gestos la otra silla. La mesa, inundada de secciones desordenadas del *New York Times*, no daba para más de una persona. Preston apartó la sección de arte y continuó con el bol de cereales remojados que supuse era su cena. Del albornoz asomó una pierna desnuda.

La escena, pedestre y doméstica, no tenía nada que ver con el Preston que yo conocía. Nunca le había visto sin afeitar. Nunca le había visto de otra manera que pulcramente ataviado. Nunca le había visto tomar comida de supermercado. Era una escena perfectamente normal en una vivienda perfectamente correcta, y sin embargo la antítesis de la imagen que yo tenía de él, y esto lo notábamos los dos. No había ocurrido nada, pero era evidente que ambos nos sentíamos incómodos.

–Bueno, ¿qué es eso tan urgente que no podía esperar a que yo fuera a tu casa? –dijo sin levantar la vista de los cereales; una broma forzada.

–Esto te va a gustar –dije, pasando a la acción–. El chaval ese del que te hablé, Junior, ya sabes. Pues lo encontré en Hope House...

Pero el entorno continuaba distrayéndome. Un filtro de café usado sobre la encimera. Un solitario vaso en el fregadero, esperando pasar por el lavavajillas. Hojas de manuscrito con notas escritas por Preston en su habitual rotulador rojo habían colonizado casi todas las superficies planas de la vivienda. Pensar en él allí a solas, sin otra compañía que esos montones de papeles, resultaba extraño y triste a la vez. ¿Qué esperaba yo, que Preston editara en cócteles y fiestas privadas?

Encima de la atestada librería, junto al televisor, con dos tazones gruesos a modo de sujetalibros, había ejemplares de mis novelas en tapa dura, lo más parecido a una exposición. Preston me daba tanto la lata sobre mi manera de escribir, que ya me había olvidado de que quizá le gustaba. La posibilidad de que me valorara más de lo que yo suponía disminuyó curiosamente la estima en que le tenía. Preston, un editor que se expresaba mejor que yo, se había arriesgado a publicar mis últimos cinco libros, y desde entonces yo no había actualizado la opinión que tenía de él. Aunque nos habíamos hecho buenos amigos, por no decir íntimos, en el fondo siempre le había tenido instalado en el inescalable edificio de la edición neoyorquina, y le veneraba por haberme echado la primera mano. Por supuesto, sabía que en aquel momento, y especialmente ahora, yo era una buena oportunidad para él, pero tal vez representaba algo más. Como el resto de nosotros, Preston estaba sin blanca (a su nada grave manera), pero quizá también era vulgar y corriente como el resto de nosotros. Tal vez me necesitaba a mí tanto como yo a él.

Preston acababa de decir algo. Volví a la realidad.

–¿Qué?

–Digo que sí, que encontraste a Junior, ¿y...?

Volví a la historia –*Xena*, el poli, el calabozo en comisaría–, pero no fui capaz de transmitirlo de manera graciosa. Preston tuvo a bien concederme una sonrisa y algún que otro asentimiento, pero ambos estábamos dispersos, conscientes de que ese intercambio superficial se había convertido en una farsa.

Cuando hube terminado dije sin entusiasmo:

–Tienes que conocer al chaval.

Jugueteé con las hojas de periódico que tenía más a mano, hasta que el ruido se me hizo insoportable. Estaba impaciente por largarme de aquel sitio mal ventilado, claustrofóbico, impaciente por empezar a investigar los datos del vehículo que Junior me había dado. A modo de despedida, dije:

–Tengo que ir a casa de Lloyd y explicarle lo del Volvo. Pensaba que te interesaría conocer las novedades.

–Siento decepcionarte.

–Tú nunca decepcionas, Preston.

Acertó a sonreír antes de levantarse para acompañarme a la puerta.

–Por supuesto que no –dijo.

23

Lloyd estaba sentado a la mesa de la cocina, cabizbajo y con los brazos sobre un salvamanteles individual salpicado de migas.

Acababa de informarle de mi intento de identificación del vehículo, y él había retrocedido unos pasos y se había dejado caer en una silla.

–Increíble –dijo–. ¿Conseguiste una marca, un color, un desperfecto concreto en la carrocería, y además el primer número de la matrícula?

–¿Crees que debería pasar la información a Kaden y Delveckio?

–Hay que pensarlo bien. –Fue a servirse un cubalibre. Me fijé en que la botella de Bacardi 8 que yo le había llevado dos días atrás estaba casi vacía. Lloyd iba en camiseta y pantalón de chándal, y la manta del sofá estaba apartada. De fondo, una cabeza parlante peroraba estúpidamente sobre la gripe aviar, pronosticando catástrofes sin cuento–. ¿No estás seguro de que el Volvo pertenezca al tipo que arrojó el cadáver?

–No. El testigo se largó antes de ver nada. Es posible que llegara otro coche después del Volvo, pero el lapso de tiempo entre que el testigo se va y la primera foto de la escena del crimen es muy breve.

–Sea como sea, valdría la pena hablar con el conductor del Volvo. Si no es el hombre que buscamos, probablemente vio algo. –Lloyd succionó un cubito del vaso y lo masticó ruidosamente–. ¿Ese testigo tuyo es de fiar?

Traté de imaginar a Kaden y Delveckio tomándose en serio a Junior.

Lloyd vio la cara que ponía.

–Entonces habrá que dorar la píldora. Deja que investigue esos datos mañana por la mañana. Evidentemente, no puedo verificar una abolladura en el hueco de la rueda, pero puede que lo demás sí. Me has dado muy buenas pistas. Si consigo un sospechoso, estarás mejor pertrechado para explicárselo a Kaden y Delveckio. –Me señaló con el índice–. Pero de mí, ni palabra.

–No te he implicado en nada, Lloyd. Y no pienso hacerlo.

Un gemido, afónico de deshidratación, llegó por el pasillo, seguido de un débil grito que no era sino el nombre de Lloyd.

El aludido se puso en pie de un brinco y entró en la casa, sus pasos acelerados por el pánico. La voz había sonado asustada –aterrorizada incluso–, y sin darme cuenta me vi en la entrada del pasillo. La puerta del dormitorio estaba cerrada, como siempre, pero pude oír la voz preocupada de Lloyd y un entrechocar de botellas o frascos. No sabía si debía irme de allí y no inmiscuirme. Al fin y al cabo, me había presentado en su casa sin avisar un lunes por la noche, tras otra infructuosa ronda de llamadas a los varios números de Lloyd. Insistencia y egocentrismo eran rasgos corrientes en un escritor, pero no me convertían en el contacto más considerado de la agenda. Como penitencia ordené la cocina pensando en anticiparme al alud de trabajo doméstico que se le venía encima a Lloyd cada mañana.

Guardé los platos, limpié las encimeras y metí la basura (incluidos unos tacos rancios) en varias bolsas de supermercado, a todo esto pensando en el comentario de Caroline sobre los motivos egoístas. Lloyd probablemente no se fijaría, pero la idea de dejarle la cocina limpia y ordenada me hizo sentir mejor.

Terminada mi tarea y con la mano ya en la puerta, dispuesto a marcharme, oí la voz de Lloyd a mi espalda:

–Yo siempre había pensado que la muerte era bella.

Di media vuelta y allí estaba, sosteniendo una bandeja con tazas sucias, boles de comida intacta y una gamuza reseca. Estaba ligeramente encorvado, como si la bandeja tirara de él hacia abajo, y sus ojos parecían hundidos y fatigados.

Solté la puerta, le cogí la bandeja y la dejé al lado del fregadero.

–Y no lo digo en plan tétrico –continuó–. Sus colores, si los miras con distancia (naranjas, ocres y verdes, azules oscuros), son como un ramo otoñal. La muerte es hermosa. –Levantó la vista con expresión de aturdimiento–. Pero la agonía no. No; agonizar es espantoso.

–¿Tu mujer está bien?

–Se le había salido el tubo. Las sábanas estaban salpicadas de sangre, como la ropa y el suelo. A veces pasa.

Avanzó medio paso hacia la silla de la cocina y se sentó.

–¿Quieres que me vaya? –pregunté–. Igual prefieres estar solo.

Lloyd jugueteó con el borde del salvamanteles.

–Y las prendas son cómodas. Proporcionan... acceso. –Hinchó de aire los carrillos–. Tela de toalla. Poliéster. Debería diseñar ropa para morir. Me haría rico.

Me senté en la silla de al lado. Cada cual con la vista fija en su salvamanteles, como dos comensales sin nada que llevarse a la boca.

–Está metida hasta el cuello en la horrible tarea de morirse. Me dice que ponga a mi nombre la documentación de su coche, que anule la pensión. Yo no dejo de decirle que se olvide de eso. El mes pasado necesitaba que le hicieran un puente, cuatro mil dólares. Miró al dentista con esa expresión suya de... de resignación y le preguntó si podía aguantar tal como estaba. –Lloyd meneó la cabeza y se cubrió los ojos con la mano. Su rostro se contorsionó en un sollozo mudo, y cuando apartó la mano tenía la cara seca–. Si podía aguantar como estaba... Lo dijo porque quiere ahorrarse las molestias (¿quién no se escaquea de ir al dentista?), pero viene de una familia de Nueva Inglaterra, de las que cuando gastan es como si se abrieran una vena. Me dice que no pasa nada, pero está preocupada. Y yo, la verdad, quiero que tenga ese puente nuevo, Drew. No quiero nada más. Esta mujer se lo merece. Tiene cuarenta y dos años. ¡Cuarenta y dos! Se casó conmigo a los diecinueve. Parece que veintitrés años es mucho tiempo, ¿no?, y sin embargo es como... –Emitió una especie de silbido entre dientes, como ahuyentando a un gato, y se estremeció–. Estoy desvariando...

Se sirvió más ron con mano temblorosa, tiró la botella a una de las bolsas de basura y añadió un chorrito de Coca-Cola. Luego se puso a pellizcar migas y dejarlas sobre una servilleta de papel. ¿Para qué? ¿Qué importaba eso? ¿Qué importaba nada, en su situación? Se levantaba cuando sonaba el despertador, se vestía, llenaba el depósito de gasolina... los mundanos quehaceres de la vida. Y sin embargo Lloyd aguantaba, aguantaban él y Janice, plantando cara a la situación un día y otro y otro. ¿Qué alternativa tenían?

Vio que le estaba mirando y arrugó la servilleta con gesto nervioso, como pillado en falta. Quise decirle que no pasaba nada, que podía seguir toqueteando esas migas, un recordatorio como la huella del pie femenino en la sandalia Birkenstock.

Llega un momento en la vida en que te das cuenta de que envejecer va en serio. Ya has hecho casi todo el trayecto de la montaña rusa y sólo te falta el susto final. El viaje no dura eternamente –¡no jodamos!–, pero hay un momento perfectamente definible en que la cruda y dura realidad te da en las narices. A mí me ocurrió el verano que cumplí treinta y tres años, un domingo por la noche al término de otro fin de semana perdido. Tenía la edad de Jesús y, en comparación, había conseguido poco. Entre el vapor del cuarto de baño, me había mirado en el espejo y había descubierto unas arruguitas nuevas a cada lado de los ojos. Sentado en el borde de la bañera, resacoso, me dejé aplastar por el peso de lo obvio. La realidad había estado allí todo el tiempo, como la clave para desentrañar un bien tramado misterio, pero yo había apartado la vista, había desconectado, había optado por atontarme con alcohol y no hacer nada.

Ahora viene el trozo de las confesiones dolorosas, aunque la mía es tan banal como esas migas de las que acabo de hacer uso con tan suntuosos efectos literarios. Después del tercer derrame de mi madre, cuando ya estaba al borde del precipicio, delirante y con la cara hundida como alguien veinte años mayor, cuando la enfermera me hizo aquel gesto final y solemne («Ha llegado la hora, Drew»), me quedé paralizado en el umbral, incapaz de entrar en la habitación. La mera idea, de repente, me tenía aterrorizado. De todos modos, mi madre difícilmente me habría reconocido (venía pasando desde hacía semanas), pero eso ni siquiera fue un magro consuelo. Mi padre, pobre hombre, jamás me reconvino. En ningún momento hubo miradas de desaprobación, ni entonces ni durante el año y medio que le quedaba de vida. Ese día, frente a la habitación de mi madre agonizante, me dio un beso en la frente y me dejó allí en el pasillo, agarrado al tirador plateado de la puerta como si de un momento a otro pudiera decidirme a entrar en la habitación, pese a que yo estaba convencido de que no lo haría. Con la mano en la puerta, muerto de vergüenza por mi cobardía, oí que el pitido del monitor se prolongaba en una sola nota continua.

–Lloyd –dije–, me sabe muy mal todo lo que tú y tu mujer estáis pasando.

Me dio las gracias con un rápido asentimiento de la cabeza, un tic como otro cualquiera, y bebió un poco más.

–De chaval siempre pensé que con el tiempo aprendería a hacerme a la idea. Quizá por eso es que..., bueno, el trabajo, ya sabes. Pero luego, con Janice... sencillamente no pude asimilarlo. Uno nunca aprende. Quizás es imposible, en el fondo. La muerte está ahí y por más cerca que creas haber llegado, es inútil, uno nunca está preparado para la muerte.

–Oye, cuando esto... Si hay algo que yo...

Lloyd cortó mi torpe acceso de afecto, negándose a aceptar el «peor de los casos».

–Nos queda un as en la manga –dijo deprisa, pero la voz le salió temblorosa–. Un as en la manga.

Se levantó, y yo le seguí hasta la puerta que daba al camino particular por el lado de la cocina. La persiana de lamas tintineó cuando agarré el tirador de la puerta.

–Tienes que comprenderlo. La esperanza es lo único que a uno le queda. Nada más. –Desvió la cara hacia las sombras, y no me di cuenta de que estaba llorando hasta que volvió a hablar–. Lo siento –añadió–. Perdona.

Me quedé allí quieto, pasmado ante la asombrosa limitación del lenguaje que yo afirmo conocer pasablemente, y sólo pude decir:

–Tranquilo, tranquilo... –Como el entrenador del equipo juvenil a un chaval que acaba de pelarse la rodilla.

Finalmente Lloyd volvió dentro, apartando la cara, y sin dejar de disculparse cerró la puerta suavemente, y yo me quedé fuera escuchando un concierto de grillos en aquella noche desapacible.

24

Mi móvil bailoteó sobre la mesita de noche, al lado del despertador. Eran las 7.02.

–Dos violaciones, un caso de acoso sexual y otro de exhibicionismo –recitó Lloyd deprisa, excitado.

Me incorporé en la cama, frotándome un ojo con el canto de la mano.

–Tengo un sospechoso para ti –continuó–. Mira tu *e-mail*, encontrarás algo que parece correo basura, asunto «relojes Rolex auténticos». Imprime sólo los archivos adjuntos. No podrán localizarlos. Después me llamas al laboratorio.

Fui hasta el despacho, abrí los archivos adjuntos e imprimí varias copias. Mientras las ojeaba, marqué el número del laboratorio en mi fenecido teléfono fijo, pero enseguida me cambié al móvil.

–El primer documento –dijo Lloyd– contiene información sobre los ciento cincuenta y tres Volvos con matrícula empezada por siete que según el DMV están registrados en el condado de Los Ángeles.

Examiné la lista, buscando ansiosamente algún nombre que me resultara conocido. El pulso se me había acelerado. ¿Alguna de esas personas había intentado mandarme a la cárcel por un asesinato que no cometí? ¿Alguna de ellas había hundido el cuchillo en Genevieve más arriba de su ombligo?

–Pasa al siguiente documento –dijo Lloyd–. Son fotos y fichas policiales de los cinco individuos de la primera lista con antecedentes penales.

Cuatro hombres y una mujer, todos con esa palidez y esos pelos tiesos de las fotos de comisaría, me miraron desde el monitor. No reconocí a ninguno.

–Cuatro son delincuentes de poca monta –prosiguió Lloyd–. Pero hay uno que me gusta. Me gusta mucho.

Supe cuál era antes de que Lloyd pronunciara el nombre: Morton Frankel. Dos cejas pobladas parecían querer comerse sendos ojos oscuros. Ventanas de la nariz muy abiertas, pómulos salientes, pelo muy corto. Patillas finas y bien cuidadas, terminadas en punta más abajo de los lóbulos. No sonreía, más bien enseñaba los dientes, que parecían demasiado largos, como si las encías hubieran retrocedido. El cuello dejaba ver músculo y fibra, flexionado en el momento de ser tomada la fotografía. Daba la impresión de que el tipo se había esmerado en transmitir una imagen amenazadora.

¿Quién demonios era Morton Frankel? Y si realmente era el asesino, ¿por qué se había complicado tanto la vida para fastidiarme? ¿Qué relación tenía con Broach y Genevieve? ¿Y qué diantres tenía contra mí?

–Este tío parece sacado de un póster de película –dije.

–Arrestado en 1999 y 2003 por las violaciones. Absuelto una vez, la otra sólo le acusaron de malos tratos: mandó a una furcia al hospital. Estuvo unos días encerrado. Se sospechó de él a raíz de otra violación en 2005, pero no pudieron acusarle de nada. Fue interrogado otra vez el año pasado por la desaparición de una chica. Como ves, parece que tiene en alta estima al sexo opuesto.

Pensé en el cabello no identificado que encontraron en el cuerpo de Kasey Broach.

–¿Le hicieron la prueba del ADN?

–No; sólo constan sus huellas. Es técnico metalúrgico, ahora mismo en nómina de Bonsky Forg & Metalworks, en Van Nuys. Pero fíjate en su dirección. Vive en el centro, a menos de diez minutos de donde arrojaron el cadáver de Broach.

–Y la cinta aislante era del Home Depot de Van Nuys, cerca de su trabajo.

–Exacto. Y por si fuera poco, tiene ese brillo diabólico en la mirada.

–Cierto. Rasputín en persona.

Aunque sólo contaba con una endeble prueba circunstancial, no pude evitar imaginarme a Morton Frankel en la habitación de Genevieve. ¿Era ésa la cara que ella había visto en el último momento de pánico? ¿Ese hombre en su dormitorio, las velas con aroma a vainilla y el edredón de pluma? Parecía imposible, casi una profanación. ¿Se había obsesionado con ella ese cabrón? ¿O acaso la había matado a causa de la obsesión que tenía conmigo? Lo que más me mortificaba era pensar en el miedo de Genevieve un momento antes de que el cuchillo encontrara su corazón. Un pánico que Katherine Harriman, mi temible fiscal, habría llamado inimaginable. Pero yo podía imaginármelo muy bien. ¿Habría sido peor para Genevieve, en ese último momento, que hubiera sido Morton Frankel y no yo quien estaba en su habitación? Ojalá no hubiera sufrido, o lo menos posible. La idea de que ese tipo hubiera estado observándome mientras dormía me hizo estremecer. ¿Un criminal de patillas puntiagudas cerniéndose sobre mi cuerpo drogado, empuñando un cuchillo de deshuesar?

Lloyd me estaba hablando.

–Perdona, ¿decías?

–Digo que yo no te he llamado. Negaré hasta el final que te haya enviado nada de esto.

–Yo también. Quiero decir que lo haya recibido de ti.

–Pasa el material a Kaden y Delveckio. Yo no puedo hacerlo sin contestar preguntas sobre cómo he llegado a estas conclusiones, y eso te implicaría a ti, lo cual quiere decir que tú me implicarías a mí. ¿Entiendes?

–Entiendo.

–Oye, siento lo de anoche...

–Por Dios, Lloyd, no hay ninguna necesidad de que te disculpes.

Tras un largo silencio, dijo:

–Tengo que colgar.

Yo no podía apartar la vista de la foto. Había algo de perverso en ese Morton, algo irracional en su aspecto. Daba mucho más la imagen del villano arrogante que Richard Collins, nuestro reponedor de Home Depot. Era posible que Frankel matara mujeres por puro placer, eso explicaría la ausencia de conexiones claras entre Genevieve y Broach. Pero no explicaba por qué un asesino en serie quería dar con mis huesos en la cárcel.

Un ruido en la puerta me sobresaltó. Había olvidado que era el flamante y orgulloso dueño de un perro de guarda y protección. *Xena* entró pausadamente, se agachó y orinó en una caja de DVD de *Hunter Pray* que había en un rincón.

La había dejado dormir en la cocina sobre varias almohadas, pensando que el suelo era inmune a accidentes. Lo fregué lo mejor que pude y bajé con *Xena* a mi lado. Como no tenía comida de perro, freí un poco de carne picada, añadí sal y pimienta y un toquecito de curry como correspondía a una princesa guerrera. A ella pareció complacerle el resultado.

Gus llevaba varios días desaparecida. Seguramente los coyotes la habían pillado por fin, pobrecilla. Antes de dejar salir a *Xena*, eché un último vistazo al patio de atrás y brindé por mi ardilla desaparecida con un vaso de zumo de pomelo. Volví arriba y me duché. Preston llegó cuando estaba acabando de vestirme. *Xena* dio rienda suelta a sus instintos asesinos, olisqueándole el paquete y lamiéndole las manos de la manera más amenazadora.

Establecimos un brevísimo contacto visual; ninguno de los dos quería acordarse de mi intempestiva visita de la víspera. ¿Íbamos a hablar de ello? ¿Hablar de qué?

Preston pasó rozándome al tiempo que se frotaba las manos. Directo al grano, como siempre.

–¿Tienes más material para mí?

Dio un rodeo por la cocina, volvió con un vaso de ron con hielo y se instaló en el sofá, ajeno a los dos vasos sucios que él había dejado en la mesita baja en anteriores visitas. *Xena* se ovilló a mis pies, se dio un vigoroso baño de lengua y luego se quedó dormida. Mientras le estaba contando a Preston las novedades, llegaron los jardineros. La fiera perra no se inmutó cuando los cinco hombres, con mascarillas y armados de podadoras y grandes tijeras, fueron hacia el patio de atrás.

Preston se entusiasmó al ver la foto de Morton Frankel.

–¡Menudo antagonista! –exclamó–. Hasta la cara le acompaña. Pero ¿Morton? ¡Mort! Habría sonado mejor Cyrus, o Bart, qué sé yo. ¿A quién se le ocurre ponerle Mort a un hijo? Es un nombre horroroso.

Le di mis últimas páginas, y Preston se retrepó en el sofá con las hojas sobre el regazo. Detecté en él una tristeza latente. ¿O acaso yo estaba proyectando la mía propia, después de haber visto su casa, tan solitaria como la mía?

–Oye –dijo–, estooo... –Insólita interrupción en él. Carraspeó para empezar de nuevo–: No me desenvuelvo tan bien cuando... Supongo que me desenvuelvo mejor cuando estoy fuera. Y ahórrate los chistes fáciles sobre armarios y demás. Se podría decir que vivo allí a tiempo parcial. Es un sitio para mí solo. Lo cierto es que no merece la pena tomarse demasiadas molestias. Ni siquiera llevo gente a casa. Lo tocan todo. Me siento como invadido.

–Invadido –repetí–. Claro.

Dejé a Preston leyendo en el sofá y a *Xena* tratando de morder el aire que salía de la rejilla de ventilación, y, con mis secretísimos documentos y mis diversas teorías, salí en busca de un detective.

–Ya que la otra noche te hice perder el tiempo, he pensado que merecías ser el primero en saberlo.

Esperé. Había encontrado a Cal en su casa, preparándose para abordar un nuevo día de delincuencia en el Westside. Alguien había raptado un perro caniche de un salón de manicura en Brentwood, lo cual significaba que *Fifí* se había ido por ahí de paseo, pero la dueña quería que la policía la ayudara a recuperarlo. La ética se inclina ante los perros de juguete. Bajé la vista para conectar mis auriculares y casi me despeño con el *Culpablemóvil* por una curva de Mulholland Drive.

–Oye –dijo Cal–, no sabes lo mucho que me gustaría meterme en esto (joder, ni te lo imaginas), y te agradezco mucho que me tengas al corriente, pero tendrás que llevárselo a Kaden y Delveckio. Yo ya no puedo hacer de detective privado. Mi jefe se enteró de nuestra aventura tipo Starsky y Hutch y se mosqueó que no veas.

Claro, de ahí que lo mandaran a solucionar lo de *Fifí*.

–Pero no le dije que tú estabas metido –continuó–, aunque probablemente se sabrá pronto. Se figuró que tenías muchos cabos sueltos y que yo era el tonto con la placa de poli.

–Caray, lo siento. ¿Y cómo se ha enterado tu jefe?

–Richard Collins ha presentado cargos.

–¡Qué?

–Se ha hecho el ofendido, ya sabes.

–Ya me preguntaba yo si aquello fue reglamentario...

–Lo vi una vez en la tele. *La guerra de Aiden*.

El programa de Johnny Ordean. Me lo tenía merecido.

–Pues dile a Richard Collins que hice una foto con mi móvil de la bolsita de marihuana que él intentaba eliminar. Y que la envié, con fecha y hora, a mi ordenador mientras estábamos en su casa.

–¿Eso estaba haciendo Collins? ¿En serio sacaste la foto?

–Lo primero sí, lo segundo no. Pero él no se arriesgará a comprobar si es un farol.

Cal soltó un suspiro de alivio. Un juicio habría echado por tierra sus opciones de cambiar de departamento.

–Sabes que te estimo mucho, Drew. Mira, no lo estás haciendo nada mal. ¿Lo de Richard Collins? Bueno, todos metemos la pata alguna vez, como yo mismo demostré en mi momento. Así funciona una investigación. Supongo que es como escribir. La jodes una y otra vez y sigues probando hasta que algo sale bien.

–Seguro que a ti te saldrá bien, Cal. Conseguirás ir a Robos y Homicidios.

–Sí, en cuanto le eche el guante al puto caniche. –Rio–. Oye, ya sé que me comporté como un gilipollas cuando viniste a pedirme ayuda la primera vez. Estaba cabreado porque me tenían en la división de West Latte y tú te cargaste a alguien y ni siquiera me avisaste a mí primero.

–La próxima vez te llamo al momento.

Kaden puso un puño como un ladrillo sobre los papeles que yo había puesto encima de su mesa.

–¿De dónde has sacado estos documentos?

–Es ilegal que los tengas –aportó Delveckio–. Esto es información confidencial. Lo mismo que los archivos del caso que tu amiguito Cal Unger ha estado intentando obtener bajo cuerda.

–¿Cal? ¿Cuándo?

–Ya. Es la primera noticia que tienes...

Lo era. Cal acababa de decirme que desde la bronca de su jefe se había apartado de la investigación extraoficial. ¿Había solicitado antes los archivos y no me había dicho nada? ¿O acaso mentía Delveckio? Siendo inspectores de la policía de Los Ángeles, ambos estaban en primera línea de salida para manipular pruebas. ¿Por qué iba Cal a querer mantenerlo en secreto? Porque perseguía un ascenso importante o porque me estaba ayudando, pero tenía que cubrirse las espaldas, pues estaba fuera de su jurisdicción. O por razones más siniestras. ¿Qué me había dicho cuando le llamé la primera vez? «Opino que los tipos como tú sois unos cabrones explotadores.» Pero su nombre no aparecía en la lista del Volvo. ¿Me estaba volviendo paranoico? Sí. ¿Me equivocaba? Quizás. Anoté mentalmente pedirle a Chic que le pasara la información de Cal al usurpador de bases de datos privadas. Después haría que el tipo investigara a Chic. Y luego a sí mismo.

–Bueno –dijo Kaden, devolviéndome de sopetón a la fría atmósfera del Parker Center–, ¿qué tal si nos dices dónde conseguiste los papeles del DMV?

–Sabéis muy bien que no puedo decirlo, así que saltémonos esta parte y veamos qué utilidad le sacamos a lo que hay aquí.

Sin mencionar a Lloyd, ya les había explicado dos veces cómo había obtenido la lista del registro de vehículos y las fotos del sospechoso. Me retrepé en la silla plegable frente al escritorio de Kaden y miré en derredor. Como lo que había visto al subir y luego por los pasillos, todo me resultaba conocido y me causaba repulsa.

Kaden giró el monitor de su ordenador para eludir el reflejo de la ventana.

–¿Cómo dices que se llama el testigo?

–Junior Delgado.

Tecleó el nombre a martillazos y luego sacudió la cabeza como si hubiera descubierto lo que ya sospechaba.

–El chaval tiene una ficha policial más larga que mi polla.

–Y mi tía solterona, también. Venga, Kaden, ¿quién crees que iba a estar rondando debajo de la autovía de Rampart a las dos de la madrugada?

Kaden desdeñó mi comentario con un gesto de la mano.

–Lo investigaremos.

–¿Cuándo?

–Tenemos un centenar de pistas, la mayoría de ciudadanos más respetables que tu hispano.

–Pero ninguno de los cuales estaba ahí esa noche.

–Pero ninguno de los cuales fue localizado e interrogado por un sospechoso del caso.

–O sea que mi información está contaminada.

–Pues claro, capullo. No tenemos informes que corroboren que había un Volvo marrón en ninguna de las dos investigaciones. Y este menor –dedazo maltratando la pantalla– parece fácil de manejar a tu antojo.

Me eché a reír.

–Interrogadlo –dije.

–Descuida, lo haremos.

–¿Cuándo?

Kaden tiró el lápiz.

–Eres un aficionado y no ves que tu conjetura se apoya en un cúmulo de suposiciones. El marrón es el segundo color más común de Volvo después de ese amarillo caca. En el condado de Los Ángeles hay ciento cincuenta y tres Volvos marrones con matrícula que empieza por siete. Cojonudo. ¿Sabes cuántos hay en todo el estado? –Más martillazos al teclado–. Mil doscientos noventa y uno.

–¿Y cuántos son propiedad de violadores convictos?

–¿Y cuántas víctimas de esta investigación sufrieron agresiones sexuales?

–¿Y vuestra teoría de que el asesino había evolucionado? –Di unos golpes con el dedo en la siniestra foto de Morton Frankel–. Los datos concuerdan. Pesa ochenta y tres kilos...

–Igual que tú.

Delveckio se apoyó en el respaldo y su camisa fina se tensó sobre el pecho enjuto.

–¿Y mantienes que Morton Frankel no te suena, que no significa nada para ti?

–Ya os lo he dicho antes. No conozco a ese tipo. Yo creo que la pregunta es qué significo yo para él. Y eso sería fácil de averiguar. Un cabello de este tipo podría darnos la razón.

–¿Nos? –repitió Delveckio–. ¿La razón, dices?

–El cabello no identificado que encontraron en el cuerpo de Broach podría no ser relevante en absoluto –dijo Kaden–. Los cadáveres, cuando los tiran por ahí, pueden coger pelos. O podría tratarse de una pista amañada, como supuestamente lo era tu cabello. Es lo que tú no entiendes: las cosas nunca son claras. Y aun cuando lo sean, no se trata sólo de pruebas. Se trata de presentar argumentos convincentes.

–Fijaos en ese tipo. Cualquier jurado lo odiaría.

–Lo cual no justifica una orden judicial para obligarle a dar una muestra de ADN. Francamente, desde una perspectiva legal no hay mucho que lo diferencie de los otros satisfechos propietarios de Volvos de esa lista.

–Morton Frankel es un criminal.

–Olvidémonos de los no criminales que conducen un Volvo –cortó Delveckio–. Tipos demasiado listos para dejarse cazar, no, ésos no nos interesan.

–Bien, imagino que por alguna parte hay que empezar. Y un coche registrado en el condado de Los Ángeles, a nombre de un criminal que vive a una manzana de una de las escenas del crimen, no parece mal punto de partida.

Kaden se instaló de nuevo en su butaca y dijo:

–Ah. Ya lo entiendo.

–¿El qué? –preguntó Delveckio.

–Esto no es una conversación de verdad, Ed. Estamos siguiendo un guión. Somos personajes. –Fingió que eso le divertía–. Somos los pobres polis que están todo el día ocupados con su burocracia y sus investigaciones para que el héroe, el tipo normal y corriente en grave peligro, pueda seguir las pistas y resolver el caso sin los inconvenientes de estar obligado al mismo tiempo a mantener la ley y el orden en la ciudad. –Se inclinó sobre la mesa, cada vez más acalorado–. Tú has descubierto a un criminal que conduce un Volvo. Vale, enhorabuena. Lo reconozco, es estadísticamente singular. ¿Sabes por qué esa pista te gusta más que, pongamos, la cuerda de algodón con que ataron los tobillos de Kasey Broach y que sólo venden tres tiendas eróticas de Los Ángeles? ¿Más que las dos mil ciento sesenta horas (tres meses, ¿vale?) de filmación de cámara de seguridad que estamos revisando, y sólo de una tienda? ¿Más que las transacciones de tarjeta de crédito que estamos investigando en las otras dos tiendas? ¿Más que el registro de pedidos de esas tiendas de consoladores y demás? ¿Sabes por qué te gusta más ese Volvo marrón que la cinta aislante de Broach, que formaba parte de un lote irregular vendido a precio rebajado a Home Depot y enviado solamente a la sucursal de Van Nuys y a otra en Cave Creek Road, Phoenix? ¿Más que el registro de llamadas telefónicas de Broach y Bertrand, que una vez cotejadas, revelan coincidencias en al menos dos establecimientos? ¿Más que el tipo de FedEx que entregó paquetes a las dos con dos meses de diferencia? ¿Más que el encargado del mantenimiento de las piscinas en unos bloques que hay cerca de la casa de Broach y que estuvo un tiempo en San Quintín por rajarle el cuello a su propia hermana? Te lo diré: a ti te gusta más Morton Frankel porque es tuyo, porque lo descubriste tú. Pues bien, pese a la dudosa combinación de Junior Delgado y Andrew Danner como generadores de esta pista, nosotros la investigaremos a fondo, faltaría más. A ese tipo y también a los otros ciento cincuenta y dos de la lista Volvo; tienes razón, es por ahí por donde hay que empezar. Pero no vamos a dejar todo lo que estamos investigando ahora mismo sólo porque nos hayas dejado patidifusos con tu pista.

Fría y racional, su ira me había devuelto a mi asiento.

–¿Hicisteis eso antes? –pregunté–. ¿Comprobar los mensajes dejados en casa de Genevieve? ¿Ver si alguno de sus vecinos tenía antecedentes penales?

Kaden me miró con furia.

–Sabíamos que fuiste tú. Nos importaba un carajo andarnos con rodeos. Lo que queríamos era meterte entre rejas.

Me levanté dejando allí los documentos, cabreado con Kaden por sus últimas palabras y por haberlas precedido de tantas y tan buenas objeciones.

Kaden se inclinó sobre la mesa y me agarró del brazo.

–Bienvenido al mundo real –dijo–. Vigila que no te maten.

Recuperé el brazo.

Delveckio rotó sobre el asiento de su silla giratoria para dejarme pasar.

–Ah, Danner, por cierto –me miró a los ojos, los suyos inyectados en sangre pero serenos y distantes–, no salgas de la ciudad.

25

Recorrí sin bajar del coche el atestado aparcamiento de Bonsky Forge & Metalworks, una hilera arriba, la siguiente abajo. En busca de un Volvo marrón. Mis neumáticos rechinaban sobre el asfalto gastado, que en algunos puntos era sólo tierra. Los bloques de hormigón del edificio estaban sucios de contaminación. Las ventanas eran de bisagra, pegadas al alero, pero desde el borde del aparcamiento, a través de una cerca y una puerta de almacén levantada, pude ver a los hombres en el interior. Trabajaban encorvados sobre turbinas y soldadores, con la cara protegida de las chispas por mascarillas curvas. El zumbido de la maquinaria, incluso desde esa distancia, hacía vibrar el salpicadero de mi coche.

Kaden tenía razón al menos en una cosa: mi conjetura se apoyaba en demasiadas suposiciones. Era preciso conseguir más hechos concretos. Por ejemplo, si el Volvo marrón de Frankel tenía una abolladura en el hueco de la rueda delantera derecha.

Finalicé mi segunda vuelta al aparcamiento –no había Volvos de ninguna clase– y me dirigí hacia los otros edificios para ver si Frankel había aparcado por allí. Tampoco hubo suerte. Quizá se había largado a otro país. O quemado el coche para eliminar pruebas. O le había vendido el Volvo hacía cuatro meses a su compinche de póquer, el Asesino de la Zodiac.

Podía entrar en la fábrica con algún pretexto e intentar dar con Frankel. Pero había dos problemas: las máscaras de soldar y el hecho de que, si Frankel era el hombre que buscaba, el reconocimiento sería mutuo. Y si algo no quería yo, era que el tipo de las patillas puntiagudas supiese que le estaba siguiendo la pista.

Telefoneé a información e hice que me pasaran con las oficinas de la fábrica.

–Llamo de FedEx –dije–. Tengo un paquete para entregar a Mortie Frankel y necesito que me lo firme. ¿Está por ahí?

Una voz ronca:

–No cuelgue. Voy a comprobarlo. –Ruido de papeles y maquinaria de fondo–. Sí, sí está.

–Hay un atasco de narices en Burbank. ¿Hasta qué hora puedo encontrarlo ahí en la fábrica?

–Terminan a las tres. –Y colgó antes de que pudiera darle las gracias por tan excelente servicio.

Una auténtica sirena de fábrica hendió el aire: hora del almuerzo. Volví en coche al aparcamiento y observé cómo iban saliendo operarios a una especie de patio descuidado, donde procedieron a sentarse en bobinas de cable y maquinaria oxidada y a sacar sus termos y fiambreras metálicas. Vi salir más operarios del tenebroso interior, levantándose los protectores para dejar al descubierto caras enrojecidas y brillantes. Empezaba a perder toda esperanza cuando una silueta corpulenta irrumpió en el resplandor de mediodía. Miraba hacia otro lado, pero todo él despedía una vibración eléctrica, y no me sorprendí cuando se dio la vuelta. Se pasó la mano por la frente y soltó gotas de sudor hacia el suelo. Luego se sacudió el mono azul para airearlo un poco e intercambió unas palabras con otro trabajador.

Estábamos separados por unos cincuenta metros –el aparcamiento, la cerca, un trecho corto de patio–, pero me pareció como si existiéramos en mundos separados, él con sus herramientas, el mono gastado y las chispas, yo con mi asiento de piel, bloc de notas y lunas tintadas. Me lo quedé mirando, repentinamente sudoroso pese a que tenía el aire acondicionado puesto. ¿Ese hombre había estado en mi dormitorio la noche del 21 de enero, viendo cómo yo dormía? ¿Me había drogado con Sevoflurane, me había sacado sangre y luego arrancado un pelo para introducirlo en la uña de Kasey Broach después de asesinarla? Y en tal caso, ¿por qué?

Había algo fascinante en Frankel: mirarle me inquietaba, y sin embargo no podía quitarle los ojos de encima.

«Ojalá el asesino sea él, para no serlo yo», pensé.

Comprendí entonces que Kaden tenía razón en otra cosa. Frankel era «mío». Era mi sospechoso, y lo seguiría siendo hasta que yo dejara de serlo.

Vi cómo comía un bocadillo, flexionando las mandíbulas al masticar.

«Ya nos veremos», pensé.

26

Chic trastabilló tratando de alcanzar la bola alta que le había lanzado su hijo mayor, Jeremiah, gritando «¡Ya es mía! ¡Ya es mía!» para frenar a sus otros hijos provistos de guantes de béisbol de todas las tallas.

Atrapó la bola con el guante a la altura de la cintura y luego la dejó caer. Refunfuñando, sus muchachos empezaron a lanzarle guantes y se precipitaron sobre él mientras Chic se reía de la parodia de sí mismo, revolcándose por el césped de su jardín ampliado y cubriéndose la cabeza para protegerse de la avalancha.

Agarrando aquí un tobillo, allá una muñeca, le quité a los chicos de encima, llamándolos a todos por el nombre equivocado.

Angela salió de la casa y su mirada furibunda los mandó a todos (y casi también a mí) a lavarse para almorzar. Llevaba una bandeja con bebidas para los trabajadores que estaban montando –con mucha parsimonia– una estructura para juegos de última generación a la izquierda del pequeño campo de béisbol. Equipada con tobogán en espiral, escalera de cuerda y minirocódromo y provista en la parte superior de una falsa casita de árbol, aquel artilugio hacía que los juegos que había en Hope House parecieran un montón de chatarra.

Angela sirvió a los trabajadores y luego le dijo a su marido:

–Cariño, ve con Drew a la camioneta y súbeme un poco de queso blanco.

–¿Va a ser una comida típica de negros sureños? –pregunté.

Angela asintió.

–Y, cariño, coge un regalo para la amiguita de Asia, la de los campamentos. Recuerda que sus padres le regalaron a Asia los Polly Pockets cuando estuvieron aquí.

Echamos a andar hacia el sonido todavía lejano de la campanilla de la furgoneta que repartía comida mexicana, y entretanto Chic me puso al corriente de los últimos hallazgos del experto en bases de datos. Había sacado varias de las coincidencias que Kaden y Delveckio habían mencionado, y algunas más que parecían irrelevantes. Broach y yo éramos socios de 24 Hour Fitness, pero acudíamos a locales diferentes. Ambos teníamos cuenta corriente en Wells Fargo. ¡Qué notición!

–Y hay otra tontería más, nada del otro mundo, pero quizá vale la pena investigar. –Chic hizo un mohín–. Tu amigo Delveckio contrató su seguro de vida a través del mismo agente que Adeline. –Y antes de que yo dijera nada añadió–: Sabía que pondrías esa cara de sorpresa, la misma que pusiste cuando lo de Cal Unger. –Aunque había accedido a investigar, Chic se había mostrado comprensiblemente escéptico respecto a que Cal fuera sospechoso–. Pero probablemente no es nada, como todo lo demás. Sólo una pregunta: ¿cómo es que una chica rica como Adeline necesita una póliza de seguro por un millón de dólares?

–Genevieve también tenía seguro de vida. Eran mutuamente beneficiarias, ella y su hermana. Por lo visto, su padre leyó en una revista que la gente con seguro de vida vivía más años y se arriesgaba menos.

–Es como comprarse un Subaru porque has oído decir que lo compra la gente con tensión arterial baja, ¿no?

–Eso pensé, pero resulta que Luc juega al golf con Warren Buffett y yo ensayo mis golpes cerca de la interestatal, así que, ¿de quién te vas a fiar? –Tensé los labios y me los mordí–. Ese detalle de Delveckio no me gusta nada.

Imaginé al inspector en la sala de interrogatorios, sus rasgos débiles forzados a dar la mejor imagen de la ira. «Yo me ocupé de informar al pariente más cercano, a Adeline. Ojalá hubiera tenido tu videocámara para que pudieras ver su reacción.» Le repetí estas palabras a Chic, que se encogió de hombros.

–¿No te parece raro que se refiriera a ella por el nombre de pila? –pregunté–. ¿Y para qué mencionarla, no digamos ya de manera tan emotiva? Y ahora, encima, tenemos una póliza de un millón de dólares.

Hizo un gesto para que me calmara.

–Esta ciudad es muy grande, pero la cuestión demográfica la reduce considerablemente. Vale, recurrieron al mismo agente. ¿Y qué coño importa eso?

Me incomodó no tener respuesta alguna. Además, ¿cómo encajaba Delveckio con Frankel, mi caballo ganador? Al igual que Cal Unger, Delveckio se topaba con varios Morts Frankels diariamente en su trabajo. Frankel podía ser un asesino a sueldo. O, dada la escasez de tejido conectivo, ambos polis podían ser pistas falsas. Delveckio y la hermana de Genevieve utilizaron al mismo agente. ¿Era esto más destacable que el hecho de que Kasey Broach y yo fuéramos a la misma cadena de gimnasios?

Chic interrumpió mis pensamientos.

–Cuesta imaginar a Delveckio teniendo un lío con Adeline Bertrand; a ella la conozco, y a él le he visto, y difícilmente funcionarían como pareja. –Se sorbió los dientes, una costumbre que tenía para hacer una pausa–. Y aunque hubiera algo, ¿qué? ¿Para qué necesitarían otro milloncete? Si realmente hay una conexión, no es el agente. Puede que un tercero, sin conexión alguna con esto, les recomendara ese agente a los dos, por separado. Mientras tanto, es sólo una coincidencia más entre las muchas que se dan en esta ciudad. Seguiremos trabajando con las pistas digitales y nos centraremos en ver quién te hizo sudar cuando estuviste allí la primera vez. ¿Y eso fue...?

Quedé convencido de que Chic era una reencarnación de Sherlock Holmes en una etnia diferente. Le hablé de Morton Frankel y le pedí que lo hiciera seguir para ver si conectaba con los otros actores, vivos o muertos, de nuestra tragedia en curso. Chic, cómo no, arqueó una ceja al oír el nuevo nombre y escuchó pensativo mientras yo me extendía sobre las novedades del caso.

–¿Qué piensas hacer ahora? –preguntó. Supuse que esperaba mi silencio, pues asintió con la cabeza y dijo–: Llámame si me necesitas.

Entramos en la tienda de la esquina y nos decidimos por unas trenzas de plástico para la amiguita de Asia.

–Así funciona la cosa –dijo–. Ellos compran chorradas para tus hijos y tú luego compras chorradas para los suyos. Para hacer ver que eres un tío bien educado.

En ese momento sonó mi móvil. Lo saqué del bolsillo y respondí.

–Estarás aquí a la una y media, ¿no es así?

Tardé unos segundos en reconocer la voz de Caroline. ¡Cielos! La cita de Junior en el tribunal.

–¿Sigues ahí? –dijo ella.

–Verás, es que... estoy un poco liado. Quiero decir, más que de costumbre.

–Si no lo entendí mal –dijo Caroline–, tu presencia es una condición fijada por el juez.

–Eso parece.

–Lleva a Junior allí y luego quedas libre. Pero más vale que no le calientes la cabeza al chico con lo que se está jugando.

Por mi breve estancia en la cárcel, sabía que ése no era sitio para un chaval de catorce años que lloraba porque iban a mandar a su chucho a la perrera.

–Muy bien –dije.

–No te conviene tenerme como enemiga, Drew, en serio.

–Ya –dije–. Lo paso demasiado bien contigo.

Colgué mientras Chic iba hacia la furgoneta de la comida. Su jersey deforme, de un equipo de una liga secundaria, le caía hasta medio muslo. Eso, sumado a sus botas de baloncesto negras sin abrochar, le daba aspecto de haber entrado a saco en el armario de uno de sus hijos. Volvimos juntos en silencio. El sol arrancaba oleadas de calor del pavimento.

–¿Era la psicóloga? –preguntó.

–Sí.

–¿Te gusta?

–Mucho. Pero es un poco nerviosilla. Y temperamental.

–Siempre resulta más fácil hacer inventario de los demás.

–¿A qué te refieres?

–Te escuché cuando hablaste de ella el otro día.

–Gracias por la aclaración.

Esbozó su amplia sonrisa, orgulloso de sí mismo, satisfecho del mundo.

–Esta vida nos supera, Drew. Y no hay solución. Todo el mundo, los cantantes, los actores, los deportistas, todo el mundo parece más joven que uno. Vale, de acuerdo, puedes acostumbrarte a eso. Pero luego te echas una siesta de diez años y te das cuenta de que has llegado a los cuarenta y que Jimi Hendrix tenía veinticinco años cuando grabó *Purple Haze*.

–Y veintisiete cuando murió.

Se tocó la sien.

–Uno iba a ser el que haría las cosas de otro modo, el que estaría a la altura de su yo idealizado. No se dejaría contaminar por la mediocridad ni por la vida doméstica. Siempre adelante, siempre luchando. Pero se lía con Sue, la de contabilidad, y luego pasa lo que pasa, empieza a echar tripa. –Se tocó la suya, prominente–. Mucho mirar la tele, mucho comer carne. Ingresos compartidos de lento crecimiento. Te das cuenta de que no van a hacerte ningún monumento ni a estampar tu careto en una moneda. Tú eres tú y eso no se puede evitar. Pero te diré algo: cuando las cosas se calman, cuando uno deja de sorberse el seso sobre lo mucho que anhela las buenas pagas y su foto en el Hall de la Fama, lo único que le queda es la mujer con quien comparte la cama. Nada de lo demás importa. Nada en absoluto. La monogamia me ha costado lo mío, nunca lo he negado. Renuncias a la sonrisita cuando el semáforo está en rojo. A echar miraditas cuando vas en el ascensor. A un romance de cine... No, el matrimonio nunca es tan bueno, pero a la vez es mejor. Ya hace diez años que engañé a Angela, y no pienso volver a hacerlo. Ya no me preocupa lo que pueda perderme en la vida.

La sabiduría de Chic, como de costumbre, llegaba entre curiosos disfraces. Sólo había entendido la mitad de lo que me decía. Su alternancia entre primera, segunda y tercera persona, aparentemente tan torpe como su asociación, no me pareció fortuita en absoluto.

Antes de que yo pudiera comentar nada, un Camaro amarillo nos adelantó, frenó en seco y dio marcha atrás bruscamente. Un tipo con una espesa mata de pelo y chándal se apeó.

–¿Chic? ¿Chic Bales? –llamó.

Chic le miró receloso, acostumbrado a que se metieran con él.

–Yo mismo.

El tipo se acercó trotando alegremente y le plantó un abrazo.

–Te quiero, tío –dijo.

Chic le palmeó la espalda:

–¿Forofo de los Giants?

–Exacto. Gracias.

–Me alegro de dar algo a cambio –dijo Chic.

El tipo reaccionó tarde al verme y frunció el entrecejo.

–Bonita compañía llevas, Chic.

Volvió a montar en el coche y se alejó a toda prisa.

Regresamos a la mesa de *picnic* literalmente doblados bajo el peso de tanta comida. Los trabajadores estaban recogiendo sus cosas. Miré la gran extensión de hierba hasta la recién montada estructura de juegos, y no pude evitar comparar todo aquel espacio con el mísero rincón de que disponían en Hope House. Me aparté de Chic y fui hacia el que parecía el capataz de la cuadrilla.

–Hola –dije–, ¿cuánto cuesta una estructura como ésta?

–¿Un Romp-n-Stomp? Tres mil quinientos.

–Me gustaría que instalara una en esta dirección.

Anoté las señas de Hope House en mi libreta, arranqué la hoja y se la di. En uno de los compartimentos de mi cartera llevaba un cheque para emergencias. Lo saqué y empecé a rellenarlo.

–¿Quiere que pongamos alguna inscripción o algo? –preguntó.

–No; diga que es una donación anónima.

El tipo se encogió de hombros y subió a su camión. Vi una sombra y al darme la vuelta me encontré cara a cara con Chic.

–Hay que ganarse el cielo –dije.

Chic sonrió y asintió. Mientras volvíamos, dijo:

–Tú no tienes dinero para eso.

–Más que esos chicos de Hope House.

–Aun así.

–Venderé la máquina de capuchinos.

–¿La qué?

Angela nos estaba esperando en la mesa. Dio un beso a Chic en el cuello y luego preguntó:

–¿Cómo está mi Drew?

–En plan contemplativo –dijo Chic.

–¿Qué tal? –dije–. He vuelto.

Nos sentamos codo con codo y atacamos las tortillas y las patatas fritas. Pero no me sentía relajado y a salvo como solía cuando estaba con los Bales. Cada vez que me dejaba llevar por una broma o una pequeña disputa doméstica, Morton Frankel se interponía en mis pensamientos. El lóbrego interior de aquella fábrica, iluminado por llamas y chispas; los ojos que irradiaban amenaza; aquellos dientes demasiado largos, como afilados colmillos de fiera.

Repartiendo manotazos a un niño y otro, Angela me escuchó en silencio mientras le contaba lo ocurrido en los cuatro últimos días.

–Ese Junior parece buen chico, por lo que cuentas –dijo.

–Para ser un delincuente habitual...

–Y también la mujer, Caroline, la que está a cargo de él. Ese chico ha tenido suerte.

–Puede que ella sea demasiado inteligente para su propio bien.

–Ya lo sé, cariño –dijo Angela a Jamaal–. Cuéntaselo a papá, anda.

Y Jamaal dijo:

–Vale, vale, vale-vale-vale-vale...

–Respira hondo –aconsejó Chic.
–El año que viene quiero jugar en el equipo.
–No le veo nada malo.
–De fútbol, no de béisbol.
Chic soltó el tenedor.
–Y esas cicatrices –añadí en voz baja, para Angela–. No sé si sería capaz de acostumbrarme a ellas.
–Te entiendo, cariño –contestó Angela, pero sin apartar los ojos de su marido.
Él la miró, y ella asintió lentamente con la cabeza. Admirado, vi cómo Chic se recuperaba de la sorpresa, apretaba las mandíbulas y luego decía, obligándose a sonreír:
–Tampoco le veo nada malo a eso.
Jamaal rodeó la mesa y abrazó a su padre, y Chic le hizo una llave y fingió aplastarle la cabeza contra la mesa. Angela se levantó para recoger platos.
–A lo mejor le pido para salir –dije.
Angela apoyó una mano en mi hombro.
–Te entiendo, cariño.
Chic me acompañó hasta el coche. Subí, bajé la ventanilla, y él se acodó. Reparó en la foto de Frankel que había dejado en el asiento de atrás.
–Ten cuidado con lo que haces, ¿entendido?
Apoyé las manos en el volante y me miré los pulgares.
–Kaden tenía razón: pienso como un escritor. Pero esto es el mundo real.
Chic me palmeó el antebrazo al tiempo que se incorporaba.
–Todo es el mundo real, Drew.

27

–Hola, Gran Hermano.

–Hola, Junior –dije por decimoquinta vez.

–¿Te importa si pongo la radio, Gran Hermano?

–¿Quieres dejar de llamarme así? –pedí, rendido.

Batiendo palmas, Junior se dejó caer contra la puerta del pasajero, desternillándose de risa. Llevaba una sudadera con la capucha puesta sobre su gorra de béisbol, por si teníamos que parar a robar en un 7-Eleven.

–Haz el favor de mirar las malditas fotocopias antes de que lleguemos al tribunal.

Había pasado por mi casa después de almorzar con los Bale para darle a *Xena* unos huevos revueltos con trocitos de pimiento. Ella me lo había agradecido cagándose en la chimenea. Después de limpiar sus excrementos, había entrado en internet y había impreso fotos de camionetas Volvo de diversos modelos. La atención de Junior era una mercancía escasa, pero habíamos determinado que la que él vio no fue, decididamente, un último modelo. Junior no sabía distinguir entre los modelos 200, 700 y 800, pero estaba casi seguro de que no era de la serie 900, la de cantos redondeados que empezó a distribuirse en 1991. Aunque abarcaban demasiados años, los modelos por los que se decantaba incluían el 760 de Morton Frankel.

–Ya te lo dije, colega, a mí toda esa mierda suburbana me parece igual. ¡Jo!, si al menos tuvieran unos buenos tapacubos... –se lamentó sin dejar de botar en el asiento–. Sí, tío, entonces te diría quién, qué, dónde, cuándo y por qué.

–¿Y estás seguro de que la poli no te ha llamado aún?

–Claro que estoy seguro. ¿Crees que la señorita Caroline no se iba a enterar si la poli viniera a tocarme las narices?

Caroline no estaba cuando yo había ido a recoger a Junior.

–¿Habrá vuelto cuando te deje después en Hope House? –Vi que se encogía de hombros y añadí, previo carraspeo–: Oye... ¿tú sabes qué le pasó? Quiero decir en la cara.

–Y ¿qué te ha pasado a ti en la tuya? –Donde las dan las toman–. Claro que lo sé. –Me miró detenidamente con sus ojos castaños–. Eh, colega. ¡Colega! –Ahora meneándose sobre el trasero con los codos en alto–. Gran Hermano y Caroline sentados en un árbol. Besándose. Primero llega el amor, después el matrimonio...

Derrapé hacia una plaza libre y salté del Highlander antes de que llegara la cigüeña. Esta vez, por suerte, éramos puntuales, pero el juez Celemin no. O al menos fingía retrasarse; sus miradas ocasionales fueron un indicativo de que se complacía en hacernos esperar en un incómodo banco de la parte trasera de la sala.

Volví a mirar el reloj: las 14.15. Al cabo de cuarenta y cinco minutos Morton Frankel saldría del trabajo. Yo suponía que se pasaría por su casa para darse una ducha, y quería estar aparcado allí delante para ver qué coche conducía.

El juez atendió unos cuantos casos más antes que el nuestro y luego se lio a ordenar papeles. Cuando por fin llamó a Junior (el defensor de oficio se materializó como por arte de electrónica) y añadió tres meses más a su condicional, eran ya menos diez.

Me llevé rápidamente a Junior hacia el coche. El chaval parecía contento con la decisión del juez.

–No pienso abandonar nunca a la señorita Caroline. ¡Es la mejor! –Me miró–. ¿A que sí?

El piso de Frankel quedaba cerca de los juzgados. No dejar a Junior en Hope House y regresar a tiempo. Conduje deprisa, dejando que él toqueteara la radio como si fuera un videojuego. La estratagema no sirvió de mucho.

–¿Adónde vamos?

–Te llevo a que te castren.

Frené delante de un destartalado bloque de tres plantas en una calle con tiendas de tejidos y taquerías. Había cinco adolescentes negros acuclillados en un pequeño trecho de hierba seca, jugando a los dados. En el escueto aparcamiento, el espacio correspondiente al número del apartamento de Frankel estaba vacío. Recorrí despacio los bloques vecinos en busca de un Volvo.

No era la mejor opción en Lincoln Heights.

A las tres y diez pasé a la acera opuesta al bloque y metí unas monedas en el parquímetro. El aire olía a tubo de escape y perritos calientes del carrito aparcado un poco más allá, junto a una parada de autobús. Me preocupaba que los adolescentes pudieran fijarse en mi coche, pero de momento parecían enfrascados en su partida.

–Ahí es donde vive el tipo, ¿verdad, colega?

Una camioneta se aproximó a la parte delantera del bloque. Morton Frankel dio una palmada en el hombro al conductor –un trabajador que me sonaba haber visto en el patio de la fábrica– y se apeó. Junior notó que me ponía rígido pero no dijo nada. Frankel subió por la escalera descubierta hasta la segunda planta. Abrió la puerta de su piso, tiró la chaqueta y la fiambrera al interior y volvió a bajar. Al llegar a la planta baja, echó a andar hacia nosotros.

Antes de que mi corazón pudiera recuperarse, Frankel se desvió a la izquierda. Junior exhaló el aire que estaba aguantando. Me recordé que los adolescentes, por muy execrables que fuesen, también se asustaban. Supuse que acechar a un violador con mi delincuente juvenil me impediría optar a Gran Hermano del Año.

Una vez que Frankel hubo llegado al final de la manzana, arranqué.

–¿Dónde está su puto coche? –dijo Junior.

–Eso mismo me preguntaba yo. Quizá va a tomar el autobús.

–Esto es Los Ángeles, colega. Nadie va en autobús.

–Y no todo el mundo tiene una Huffy –repuse.

–Mantén la distancia, colega. ¿Es que no miras *T .J. Hooker*?

–Yo miraba *T. J. Hooker* antes de que tú mangaras el primer coche.

–¿Mangara? Estás muy anticuado, abuelo. Ahora se dice «trincar».

Y así sucesivamente.

Seguimos a Frankel varias manzanas más, hasta que entró en un taller de chapa. Aparqué en la otra acera junto a una tienda de coches de alquiler; había suficientes vehículos como para pasar inadvertidos en mi *Culpablemóvil*. Mort se metió en la oficina, una estructura prefabricada. Salió poco después, lio un cigarrillo y se puso a fumar.

Una de las puertas del garaje se elevó, dejando al descubierto una camioneta Volvo marrón.

Para ser un coche antiguo, estaba en magnífico estado. Algunos desperfectos en la pintura, pero por lo demás impecable. Era evidente que Frankel estaba muy orgulloso de su 760. O que se tomaba muchas molestias para limpiarlo de pruebas.

Un mecánico con los brazos tatuados se apeó del vehículo y Mort le estrechó la mano y le dio un leve puñetazo en el hombro. Si quieres conservar así de bien un coche antiguo, más te vale ser amigo de tu mecánico. El tipo llevó a Mort hasta el frontal derecho y pasó la mano por la curva perfecta del hueco de la rueda. Mort hizo lo propio y luego asintió con la cabeza, satisfecho con la reparación.

¿Por qué hacer arreglar la abolladura? ¿Porque amaba su coche? ¿Para prevenir una posible identificación? ¿Porque la abolladura se la había hecho al meter el cuerpo de Kasey Broach dentro del vehículo?

Sacó un talonario del bolsillo de atrás, se inclinó sobre el capó y rellenó un talón.

Con la mano izquierda.

Ochenta y tres kilos, zurdo, brillo diabólico en los ojos. Igual que yo, pero con mejor brillo.

Me fijé en su cabello castaño.

«Sólo necesito un pelo –pensé–, como el que tú me arrancaste a mí.»

Regresé con el coche a mi puesto de vigilancia frente al bloque de pisos. Unos minutos después Mort llegaba a su plaza de aparcamiento, aseguraba el volante con una barra antirrobo, bajaba la ventanilla hasta la mitad y subía a su casa.

Le di una palmada a Junior en la rodilla.

–He de llevarte a Hope House.

–¿Ya está? Pero, colega, tienes que conseguir esa prueba. Tienes que abrirle el coche, a ver qué encuentras.

Sí, ése era mi plan, pero no iba a decírselo a Junior.

–Si encuentro algo, la poli puede decir que yo lo metí ahí para salvar el pellejo.

–Por eso me necesitas a mí, tío. Soy un testigo. Además, sin pelo no tienes nada que hacer.

Oír mis propios pensamientos en boca de un chaval de catorce años era claramente indicativo de que me convenía dormir más horas.

–¿Por qué habrá dejado la ventanilla bajada?

–Para indicar que dentro no hay nada de valor y así evitar que alguien le rompa la ventanilla pensando lo contrario. Y no vale la pena cortar una barra antirrobo para trincar un Volvo del año de la pera. Venga, ve a mirar el reposacabezas.

–No, gracias.

–¿Cómo que no? ¿Y la ética, colega?

–¿La ética? Husmear en un coche ajeno no es muy ético que digamos.

–Mira, yo no pinto árboles ni iglesias luteranas. A eso lo llamo ética. Hay un cruel asesino a dos pasos de aquí, tú eres el único que lo sabe, ¿y eres tan miedica que no te atreves a coger un pelo del reposacabezas?

–¿Y si viene la poli?

Junior consultó su reloj.

–En la comisaría de Hollenbeck están cambiando de turno. Vía libre.

–¿Y tú cómo lo sabes? Va, da igual. Soy un imbécil. –Miré

nervioso a los chicos negros que seguían jugando a los dados en el césped, muy cerca del aparcamiento–. Esos chavales le han visto llegar. Sabrán que el coche no es mío.

–¿Tú qué harías si esto fuera una de tus novelas?

–Distraerlos con algo.

Soltó una risita.

–¿Cómo? ¿Provocando un incendio?

–No. Algo más ingenioso.

–¿Qué te parece esto?

Sin darme tiempo a impedirlo, Junior se apeó y trepó al techo del Highlander.

Bajé presuroso, pero él, haciéndose bocina con las manos, ya estaba gritando:

–¡Eh, eh! ¿Qué coño pasa? ¿Por qué hay tanto negrata por aquí?

Y saltó al suelo –fue como si rebotara en la acera– y echó a correr calle arriba. Yo me pegué al coche cuando los cinco chavales negros pasaron por mi lado en jauría tras Junior.

Una perfecta maniobra de distracción.

Crucé hacia el aparcamiento, vigilando que el alboroto no hiciera salir a Frankel de su piso. Metí la cabeza por la abertura de la ventanilla y examiné detenidamente el reposacabezas. Ni un solo pelo. Parecía recién aspirado. Lógico: en el taller le habían dado una limpieza a fondo. Accioné disimuladamente la palanca del maletero. Antes de abrirlo, inspiré hondo.

Ni rastros de sangre ni de lona protectora, ni cuchillos de deshuesar. El aspirador industrial había dejado marcas en la gastada moqueta.

Cerré el maletero y, al girarme y levantar la cabeza hacia el apartamento de Mort, él me estaba mirando desde la barandilla de la segunda planta. Me aparté rápidamente, sobresaltado y trastabillando.

Era imposible saber si se había fijado bien en mi cara o si me había visto abrir el maletero. Frankel fue hacia la escalera. Yo me alejé como si siguiera mi camino, mientras fingía hablar por el móvil. La adrenalina había puesto mis sentidos a pleno rendimiento. Esperaba oírlo acercarse, notar la vibración de sus pasos airados en la acera. Sentí que lo tenía detrás, siguiéndome a unos veinte metros de distancia.

«Ahora estás en el mundo real. Vigila que no te maten.»

Cuando me arriesgué a mirar atrás, vi que se había desviado por otra calle. Manteniendo una prudente distancia, le seguí. Llegó a una esquina y se detuvo a mirar un escaparate de ropa. Sacó un bolígrafo del bolsillo de la camisa y algo del bolsillo posterior del pantalón y luego anotó alguna cosa. Crucé la calle para ver el escaparate pero manteniendo mi reflejo fuera de su vista. Había maniquíes con vestidos de lentejuelas y trajes baratos, algunos medio tirados sobre un montón de telas en un lado. Mort seguía con su contemplación, como en trance. Algunos maniquíes tenían el pecho descubierto o estaban desnudos, rígidos y pálidos como los muertos. ¿Estaba admirando aquella imitación de piel lisa y cerosa?

No sé qué tenía en la mano, pero se le cayó. Dio un paso atrás, sin dejar de mirar las contorsionadas siluetas de mujer, y luego dobló la esquina.

Esperé un momento antes de acercarme. Había tirado un sobre de cerillas, en cuya solapa había una calavera y tibias cruzadas. Me agaché para recogerla y levanté la solapa.

Había algo escrito con letra irregular.

TE ESTOY VIENDO

Me levanté bruscamente, el aire quemándome la garganta. Un movimiento en el escaparate captó mi atención. Entre los cuerpos de plástico en poses diversas, y con su cara lasciva a pocos centímetros del cristal, estaba Morton Frankel.

28

Mort se apartó del cristal, volcando uno de los maniquíes, y saltó de la tarima directo hacia la puerta. Eché a correr.

Esquivando coches, crucé la calle entre bocinazos y me enredé con una moto. Mort estaba en la otra acera, pendiente de una brecha en el tráfico. Conseguí rescatar mi pantalón de la cadena de la moto y de los improperios del motorista y seguí corriendo. Un autobús estaba arrancando de una parada. Corrí hacia allá, aporreando la carrocería y chillando para que me abrieran. El vehículo se detuvo con un resoplido impaciente y las puertas de atrás bostezaron. Mort saltó por encima de la moto y siguió acercándose.

El autobús estaba repleto de oficinistas. Me abrí paso a empellones, tropezando con bolsas y rodillas, esperando oír cómo se cerraban las puertas, pero parecía que todo transcurría a cámara lenta. Sonaron cláxones, y el autobús se incorporó al carril lento.

Llegué a la parte delantera, donde el conductor se sumó a las protestas. Entre cinco o seis brazos colgados de correas, vi que las puertas de atrás empezaban a cerrarse por fin.

Un manaza se coló en la abertura, impidiendo que las gomas de ambos lados se tocaran.

Mientras Mort separaba las puertas de atrás, las de delante se abrieron.

Me agaché, descendí de espaldas los peldaños y salí despedido hacia el bordillo justo cuando el trasero de Mort se introducía en el vehículo. Las puertas se cerraron con un resuello neumático y el autobús arrancó.

Me puse de pie y me sacudí el polvo. El autobús pasaba lentamente por delante de mí y distinguí la cara de Mort borrosa tras un cristal sucio. Él me vio y se volvió hacia la parte de atrás, corcoveando como un perro en agua poco profunda. Apartó a la gente que estaba sentada en el asiento trasero como si fuera una cortina y se inclinó con gesto amenazador, empañando el cristal con su aliento.

Salí al carril ahora vacío y me lo quedé mirando mientras el autobús aceleraba.

Sus labios dibujaron esta frase: «Te estoy viendo».

–Y yo a ti –dije.

Mientras volvía al Highlander a paso rápido, el móvil empezó a vibrar.

–Estoy en la esquina de Daly con Main –dijo Junior–. Gasolinera.

Sentí más alivio del que habría creído posible.

–¿Cómo has conseguido mi número?

–La señorita Caroline.

–¿Qué le has dicho?

–Que has dejado que me persiguiera una banda de negratas mientras tú te dedicabas a robar en el Volvo de un asesino. –Se rio–. Es broma, tío. Le he dicho que me había ido por ahí a buscarme la vida.

Subí al coche y fui a recogerle. Junior había conseguido correr más de cuatro kilómetros. Lo encontré sentado en la tapia de piedra al lado de los lavabos, fumando un cigarrillo. Era novato en esto, pero ya conseguía sacar el humo con gesto interesante. Aparqué el coche y me acerqué andando. Pensé si decirle que había estado muy preocupado por él, pero habría sonado impostado.

–¿Qué ha pasado? –preguntó.

Se lo expliqué.

–Vaya, Gran Hermano sabe moverse deprisa. –Levantó la mano para chocar esos cinco–. A pesar de su vejez.

–Tengo treinta y ocho.

–Por eso.

Intentó hace girar la cajetilla de Marlboro entre los dedos, un truco que a buen seguro había aprendido hacía poco.

–Cuando yo era un chaval, mi abuelo me pescó fumando y me obligó a terminarme todo el paquete –le aleccioné–. Hasta el último pitillo. Me mareé tanto que nunca volví a fumar.

–No me digas. ¿Alguna otra historia con moraleja que quieras contarme?

–No, pero ¿por qué no lo pruebas?

Se encogió de hombros.

–Vale.

Sacó otro cigarrillo y lo sostuvo en alto con gesto ceremonioso antes de encenderlo. Empezó a fumar a caladas rápidas, con fuerza suficiente para quemar varios milímetros de una sola. Cuando sólo le quedó la colilla, utilizó ésta para encender otro.

Después de fumarse un par de pitillos más, pregunté:

–¿Cómo te sientes?

–Estupendamente.

Los tres siguientes pareció disfrutarlos aún más.

–¿Y ahora? –dije.

–De fábula.

Hacia el noveno, ya dominaba la calada a la francesa. Cuando iba por el decimotercero empezó a hacer anillos de humo. Aplastó el demimoquinto en la pared, estiró los brazos y encendió otro.

Me subí a la tapia y me senté a su lado.

–¿Puedo gorrearte uno? –dije.

Caroline me miró a los ojos como si estuviera tomándole las medidas a un contrincante en un combate de boxeo. Su dedo índice fue de su pecho al mío.

–Aquí no hay química –dijo.

–Es sólo una cena –repliqué.

Cruzó la alfombra raída y se sentó a su escritorio, como si se sintiera mejor con un objeto grande entre ambos.

Miré las fotos que había en la estantería de libros. Un grupo de chavales de todas las etnias puestos en fila como una cuidada foto para un folleto de Disney. Un equipo de monitores alrededor de una fogata, los chavales tumbados en primer plano o sobre el regazo de los adultos. En un lado del escritorio había una foto de ella riendo con el brazo sobre los hombros de un chico negro de poco más de diez años. Ella era más joven y su cara no estaba estropeada por las cicatrices. Irradiaba belleza. Señalé la foto.

–¿Quién es?

Caroline dio un manotazo al marco y guardó la foto en un cajón.

–Me refería al chico –dije.

Se sonrojó. El cuello de su blusa se agitaba con el aire del ventilador de techo. Con callada dignidad volvió a abrir el cajón, sacó la fotografía y la colocó nuevamente sobre la mesa.

–Era J. C. Tuve muchos empleos antes de venir aquí.

Miré mi reloj.

–Esta mañana he llamado al administrador del piso de Kasey Broach. Si hay que hacer caso del contestador automático, el hombre sólo está disponible de seis a seis y media. Así que debería irme ya. Me encantaría que aceptaras mi invitación a cenar esta noche, pero tu parsimonia me resulta poco halagüeña, y yo me siento frágil.

Movió los labios, no fue del todo una sonrisa.

–No me invites a cenar por caridad –dijo mirándome fijo–. Sola estoy bien.

–Sí, eso parece: das la imagen del equilibrio perfecto. Igual que yo. Por eso creo que podríamos sernos útiles el uno al otro. –Fui hacia la puerta y me detuve–. ¿A las ocho?

Asintió ligeramente con la cabeza.

La monitora de las uñas comidas estaba en el pasillo, fingiendo que ordenaba la mesa del teléfono.

Levantó la vista al pasar yo y dijo:

–Si le haces daño, te patearé el culo.

–Si le hago daño –dije–, yo mismo te ayudaré.

29

La familia de Kasey Broach salió del portal del apartamento 1B, fue hasta un vehículo de mudanzas y regresó acarreando lámparas, cubos llenos y cajas de cartón. Fuerte parecido familiar en los padres y la hermana menor, a quien reconocí de verla en las noticias. Se movían en un silencio de autómatas a través de los potentes faros del vehículo. De vez en cuado uno de ellos se detenía en el breve trayecto del camión a la puerta y se apoyaba contra un poste, medio doblado por la cintura para recobrar el aliento.

Alimentos congelados iban derritiéndose en una bolsa de basura translúcida junto a la entrada. El padre de Kasey metió un montón de artículos de tocador mientras su hija enrollaba un cable de teléfono en torno a la base del aparato y lo encajaba en una fuente para ensaladas. La logística de la pérdida. Las espantosas minucias.

El tráfico de la 110 sonaba detrás de una gran valla de hormigón a media manzana de allí. Un grupo de chavales corría por la calle agitando pistolas de juguete que parecían lo bastante reales como para que a un poli derrengado se le ocurriera sacar su arma y disparar. Las risas parecían una burla del sombrío desfile de los Broach.

Después de todo, no iba a tener que recurrir a la buena voluntad del ajetreado administrador. Lo que sí necesitaba, quizás, era más valor del que en ese momento creía tener. Esta oportunidad, debido a los avatares del juicio, no la había tenido con los Bertrand, la oportunidad de hablar con la familia afligida y ofrecer lo poco que podía ofrecerse en tales circunstancias. Por un momento odié ser quien era, ya que eso enturbiaría mi presencia. Y odié también los motivos que en el fondo me movían a actuar, más turbios todavía.

La madre, una mujer regordeta, compacta y rubia, miró varias veces hacia mí. Me di cuenta de que les estaba metiendo miedo al observarlos desde mi coche, habida cuenta de que el asesino todavía andaba suelto.

Bajé y la abordé, manteniendo una respetuosa distancia:

–¿Señora Broach? Soy...

–Sí. –Se detuvo con una pila de vestidos, percha incluida, sobre un brazo–. Andrew Danner. Le he reconocido.

–Lamento importunar. Sé que parecerá raro que me presente aquí y... bueno...

La luz del porche se había roto hacía poco, a juzgar por los cristales retirados hacia un lado. Por eso se servían de los faros del camión como iluminación: el asesino había roto la lámpara de la entrada pensando en sacar después el cuerpo inconsciente de la hija.

–Bueno, ¿qué? –dijo el marido, detrás de mí–. ¿A qué ha venido?

A lo lejos, los chavales se gritaban unos a otros con voces de soprano prepubescente: «¡Ya te tengo!», «¡Te voy a matar!».

De pronto algo me dejó sin respiración. Boqueé tratando de recobrar la compostura.

La señora Broach dejó los vestidos en el suelo, avanzó y me dio un abrazo. Me frotó la espalda con movimientos circulares, mucho más eficiente de lo que yo había sido cuando Lloyd se vino abajo. Estaba ligeramente húmeda de transpiración y olía agradablemente a champú. Por un momento fue como ser abrazado por mi madre, por April, por Françoise Bertrand. Sus arrullos eran un modo de perdonarme.

Me aparté, pestañeando al resplandor de los faros, y dije:

–No sé por dónde empezar. Sólo puedo decir que siento mucho lo de Kasey. Y que lamento que hayan tenido que pasar por esto.

La hermana de Kasey –creo que se llamaba Jennifer– se quedó en el umbral, mascando chicle y meneando una pierna flacucha sobre un zapato puntiagudo. Las noticias habían hecho mucho hincapié en que ella era estudiante de primer año de secundaria, lo cual significaba que su hermana mayor le llevaba casi veinte años. Parecía que Jennifer quisiera llorar pero se hubiera quedado sin energías. De algún modo sacó fuerzas de flaqueza y, llevándose una mano a la boca, emitió un hipido a medio camino entre gemido y sollozo.

–Vamos dentro –dijo el señor Broach.

Entramos salvando obstáculos en forma de cajas a medio llenar y ropa esparcida.

El señor Broach miró alrededor y dijo bruscamente como para sí:

–¿Cómo sabe uno qué conservar y qué no?

Ellos se sentaron en un sofá que había sido apartado de la pared, y yo en un tiesto grande de cerámica puesto del revés. ¿Por dónde empezar?

–Yo era sospechoso del asesinato de su hija.

–Lo sabemos –dijo la señora Broach–. Bill nos lo explicó.

Bill Kaden. Ya.

–Dijo que todavía es sospechoso –añadió su marido–, pero yo no creo que fuera usted. Seguí el juicio. Esa cinta, la que grabó mostrando que dormía en su cama la noche que mataron a Kasey... Bill opina que eso todavía le implica más. Yo creo lo contrario. –Miró a su esposa–. Comprendemos que llegara al extremo de poner en duda sus propios actos.

Allí estábamos, como si fuéramos viejos amigos, desechando de plano la posibilidad de que yo hubiera matado a Kasey.

–Se lo agradezco –dije.

–Sólo estoy expresando una opinión. No pretendemos juzgar a nadie, por supuesto.

La señora Broach estaba sentada de lado, inclinada sobre su hija Jennifer, y con una mano le arreglaba el pelo detrás de la oreja.

–Kasey está en un lugar mejor. Josué, versículo veintitrés, dice que Dios siempre cumple sus promesas. Todas las promesas. De un modo u otro.

–Me consuela que pueda hallar un poco de paz en esas palabras. Yo no tendría tanta entereza.

–Es la experiencia –repuso el señor Broach. Sus ojos se humedecieron y tosió en el puño–. Al chico lo perdimos también, hace ya cinco años.

Debí de poner cara de estupefacción. La señora Broach recogió el testigo.

–No, no es eso. Tommy murió de leucemia.

A ciertas personas les llueve sobre mojado, no se han repuesto todavía de una desgracia y el destino ya les depara una nueva. Otras personas, en cambio, pasan por la vida pisando cabezas ajenas, sacudiendo el mundo por la cola.

Jennifer me estaba mirando.

–¿Lo hizo usted? –preguntó.

–No, no fui yo.

–¿Y el primer asesinato, esa chica francesa con la que salía?

–Lo ignoro. Yo creo que no. –Me aparté el pelo para mostrarles la cicatriz–. Pero no lo sabré seguro hasta que averigüe qué pasó en realidad.

–¿Es eso lo que intenta? –preguntó la señora Broach.

–Sí, estoy investigando... Creo que podría saber más cosas sobre la muerte de su hija. He encontrado unas cuantas pistas.

–¿Se lo ha dicho a la policía? –preguntó el señor Broach.

–Les voy poniendo al corriente a medida que avanzo, pero ellos investigan por su cuenta, y también tienen muchas pistas. Supongo que lo mejor es seguir así y procurar que nada se cuele entre las grietas.

–¿Podemos ayudar en algo?

–Bien –dije, mirándolos alternadamente–, ¿pueden contarme cosas de Kasey?

–Oh, claro que sí –dijo la señora Broach.

Empezó hablando ella, de los hábitos y estilo de vida de Kasey, pero enseguida fueron aportando todos pequeños recuerdos que les hicieron sonreír. Una caja de clínex pasaba de mano en mano. El hombre del 1 A había estado ausente la noche del asesinato, pero Trina Patrick, la del 1 C, sí se encontraba en casa. Estaba viendo un concurso de televisión con el volumen muy alto y bebiendo vino tinto, y no había oído nada. Pregunté por Morton Frankel y un Volvo marrón y recientes amigos masculinos de Kasey, pero no hubo respuestas alentadoras.

La señora Broach se inclinó hacia su marido, que la abrazó.

–Era una chica maravillosa. Iba a escuela dominical junto con un grupo de jóvenes. Tuvo algún problemilla en la adolescencia, pero ¿quién no los ha tenido? Su trabajo le exigía mucho, pero siempre encontraba tiempo para servicios sociales. Siempre estaba dispuesta a ayudar a los demás. Cuando le diagnosticaron la leucemia a su hermano, hicieron análisis a los miembros de la familia, ya sabe. Ninguno de nosotros tres tenía el tipo de sangre de Tommy, pero Kasey sí. Fue un ángel para su hermano. Iba una y otra vez, la pinchaban en la cadera, una aguja así de gruesa, y nunca se quejó, ni una sola vez. –Los dedos le temblaban, y cuando volvió a hablar, lo hizo con voz quebrada por la emoción–. Teníamos tres hijos. Aún conservamos uno. Podemos considerarnos afortunados.

Apretó la mejilla contra la de su hija y la estrechó con fuerza. Jennifer tenía una expresión que me recordó la foto de una balsa improvisada que había zozobrado rumbo a Florida: una chica cubana flotaba entre los pecios, agarrada a un neumático, única superviviente pero dudando de querer serlo.

–¿Podría echar un vistazo al cuarto de Kasey? –pedí.

El señor Broach, que atendía a su esposa, asintió e hizo un gesto con la mano.

Los muebles de Kasey habían sido desmontados y la mitad de sus cosas estaba metida en cajas, aunque no se apreciaba ningún criterio en el proceso de embalaje. Una foto de Kasey con su hermano, flaco y calvo, estaba pegada con cinta adhesiva al interior de la puerta del armario, para verla cada mañana al vestirse. El colchón descansaba contra la pared, lo mismo que el cabezal y el resto de la estructura. Cerré los ojos e imaginé a Morton Frankel acercándose a aquella cama en la oscuridad, provisto de un bote de Sevoflurane y una mascarilla; y luego el breve y terrible forcejeo de Kasey hasta que el gas hizo efecto. El Volvo podía haber estado aparcado justo enfrente, donde ahora estaba el camión de mudanzas. Fui a la ventana y separé las lamas de la persiana, reparando en la proximidad de las plazas de aparcamiento, un poco como en los moteles. Cinco peldaños a oscuras y Morton habría trasladado el cuerpo inconsciente a la parte posterior de su camioneta. Habría sido fácil hacerlo sin que nadie se diera cuenta.

En el alféizar, debajo de un llavero grande con amuletos, había un diminuto calendario. Lo hojeé. Estaba sin usar, y supuse que Kasey lo habría comprado por las fotos con *flou* de animales salvajes. Entre los amuletos sólo había tres llaves: coche, apartamento, buzón.

Un dedal plateado prendido del aro del llavero me llamó la atención.

Lo entresaqué. Era el recordatorio de que hasta un dedal de alcohol cuenta como desliz, pensado para alcohólicos en vías de recuperación.

El diminuto cuarto de baño ya estaba vacío. Encontré la caja de medicamentos; no había mucho más que Aleve, Tylenol y antiácidos.

No había Xanax.

Una alcohólica en vías de recuperación no querría complicarse la vida con ansiolíticos. Sin embargo, la autopsia había revelado Xanax en su organismo.

Regresé con los Broach, que estaban haciendo lo que podían por continuar con la tarea, pero sin duda la conversación anterior los había desanimado.

–¿Kasey era alcohólica en vías de recuperación? –pregunté.

La madre se ruborizó un poco.

–Bueno, como le he dicho antes, tuvo algunos problemas de adolescente, después de que naciera Jennifer. Procuramos ayudarla.

–¿Recayó alguna vez?

–No. Lo celebramos con un pastel cuando cumplió veinte años.

–¿Creen que alguna vez pudo tomar Xanax?

–No lo creo. Ni siquiera probaba mi tarta de chocolate con Kirsch.

En la cocina, al señor Broach se le cayó una cafetera al suelo, que se partió con estrépito. El hombre se la quedó mirando sin expresión.

Pasaron tres segundos hasta que su mujer dijo:

–Bueno, ¿y qué íbamos a hacer con esa cafetera?

–Creo que les he retrasado –dije–. ¿Les importa que eche una mano?

El señor Broach dijo:

–No nos importa en absoluto.

Estuve una hora ayudando a empaquetar y cargar, mientras el tráfico iba disminuyendo y en la calle los chavales continuaban persiguiéndose a gritos.

En un momento dado, al salir con una lámpara de pie halógena y una reproducción de Matisse, me encontré a la señora Broach sentada en el suelo, pasando un dedo por la cinta blanca de un pasador para el pelo que había caído de una bolsa.

Su marido la ayudó a ponerse de pie.

–Creo que es suficiente por esta noche –dijo.

Terminamos de amontonar las cosas en el pequeño camión y el hombre se giró para darme la mano.

–Quizá se equivocan con usted. Me refiero a lo de Genevieve Bertrand.

–Eso espero –respondí.

La señora Broach me sonrió con tristeza.

–Cuídese, Andrew.

Jennifer me saludó con el brazo desde la ventanilla cuando arrancaron, y yo me quedé mirando las luces traseras hasta que sólo fueron dos distantes ojillos rojos en la oscuridad. Los chavales pasaron con sus cortes de pelo militares y sus gritos, chillando por imaginarios atracos e imaginarias heridas. Sus armas de juguete emitían ráfagas y pitidos electrónicos, y los cañones se iluminaban de rojo.

Había llegado casi a mi coche cuando advertí que la pistola de uno de los chavales era silenciosa y el cañón no se iluminaba, sino que tenía una boca negra. Le seguí unos pasos.

–Eh –le llamé–. ¡Eh!

Se dio la vuelta con una sonrisa aviesa y dijo:

–Bang, bang, estás muerto, amigo.

La pistola con la que me apuntaba era de verdad.

30

Levanté las manos.

–Está bien, las tengo bien arriba. No dispares.

Sonrió dejando al descubierto un buen hueco entre sus dientes delanteros. Vi cómo cerraba el dedo sobre el gatillo y exclamé:

–¡Espera! Te daré mi cartera.

Avancé unos pasos y saqué del bolsillo mi cartera de piel, patéticamente liviana. Eso le distrajo, como yo esperaba, cosa que aproveché para apartar el cañón y arrebatarle el arma de un tirón. Se me quedó mirando mientras se frotaba la muñeca, pasmado.

–Sólo estaba jugando –dijo.

–Esta pistola es de verdad.

Del calibre 22, para ser exactos. Accioné el cerrojo: afortunadamente no había balas en la recámara; de lo contrario podría haber alguien tirado en la calle, sangrando. Extraje el cargador y lo comprobé: estaba lleno. Volví a encajarlo y accioné el seguro.

–¿De dónde la has sacado?

–No es robada. Estaba en un cubo de la basura. –Señaló las casas cuyo patio daba al aparcamiento. Había una hilera de cubos junto a la desvencijada cerca de madera, esperando al camión–. Me la encontré. Estaba en mi propiedad. Es mía.

Giré el arma para mirar el número de serie en el bastidor, encima del gatillo, y no me sorprendió ver sólo una tira de metal raspado.

–¿Cuándo?

Los otros chavales nos rodeaban a distancia, asustados. Uno que llevaba una gorra de los Angels corrió hacia la hilera de casas.

–No sé. Hace un par de días.

–¿La noche que estuvo aquí la poli?

–El día después. Pero no estaban buscando esto. Secuestraron a una chica que vivía ahí mismo. Por eso ahora jugamos todos juntos.

–¿Le contaste esto a la policía?

Negó con la cabeza, asustado. El chico de la gorra de los Angels ya volvía, de la mano de un hombre corpulento con camisa de franela. A través de una ventana, me pareció distinguir trofeos y banderines de béisbol.

–¿Viste algo la noche en que secuestraron a la chica? ¿A eso de las diez o las once?

–Un coche estuvo allí parado un rato. –Señaló un espacio a la izquierda de la casa de los Broach; el coche de ella debió de ocupar la plaza delantera–. Después se marchó. Y ya está. Yo estaba mirando la tele, o sea que no vi a nadie.

–¿Qué tipo de coche era?

–Tenía el culo grande y con ventanas.

La mejor descripción de una camioneta Volvo que había oído nunca. Abrí la puerta del Highlander y me puse a buscar entre las fotocopias.

–¿De qué color? –pregunté.

–Marrón, o quizá negro. No había luz suficiente.

Le pasé la foto de un Volvo 760.

–¿Como éste?

–Sí –respondió, tocando el papel con una uña mugrienta–. Igual que ése. Bueno, ¿me devuelve la pistola?

–¿Puedo ayudarle en algo? –dijo el hombre de la camisa de franela, acercándose rápidamente.

–El chaval estaba jugando con una pistola.

–Mis chicos pueden jugar con lo que les dé la gana.

–Es de verdad.

–¿De dónde quiere que saque una pistola de verdad, con sólo diez años?

–No es de verdad, papi. Te lo juro.

El hombre no se detuvo. Yo no quería pegarme con un padre delante de su hijo, de modo que metí una bala en la recámara, apunté hacia el cielo y disparé. El estallido hizo que todos los chavales se tiraran al suelo, mientras el hombre caía de rodillas y se protegía la cabeza con los brazos.

–Es de verdad –repetí.

Observar la reacción asustada de todos ellos no me hizo sentir satisfecho.

Los chavales no se levantaron del suelo hasta que hube arrancado.

–¿Recuerdas que para *La ley de Chainer* me enseñaste cómo restaurar un número de serie borrado?

Me levanté la camisa, mostrando la pistola que llevaba remetida en la cinturilla.

Lloyd me miró desde el otro lado del pulcro papel de estraza con que había cubierto su banco de laboratorio.

–¿Ahora quieres volarte la pilila? –dijo–. Esto no es una peli, Drew.

Dejé el arma al lado del sobre de cerillas con la calavera y las tibias. Lloyd tosió nervioso y miró en derredor.

Se había demorado procesando unos restos de pintura y estaba ansioso por volver a casa. Dada mi agitación con respecto a la pistola, había cedido a mi insistencia de que nos viéramos en el laboratorio. Trabajaba hasta muy tarde y suponía que sus superiores ya se habrían marchado. Al entrar yo, algunas personas me habían mirado, pero en los pasillos no había prácticamente nadie.

–Esto no tiene sentido –dijo poniéndose unos guantes de látex–. ¿Para qué llevar un arma encima si pensaba dejarla fuera de combate con el gas?

–No era para Kasey. A ella la quería viva e inconsciente. Era por si se tropezaba con algún vecino o sucedía un imprevisto cuando volvía a su coche.

Examinó la pistola en busca de huellas dactilares, pero cinco días en manos de aquel chaval habrían borrado cualquier posible huella. Además, sin contar las mías, Lloyd sólo obtuvo marcas tamaño infantil, que a continuación comparamos con las que el chaval había dejado en el prospecto de Volvo que yo le había enseñado. El cargador y las balas (que Lloyd examinó una por una) habían sido limpiados a fondo.

Usando una herramienta giratoria equipada con una rueda pulidora, limpió la tira donde había estado el número de serie.

–¿Y no conocería los movimientos de los vecinos? Todo apunta a que este tipo realizó los preparativos meticulosamente.

–Sí, pero creo que empezaba a desesperar –dije–. Quizá necesitaba una dosis. Está claro que en este caso no atinó; debería haber elegido a alguien que viviera en un sitio apartado, como Genevieve. Pero, por alguna razón, quería cargarse a Kasey Broach. Y eso entrañaba el riesgo de los vecinos. De ahí que llevara un arma, por si acaso. Una vez tuvo a Kasey en el Volvo, ya no necesitaba la pistola. Los cubos de basura estaban colocados en la acera, de camino hacia la autovía. Pudo aminorar la marcha y arrojar la pistola a uno cualquiera.

Lloyd llevó la 22 a una campana de humos al lado de una papelera metálica llena de pistolas, cargadores y cerrojos de todas las marcas y modelos, muestras para comparar. Muchas de ellas tenían borrado también el número de serie. Se puso gafas protectoras y guantes y pulsó un botón del saliente de la campana, y el ventilador aspiró el aire del cubo de espacio de trabajo donde había dejado el arma. Los ácidos y reactivos pasaron de transparente a verde claro; Lloyd los aplicó al metal borrado valiéndose de unas torundas de algodón, frotando siempre en la misma dirección. Los ácidos comieron el acero, despidiendo un olor nauseabundo. El metal que había sido deformado durante el proceso de estampación debía erosionarse más rápidamente, y eso nos daría una imagen fantasma de las cifras.

Concentrado en su tarea, Lloyd dijo:

–¿Acaba de meter a una mujer inconsciente en su camioneta y le preocupa que lo pillen con un arma encima?

–No es sólo eso. Creo que a Frankel no le gustan las armas.

Lloyd levantó la cabeza. Con las gafas protectoras tenía aspecto de auténtico alienígena.

–No me parece que ese tipo sea muy asustadizo –dijo.

–Quizá te sorprenderías de lo complejo que es este individuo. Kasey Broach llevaba veinte años sobria. ¿El Xanax? No creo que lo tomara, creo que se lo dio él.

–¿El asesino le dio Xanax? ¿Por qué? Si estaba grogui...

–Quizá no todo el tiempo. El Sevoflurane es difícil de regular, y Frankel no es anestesista. Puede que ella volviera en sí varias veces, sobre todo si él necesitaba mantenerla inconsciente durante un largo período.

–Si es un sádico, ¿qué más le daba?

–Tal vez no lo sea.

Lloyd soltó una risotada.

–Venga ya. No encaja con un tipo que utilizó cuerda de sadomasoquismo para atarle los tobillos. ¿Crees que tal vez quería aliviar la ansiedad de su víctima? ¿Qué clase de asesino se preocuparía por eso?

Sí, lo que yo sabía de Mort no encajaba con mi teoría. Por tanto, algo tenía que cambiar, ya fuera mi sospechoso, mi teoría, mi personaje o mi trama. Entonces caí en la cuenta.

–Frankel vive en un piso pequeño –dije–. Si la llevó allí, tal vez le dio Xanax previendo que se moviera o armara ruido antes de que pudiera administrarle el Sevoflurane.

–Tal vez –dijo Lloyd. Movió el flexo para iluminar oblicuamente la pistola y enjuagó el ácido con un poco de agua–. Aquí sale algo.

Me incliné para mirar y vi cómo iban apareciendo los caracteres, más claros que el acero, pero Lloyd me apartó de los gases.

–Un momento –dijo–. Esto no son números. Son letras.

–No puede ser.

Aplicó más ácido para que los bordes acabaran de definirse.

–Pudo haber raspado totalmente el número de serie, luego estampado letras y vuelto a rascarlo. Para asegurarse de que el número no pudiera recuperarse.

Cosa fácil, teniendo en cuenta su oficio.

Lloyd se quitó las gafas y las dejó en el banco de trabajo.

–Vaya, parece que nuestro hombre tiene sentido del humor.

Me acerqué para mirar el bastidor de la 22. En el metal vaciado había un sencillo mensaje.

«Buen trabajo.»

31

Con la tranquilidad de llevar la 22 pegada a la espalda, bajé por Mulholland dejando un mensaje para Bill Kaden, el inspector Tres.

–Morton Frankel ha ido a recoger hoy su coche al taller –dije–. Le repararon una abolladura en el hueco de la rueda delantera derecha. Descubrió que le seguía y casi nos liamos a puñetazos, pero conseguí darle esquinazo. Luego averigüé que Kasey Broach no tomaba Xanax y encontré a un chico que dijo haber visto un Volvo marrón aparcado delante del apartamento de Broach la noche del asesinato. Vive en la casa situada más al oeste de las que dan al aparcamiento por la parte de atrás. Saluda a su padre de mi parte. Ah, también tengo el arma que ese mismo chaval encontró en el cubo de la basura al día siguiente del asesinato. La he hecho procesar a conciencia por un profesional. No hay huellas dactilares de adulto ni nada de nada, salvo una especie de saludo oculto en el sitio del número de serie: «Buen trabajo». Bueno, espero que todo esto sea suficiente para que Mort suba unos peldaños en vuestra larga lista de prioridades. Interrogadlo, arrancadle un pelo de su deteriorado cráneo y comparadlo con la muestra no identificada encontrada en el cuerpo de Kasey. Haced lo que sea, pero impedid que venga por aquí. Si es el hombre que buscamos, me huelo que recuerda cómo llegar a casa de la vez que vino a agujerearme el pie. Si se presenta, le pego un tiro. Y como tengo una pistola con el número de serie borrado, nadie podrá relacionarme con ello.

El pitido del auricular me cortó.

Bueno. Ahora ya se sabía. Si Delveckio estaba involucrado de alguna manera en el caso –de acuerdo, era muy improbable–, que yo mantuviera informado a su socio podía caldear el ambiente. Mi instinto me decía que Kaden no tenía nada que ver con estratagemas para incriminarme. Y mi instinto solía acertar al menos un treinta por ciento de las veces.

Un coyote bajó trotando por la cuesta, como salido de una novela negra. Rodeó una casa vecina y su pelaje grisáceo se fundió con la niebla.

No me extrañó recibir la llamada de Kaden un minuto y medio después.

–¿Qué? –dijo.

Entré en mi camino particular, aparqué y le resumí los avatares del día. Al terminar mi relato hubo una pausa.

–¿Cómo has conseguido que procesaran la pistola?

–Tengo mis contactos.

–Ya, mira, hasta ahora ha sido muy divertido y tal, pero hasta aquí podíamos llegar. Si sigues mezclándote en esta investigación...

–Me arrestarás por obstrucción a la justicia.

Una pausa.

–Exacto. Ed y yo iremos a verte mañana, nos llevaremos la pistola y tú te apartarás de este asunto o...

–Me meteréis en chirona.

–Danner, no es un farol.

–¿Por qué no venís esta noche por la pistola?

Kaden tapó el auricular para hacer una consulta en voz baja y luego dijo:

–Estamos enfrente del piso de Morton Frankel.

Sentí una súbita agitación: había conseguido poner a las autoridades adecuadas (o como mínimo autoridades) en lo que esperaba fuese la buena pista. Si Delveckio y Frankel ya se conocían, ¿se daría cuenta Kaden? ¿Y qué haría entonces?

–¿Está en casa? –pregunté.

–Sí. Nos lo llevaremos para interrogarlo.

–Hacedle cantar.

–Descuida. Pero antes vamos a vigilar su piso unas horas.

–¿Para qué esperar?

–Así veremos si trama algo. Además, siempre se ablandan cuando los despiertas.

Recordé la irrupción del comando especial en mi casa a las cuatro de la madrugada y cómo me habían sacado de la cama sin contemplaciones.

–Dudo que Mort se ablande demasiado...

–Sea como sea, sabrá que lo tenemos en la mira.

–Bien, entonces dormiré tranquilo.

–Procura no asesinar a nadie en el ínterin.

Ahora que sabía que Frankel iba a estar vigilado unas horas, llamé a Caroline, me disculpé por la demora y la invité a venir a casa. Accedió con cierta indecisión, cosa que consideré un avance. Me habría gustado cocinar algo, pero mi visita al laboratorio me había robado mucho tiempo, de modo que bajé en coche hasta el Simon's Café. El propietario, muy pulcro, canoso y con un bigote negro, es todo lo que uno desearía en un chef. Marroquí procedente de Haifa, domina siete idiomas y hace un *borek* de tres quesos fundidos que, con su aderezo de limones en vinagre, te pone directamente en trance. La última vez que comí en Simon's fue con Genevieve, una cena de la que salimos aturdidos, ebrios de comida.

En Los Ángeles es costumbre que la gente se observe en los restaurantes. Mi entrada provocó que unas cuantas cabezas giraran hacia mí. Me acerqué a la barra, consciente de los susurros, y pagué mi pedido.

Verme de nuevo allí borró de un plumazo los diez meses transcurridos desde mi última visita. La separación de Genevieve, sin ser muy desagradable, había estado salpicada de tácitos resentimientos, y después de aquello apenas habíamos cruzado palabra. Se me ocurrió que probablemente ella había cambiado en mi ausencia, esa transformación acelerada que suele experimentar la gente tras una ruptura. La Genevieve que yo conocí podía no haber sido la que murió. Una vez, en un programa de televisión, oí decir a un psiquiatra que la gente, al hacerse mayor, se vuelve emocionalmente más sana o más enferma. Nadie es el mismo. Ateniéndonos a las reglas de este juego de salón psicológico, ¿qué ruta había seguido Genevieve?

Mientras salía con mis bolsas de comida para llevar, una mujer vino a mi encuentro. Su rostro, poblado de arrugas, parecía más ansioso que colérico.

–Usted no debería andar suelto.

Sonreí educadamente.

–¿Cómo podría encontrar al asesino de Nicole Simpson si me encerraran?

Volví a casa, dejé las bolsas en la encimera de la cocina y fui encendiendo lámparas mientras llamaba a *Xena*.

Varios cojines yacían destripados por la moqueta y dentro de la chimenea.

¿Habían registrado mi casa? ¿Otra vez? ¿Para qué?

Un tramo de papel higiénico iba desde el lavabo hasta la sala de estar, ahora a oscuras. Saqué la pistola y encendí la luz. El propio sofá había sido objeto de vandalismo: el ante estaba hecho trizas. Seguí la senda de papel higiénico rodeando el sofá y me encontré a *Xena*, roncando tan tranquila y el extremo del papel de doble capa humedecido con la baba que le caía de la boca.

Bajé el arma y examiné los daños.

–Me alegro de que los dientes te sirvan para algo –dije.

Xena despertó al oír mi voz, se levantó y me dio un lametazo en la mano. Mientras yo maldecía e iba recogiendo trozos de tela arrancada, la perra me siguió con aire contrito.

Después de servir la cena en platos, llamé a Hope House y pregunté por Junior.

–Tendré que devolver a *Xena* –le dije.

–Los perros no se devuelven.

–Me ha destrozado media casa.

–Colega, eso es que está enfadada porque la dejas todo el día sola. Tienes que pensar en tus res-pon-sa-bi-li-da-des.

Me quedé de piedra.

–¿Mis responsabilidades?

–Claro, tío. Deja que hable yo con ella. Verás cómo se arregla todo.

–Mañana a primera hora la dejo ahí.

–¿Dónde? ¿Aquí? Yo no puedo quedármela.

–Pues la llevaremos a casa de tu primo.

–Ése no era mi primo.

–Pues claro que no. Iré por la mañana. Con la perra. La dejamos en alguna parte, donde sea, o me la llevo a la perrera. –Colgué y miré a *Xena*. Los churretes de saliva que le colgaban le daban un aspecto compungido–. Tranquila, es un farol. Yo nunca te llevaría a la perrera.

Mientras procedía a encender las velas de la mesa, sonó el teléfono.

–Oye, colega. –Era Junior–. Como querías saber cosas de la señorita Caroline, te voy a contar algo.

–¿Algo sobre qué?

–Su cara. Se lo oí contar al agente de la condicional. Yo estaba en el pasillo, pero el tipo dejó la puerta abierta. La señorita Caroline trabajaba en una prisión, haciendo valoraciones y tal. Parece que estaba en la sala de los violadores cuando se armó un follón en otra ala. Los guardias fueron a echar una mano y cerraron automáticamente las puertas, pero se olvidaron de que ella estaba allí dentro con un montón de violadores. Y eso duró días, colega. Le pasaron un tren por encima, le pincharon la cara a base de bien. ¿Sabes qué es eso del tren?

Mi garganta se había secado, y al principio no me salió la voz.

–Sí, lo sé.

–La encontraron medio muerta, pero sobrevivió. Para que veas lo dura que es, la señorita Caroline. –Su tono cambió, volvía a ser el alegre adolescente–. Bueno, ¿te quedarás a *Xena*?

–Adiós, Junior.

Estaba junto a la mesa, con la cerilla quemándome los dedos. La sacudí para apagarla y me senté viendo cómo se disipaba el humo. Entonces sonó el timbre de la puerta.

Esperé un instante, me bajé las mangas de la camisa y fui a abrir.

Caroline estaba en el borde del porche contemplando el exterior de la casa. Llevaba unos vaqueros y una camisa negra con puños, una *pashmina* sobre los hombros del mismo color que sus ojos, como si el diseñador se hubiera inspirado en ellos.

Me miró y su sonrisa se desvaneció.

–Has averiguado lo que me pasó, ¿verdad? –dijo–. Noto compasión en tu mirada, o algo peor.

Dio media vuelta y echó a andar.

La alcancé en la acera cuando ya se disponía a cerrar la puerta de su coche.

–Hagamos un trato –dije.

Se quedó quieta, pero sin soltar el tirador y sin mirarme.

–Dejemos a un lado por una noche la incomodidad y el nerviosismo que hay entre los dos. Vamos a cenar, charlamos y vemos qué tal se nos da.

–Para ti es fácil.

–No me seas arrogante.

–Se te da bien hablar.

Cerró la puerta del coche. Golpeé la ventanilla con los nudillos.

–Si te marchas, te sentirás mal –dije–, aunque sea un sentirse mal al que ya estás acostumbrada.

–Me gusta esa manera de sentirme mal.

–Ya. O sea que no hay nada que hacer...

Pareció que se dejaba dominar por la ira.

–¿Quieres jugar al príncipe encantador y rescatarme de mis trágicas circunstancias? Pues te diría «ponte a la cola», pero resulta que a los que estaban delante los he asustado. Y a ti te asustaré también, así que olvidémoslo. Nos ahorraremos tiempo.

–Eh –dije con tanta brusquedad que ella me miró–. Sé lo que es que la gente te tenga miedo, «sabes». Muy bien, márchate, pero no te engañes pensando que eres la única persona que atrae miradas desagradables en público.

Arrancó bruscamente, y tuve que retirar los pies para que no me arrollara.

Volví a casa. *Xena* ladeó la cabeza mirándome con gesto inquisitivo.

–A veces los adultos se pelean –le expliqué.

Apagué las velas y volví a tapar el vino. Estaba ya recogiendo los platos cuando sonó el timbre. Caroline tenía las manos enlazadas y toda su cara, salvo las cicatrices, estaba colorada.

–¿Te importa si entro?

–Será un placer.

Pasó sin molestarse en echar una ojeada al interior y se sentó a la mesa. Yo lo hice en la silla de enfrente.

–Los hechos son siempre menos duros –dijo–. Más fáciles de aguantar.

–Si es que los encuentras.

–¿Qué has descubierto sobre mí?

Se lo conté.

–Era un correccional –dijo–, no una prisión. Había una sala de entrevistas, y la puerta no se cerraba con llave. Eran tres hombres que marcaban el territorio, a los otros los mantenían al margen. Y no fueron varios días, sino dos horas y cuarenta y dos minutos. –Siguió mirándome fijamente, atenta a mi reacción. Hice lo que pude para no delatarme, pero creo que fracasé. Ella se inclinó al frente y pude notar su aliento ligeramente en mis mejillas–. Bueno –dijo–, al menos no me contagié de la sífilis.

La estudié detenidamente, pensando que le habría gustado verme correr por la sala haciendo aspavientos.

–¿Una copa? –dije en cambio.

–No voy a hablar de ello contigo. Nada de detalles. Nada de pinceladas. No creas que nos pondremos a punto y me dará la catarsis. Prohibido, ¿vale?

–Vale.

–Tomaré esa copa.

Descorché de nuevo la botella, serví dos copas y le tendí una a ella.

–Por si eres más presuntuosa de lo que pareces, te diré que es un Sauvignon con toque de piedra y tierra y un final afrutado.

Metí la nariz en la copa e inspiré.

–Esto es una maravilla. –Miró en derredor, como si acabara de llegar–. Una vista espectacular.

–No se te permiten gentilezas. No te reconocería.

Me enseñó los dientes. Fui a buscar los platos a la cocina. Ambos tuvimos ciertas dificultades con los utensilios de diseño, y la comida se nos caía al plato antes de llegar a la boca. Al final, Caroline levantó un tenedor del MOMA con un solo diente en zigzag.

–No soy experta con estas cosas.

–Pero ¿a que es bello?

–Es un tenedor y ya está. Sólo existe para llevarse la comida a la boca.

–En nuestro caso, está claro que no. –Examiné mi tenedor–. Realmente son una mierda, ¿no?

Por fin sonrió, y con ganas.

–¿Tienes algo más cómodo? ¿Tipo desplantador?

–¿Palillos chinos? Miraré por ahí.

Cogí los tenedores y los tiré al compactador de basura. Encontré unos cubiertos de plástico que todavía estaban en su bolsita desde mi última comida rápida y reanudamos la cena.

–Esto está muy bueno –dijo–. ¿Qué es?

–Ensalada israelí. Vigila: acaba de lanzar una ofensiva contra el *schnitzel* vienés.

–Contraatacaré con el cuscús.

–Por ese camino acabarás con un Big Mac.

–¿No vas a probar el vino?

Me vino algo a la memoria: el Mustang aparcado de lado entre los geranios enfrente de mi casa, la radio a tope, y yo de pie encima del capó humeante imitando a voz en grito a Jim Morrison en *The End* con una rubia que llevaba pasadores de pelo en forma de mariposa.

–Me llamo Andrew Danner y soy alcohólico –dije.

–¿No se supone que debéis tener las botellas guardadas?

–Necesito echarle el ojo de vez en cuando para que no me pille por sorpresa.

–Como la ensalada israelí.

–Eso mismo.

–¿Cómo llevas la sobriedad?

–No me deja beber, es un asco.

–¿Qué clase de alcohólico eras?

–Uno de esos que nunca saben cuándo termina la fiesta, o que ha terminado ya. Mientras hubiera alcohol y los demás estuvieran bebiendo, yo seguía. Piloto automático. Estudiante juerguista peleado con la comida basura. Pero no era de los que ahogan sus penas en vino. Me encantaba el alcohol, nada más. –Pesqué un poco de cuscús con mi tenedor de plástico, que estaba demostrando ser muy eficaz–. Si te crees eso, te aseguro que a mi antiguo psiquiatra no le impresionarías.

–El último en dejar la fiesta –dijo–. ¿No te gustaba estar a solas contigo mismo?

–Y encima escritor. Para más ironía. –Moví mi copa y observé cómo el poso manchaba el cristal–. Imagino que, si la vida fuera más sencilla, no sería tan divertida.

–Claro que lo sería. ¿Tuviste una infancia feliz?

–¿Estamos en plena sesión, doctora?

–Sí, pero me ha invitado a cenar, así que sólo le cobraré la mitad.

–Fui un niño de sustitución. Mis padres perdieron una hija un año antes de nacer yo.

–Se supone que eso es complicado.

–Mis viejos debieron de saltarse ese capítulo.

–¿Y eso?

–Me mimaban demasiado. No toqué el suelo con los pies hasta los cinco años.

–Ibas pasando de unos brazos a otros.

–Exacto. ¿Y tú?

–Mi madre murió hace poco. –Bebió un sorbo–. Estábamos muy unidas. Mi padre es estupendo; vive en Vermont. Se volverá a casar en otoño.

–Dos infancias estables. Qué bien. Y henos aquí, cuarentones y solteros.

Aquel comentario hecho a la ligera la dejó cortada. (Aparte de demostrar que yo era un bocazas y un desconsiderado.) Me levanté para recoger los platos, rogándole que se quedara sentada. Vio cómo tiraba el contenido de mi copa por el fregadero.

–¿Para qué compras vino caro si luego lo tiras?

–He dicho que era alcohólico, no que tuviera mal gusto.

Enjuagué los platos mientras Caroline seguía tomando vino y contemplaba la vista. Nos pusimos a hablar de trivialidades, cosa que, sorprendentemente, resultó muy agradable. Ella vivía en la zona de West Hollywood, en Crescent Heights. Odiaba los gatos e ir de compras. Cinturón marrón en judo, conseguido en sólo tres años. Yo ya había olvidado cuán reconfortante era tener compañía.

El resto de los cubiertos de diseño fue a parar también al compactador. Eso le hizo gracia.

–¿Me pasas ese salvamanteles cursi? –pedí.

–¿Es que tengo que hacerlo todo yo?

Sonriendo, dejó su copa en la mesa y me alcanzó el salvamanteles.

–¿Por qué no vas a sentarte al sofá vandalizado? Enseguida estoy contigo.

–¿La perra de Junior...? –Esperó a que yo asintiera–. ¿Dónde está?

–La he llevado arriba, a una cámara de descompresión.

Caroline fue hacia la otra habitación y yo le dije:

–Espera.

Se volvió. Había dejado la *pashmina* sobre el respaldo de la silla y su camisa negra se había abierto otro botón, dejando ver una piel tersa. Clavículas delicadas, cuello esbelto y atractivo. La iluminación tenue reducía sus cicatrices a marcas, pronunciadas desde luego, pero también ellas tenían algo de hermoso. Acentuaban la composición de sus rasgos como pintura de guerra, dándoles mayor definición, fuerza añadida, gracia añadida.

–Esta noche estás espectacular.

Trató de reprimir la sonrisa, un gesto de timidez que no creía posible en ella.

–Te lo dice un alcohólico con tumor cerebral y aquejado de locura temporal. Pero a mis ojos no les pasa nada.

Al darse la vuelta, noté que su perfil sonreía. Cuando hube terminado, fui al salón y la encontré examinando la librería con ejemplares de mis novelas.

Se volvió al notar que me acercaba.

–¿Dónde está *Cuerda de presos*?

–Nivelando la mesa de la cocina.

–¿Estás trabajando en algo nuevo?

–Constantemente. Ya no sé dónde termina mi vida y dónde empieza mi trabajo.

–¿Estás viviendo una investigación?

–Una historia, más bien. Todos lo hacemos, pero esta etapa de mi vida parece tener una estructura clara y agradable.

–Quizá por eso te pasó.

–No creo en la planificación inteligente.

–Mentira.

Hizo un gesto hacia los lomos de los libros.

Tardé un poco en comprender lo que había querido decir.

–Creo en la narrativa, pero no en que haya una razón para todo y que los problemas se resuelvan solos.

«Díselo a Lloyd y a la foto de su boda colgada en el oscuro pasillo. Díselo a los Broach, inventariando los artículos de tocador de Kasey, sus pasadores blancos. Dímelo a mí, despertando en aquel maldito hospital con la sangre de Genevieve pegada a las uñas.»

Caroline estaba estudiando mi cara, de modo que continué:

–No niego la planificación, no, pero creo que cada cual ha de hacer la suya y que es un trabajo duro y sin valla de seguridad.

–Ya. ¿Y cuando te desvías del rumbo?

–Acabas con un montón de años desperdiciados o con una mierda de primer borrador. Ninguna de las dos cosas es especialmente trascendental.

–El sentido de la vida no está en su aleatoriedad, Drew, sino en cómo respondemos a ello. Pongamos que a tu mujer la atropella un autobús. Puedes pasarte el resto de tu vida lamentándote de este mundo injusto, o puede darte por montar un orfanato.

–O un hogar para los que quedan tetrapléjicos por culpa de la incompetencia de ciertos conductores.

–Si decides montar tu hogar para minusválidos y conductores con sentimiento de culpabilidad, entonces has dado sentido a un accidente que carecía de él. Le has dado su lugar en una historia. Sin hogar, no hay historia. Sin historia, no hay sentido.

–Sin sentido, no crecemos –dije.

–La gente no cambia mucho, al menos de adultos, pero todo esto quizá te dio un empujón. –Se pasó la lengua por los labios–. Yo me vi obligada a cambiar.

–¿Para bien?

–No lo sé. Soy más lista, creo, pero quizá también estoy peor.

–Según tú, todo depende de lo que uno haga a partir de ahí.

–Exactamente. Pero ¿soy capaz?

–Esta mente inquieta quiere saberlo –la pinché.

–Pues, la verdad, no sé si soy capaz. –Estaba temblando, cruzada de brazos, y sus dedos jugueteaban nerviosamente con un hilo que se había soltado de su camisa. Pensé que quizá tenía frío, pero entonces dijo–: Te echaste atrás la primera vez que me viste, en el patio de Hope House. Te causé repugnancia. Es la única reacción pura que podías tener conmigo. Mi cara no puede suscitar ninguna otra reacción verdadera.

–No sentí repugnancia, sino sorpresa.

–Oh. Qué romántico.

La tomé suavemente por los hombros y ella se dejó. La atraje hacia mí. La cicatriz inferior partía sus labios en el borde, la carne era blanda y cálida. Me retiré y por un momento ella mantuvo los ojos cerrados, la cabeza ladeada, la boca entreabierta.

Abrió los ojos, verde pálido con motas de óxido.

–¿Sorprendida? –pregunté.
–Sorprendida.
–¿Repugnancia?
Negó con la cabeza, pero arrugó la frente.
–No puedo quedarme. Me gustaría, pero no puedo.
–Te acompaño al coche, ¿de acuerdo?
Mientras íbamos hacia allá, Caroline me cogió la mano con mucha timidez. Fue una tentativa, no duró ni tres pasos. El aire era húmedo y fragante, los jazmines con sus flores abiertas. Al llegar a su coche nos sentimos incómodos: hacia qué lado inclinar la cabeza para abrazarse, yo sin decidirme a besarla otra vez. Lo intenté, pero ella subió y cerró la puerta. Me aparté. Su rostro había adquirido un ceño de preocupación. Con la mano en la palanca del cambio, dijo:
–Hacía mucho que no pasaba una velada tan agradable.
Como si eso fuera algo tremendamente preocupante.
–Yo también.
–Ya nos veremos, Drew –dijo sonriendo. Y arrancó.
Como si hubiera estado esperando ese momento, el chico de los vecinos comenzó su serenata trompetera.
Entré silbando en casa, subí arriba e indulté a *Xena* de su encierro en el cuarto de baño. Allí no había cosas tapizadas que morder, pero se había empleado a fondo con la esterilla de la bañera, además de volcar el cuenco que le había dejado con agua.
Me siguió al despacho. Saqué la libreta que llevaba en el bolsillo de atrás y la dejé a la izquierda del teclado del ordenador. Y al lado la 22. Herramientas del oficio.
¡Cómo habían cambiado los tiempos!
Me dejé caer en la silla y encajé un Bic en mi oreja izquierda. Treinta y cinco kilos de dóberman-rottweiler ovillados a mis pies. La casa estaba en silencio, las ventanas eran rectángulos negros con alfilerazos de luz procedentes del Valle. Un avión pequeño ascendió guiñando su luz desde el aeropuerto Van Nuys y se perdió en la noche. Mis dedos buscaron la línea abultada de mi cicatriz quirúrgica y luego las letras del teclado.

En ese momento Kaden y Delveckio podían tener a Morton Frankel bajo el reflector del interrogatorio. Quizás empezaban a salir respuestas: qué le había hecho a Genevieve y a Kasey Broach.

A todos nosotros.

O quizá no estaba siendo tan fácil. Quizás el interrogatorio derivaba en más preguntas, más vaguedades, más callejones sin salida, más complicaciones. Quizá Morton Frankel era un buen tipo que casualmente tenía un Volvo abollado y le sentaba muy mal que la policía lo restregara como una fregona.

Miré la página en blanco. Allí estaba, esperando, igual que yo, que alguien pusiera un poco de orden en el caos.

32

La voz me llegó demasiado alta a través de los cascos de mi móvil.

–Estamos en tu casa. ¿Dónde demonios te has metido?

–¿Kaden?

–¿Y qué le pasa a tu teléfono fijo?

–Estoy esperando el excelente servicio de Pac Bell.

Xena soltó un eructo en el asiento de atrás. Junior rio, pese a que, desde que había ido a buscarle para llevar a la perra al nuevo hogar que él decía haber conseguido, se había empeñado en estar de morros. Pero era demasiado locuaz para eso.

–¿Dónde está el arma? –preguntó Kaden.

–Arriba, en mi mesa.

–¿Dónde estás tú?

–Camino de devolver un perro.

–No te pases de listo.

–Suponía que no os gustaría que dejara un sobre en el porche con el veintidós dentro.

–Vuelve y entréganos personalmente la maldita pistola. ¿Por qué no nos has esperado?

–Son más de la doce. Dijisteis que pasaríais por la mañana.

Al despertar de madrugada me había costado sacudirme la sensación de pánico. Hacía una semana exacta que había salido de la cárcel, pero aún me despertaba creyendo que estaba en una celda de hormigón. Con la esperanza de levantarme un poco el ánimo, había dejado un bol de pistachos en la terraza por si aparecía *Gus*, pero no había sido así; seguro que estaba en la panza de algún coyote. Varado como un vagabundo en una obra de Beckett, había vuelto a mi ordenador para aporrear con ira mi ruidoso teclado, una reliquia que conservaba precisamente para estados de ánimo como ése. Antes de salir, Chic había llamado para decirme que, según rumores, Morton Frankel no era un matón a sueldo, sino un feroz criminal. Me sentí más tranquilo respecto a sincerarme con Kaden y Delveckio, y muy intranquilo en lo que a mí mismo atañía.

–Estábamos ocupados –dijo Kaden.

–¿Con Frankel?

–No, interrogando al chico que encontró la pistola. A Frankel lo interrogamos anoche.

–¿Y?

–Te sorprenderá saber que él insiste en que no lo hizo.

–¿Alguna coartada?

–Durmió solo. Cosa que, si no estaba pinchando a Kasey Broach, es razonablemente lo que debía de estar haciendo.

–¿No podéis tomarle una muestra del ADN? ¿Un simple pelo?

–Oh, pues claro, en cuanto el helicóptero camuflado de la CIA lo deje en Guantánamo. Las cosas no funcionan así, a ver si te enteras. Hace falta lo que nosotros, en el mundo de la no ficción, llamamos «causa probable». Y un Volvo marrón no basta para que un juez firme en la línea de puntos. Bueno, volviendo al arma...

–La dejaré en Parker cuando vuelva a casa.

–Sí, y una mierda.

–¿Presionasteis a Frankel? ¿Hasta qué punto?

–Al máximo.

Se oyó un ruido, como si fueran a colgar.

–Oye, Kaden. Cuando desconectaste la cámara de seguridad, el día que me interrogasteis, lo hiciste sólo por representar el papel del poli malo, ¿no?

Oí un resoplido en el auricular.

–Por supuesto, Danner.

Al quitarme los cascos, casi desalojé el boli que llevaba en la oreja.

Junior empalmó con lo que había estado diciendo:

–... y dejaron allí esa especie de gimnasio laberíntico, colega. Tiene barrotes y escalas de cuerda y muchas cosas más. El chaval ese, el retrasado, empezó a hacer el mono, se meó en un tobogán tipo sacacorchos. Parece que el artefacto lo ha donado un ricachón gilipollas que no sabe qué hacer con tantísima pasta que tiene.

–Sí, seguro que es un gilipollas.

–A la derecha. Ahora métete por el callejón.

–¿Hasta dónde?

–Tranqui, Gran Hermano, ya llegamos. A la izquierda. Ahora a la derecha. Recto. Vale.

Estábamos delante de los edificios donde vivía Morton Frankel. Miré a Junior furioso.

–He pensado que... –dijo–. El tipo ese al que andabas siguiendo, ¿no? Necesitas un pelo. –Señaló el apartamento de Frankel–. Ahí es donde lo encontrarás.

–Vale. Llamaré a la puerta y se lo pediré amablemente.

–Buenas, pasaba por aquí...

–Han estado interrogándolo toda la noche, así que no me parece buena idea. Además, ¿cómo voy a colarme en su piso?

Junior se golpeó el pecho con ambas manos.

–¡Para eso estoy yo!

–No. Oye, ¡no!

Junior se apeó del coche.

–Como Gran Hermano que soy, te ordeno que vuelvas a poner tu culo de delincuente juvenil en este asiento.

Cruzó la calle a la carrera. El semáforo cambió, y tuve que esperar que pasara una ristra de coches antes de poder seguirlo. Subí los escalones de dos en dos. La puerta de Frankel estaba abierta, y Junior recostado en la pared contigua, fingiendo sacarse brillo a las uñas en su jersey de los Lakers. De sus labios colgaba un mondadientes. Le agarré del brazo y me lo llevé de nuevo escaleras abajo. No paró de quejarse y soltar improperios hasta que llegamos al coche. Abrí la puerta del pasajero y lo empujé de mala manera al asiento.

Me miró con hosquedad.

–Sólo intentaba ayudar.

Le lancé las llaves.

–Vigila la calle y dale al claxon si ves venir a Frankel.

Hubo dos segundos de demora, pero enseguida se le iluminó la cara.

–De acuerdo, Hermanito Mayor.

Dejándole con esa misión, volví a cruzar la calle y subí las escaleras, ahora con más sigilo. Cuando abrí un poco más la puerta, los goznes produjeron un chirrido de película de miedo. La parte de habitación que se veía parecía desierta. Lío de sábanas sobre colchón. Sin somier. Despertador sobre caja de zapatos puesta de costado. Persianas echadas, aire viciado. Empujé la puerta con el hombro y amplié unos grados mi campo de visión. Naturalmente, el presupuesto para mobiliario había ido a parar a un televisor de pantalla gigante y a un caro sillón de color granate, con compartimento para el mando a distancia y un posavasos en forma de hoyo al extremo de uno de los mullidos brazos.

Una carrera, arrancar un pelo del peine o el cepillo, y listo. Me adentré un poco más y advertí el olor a polvo de cortinas y a cañería cansada. Mantuve la puerta entreabierta detrás de mí, por si era preciso huir precipitadamente.

Pese a la austeridad y el aire rancio, la estancia estaba limpia y bien ordenada: cajas de cartón en una esquina, moqueta sin borra, encimera bien fregada. El goteo del grifo de la cocina era ensordecedor.

Abierto y boca abajo en el suelo, detrás del colchón, había un ejemplar de bolsillo de *La ley de Chainer*. Con el corazón a cien, me quedé mirando aquella cubierta que conocía tan bien, mi nombre en vibrantes letras rojas. Después de tanto buscar e investigar, por fin una conexión directa entre Morton Frankel y yo. Cogí el libro, buscando algún párrafo marcado. Mort había llegado a la página 24. Un recibo escapó de entre las páginas y cayó al suelo. Lo recogí. «*La ley de Chainer*, 7,99 dólares, impuestos aparte.» ¿Fecha de la compra? Hoy.

Después de reconocerme en la calle, Frankel había empezado a investigar por su cuenta. ¿O acaso la cosa venía de lejos y esto era una muestra más de su obsesión por mí? Allí de pie, violando justamente la clase de derechos de intimidad que yo había defendido de boquilla en momentos más propicios de mi vida, me vi forzado a considerar una vez más si estaba haciendo avances o sólo encontrando obstáculos que yo mismo había puesto en mi camino: el principio de incertidumbre de Heisenberg. Estaba perdido en mi propia historia, en mi propio argumento, chocando a cada momento con las laberínticas paredes de mi investigación.

Dejé el libro en su sitio y no me molesté en decirme que debía marcharme. ¿Para qué? Yo nunca escucho.

Un pasillo corto, interrumpido por un pequeño armario ropero y un mueble metálico para zapatos, llevaba al cuarto de baño. Sin encender las luces avancé a tientas. Pares de zapatos junto a la pared del fondo, alineados casi como parte de la decoración. Un apropiado cuadro al óleo de una casa de campo en un haz de luz violeta. Unas cuantas perchas metálicas dobladas y metidas en una bolsa de supermercado a modo de cubo de basura. El zapatero bloqueaba el pasillo, y las marcas de polvo indicaban que había sido movido hacía poco. Me detuve y reparé en el grueso candado que colgaba del cierre. Tal vez Frankel lo había apartado después de la visita de Kaden y Delveckio, como recordatorio de que debía deshacerse de lo que contuviera.

Una gota de sudor me bajó por la espalda antes de pegarse a mi camisa.

Me puse en cuclillas y agarré el zapatero, y al inclinarlo su contenido se deslizó con ruido en el interior. Después de tirar como un idiota del candado, seguí hacia el cuarto de baño y retiré la cortina de la ducha para asegurarme de que estaba a solas. En el armarito con espejo de los medicamentos había un cepillo de dientes metido en un tazón de café. Debajo del lavabo había un cajón y dentro un revoltijo de maquinillas de afeitar desechables, un número de *Hustler*, una pastilla de jabón por estrenar y, al fondo, un peine verde.

Saqué el peine y lo puse a la luz. No tenía ni un cabello. Comprobé el cajón y después la pica del lavabo. Nada, salvo restos de jabón y dentífrico.

Una pequeña mancha de color en el umbral del cuarto de baño captó mi visión periférica.

Me giré poco a poco, como un animal observado por un depredador, pensando que cualquier movimiento brusco podía delatarme. Miré. Era un sobre de cerillas, con la calavera y las tibias en la solapa.

Se me secó la boca. Era imposible que hubiera pasado por encima de las cerillas sin darme cuenta, incluso concentrado como estaba en el armarito, el cajón, la promesa de un peine.

Moviéndome con torturante lentitud, cuidando de que mis zapatos no rechinaran en el linóleo, di un paso al frente e hinqué la rodilla. Recogí las cerillas y levanté la solapa:

TE SIGO VIENDO

Un ruido a mi derecha, y un tremendo puñetazo dio conmigo en el suelo. Pasaron unos segundos, el dolor agudo confiriéndole a todo una intensa claridad: las tablas del suelo, salpicaduras de saliva mía; el bolígrafo, grande ahora junto a mi ojo izquierdo y recuperando la perspectiva normal. Una bota de faena, atada con un nudo flojo sobre la lengüeta de cuero rígido.

Mi instinto sólo me decía: «No te quedes tirado».

Apenas había tomado conciencia de la madera arañando mi mejilla cuando me levanté como un muñeco de cuerda y, medio mareado, traté desesperadamente de fijar la vista en algo pese al dolor en la sien y a que todo se movía. Entonces oí una especie de risa grave, y Morton Frankel apareció ante mi vista, abriendo y cerrando una navaja de resorte. A su espalda, el armario ropero estaba abierto.

Embestí sin pensarlo dos veces. No necesitas valor cuando estás familiarizado con la autodestrucción. Una vez que te han sacado del estómago casi un litro de Gran Patrón, no esperas que Dios, el destino o tú mismo os preocupéis demasiado por tu supervivencia. De modo que no fue valor, exactamente, sino más bien un reajuste de expectativas acerca del paquete de garantía.

Aparté de un golpe la mano con que empuñaba la navaja y arremetí de cabeza contra su nariz. Fallé pero le di en la barbilla, y Frankel giró sobre sí mismo y me asestó una puñalada en el costado. Le agarré como pude la muñeca y caímos al suelo. No hubo puñetazos directos ni ataques de kung-fu, solamente golpes de refilón, agarrones y un casi instantáneo agotamiento. En aquel pequeño espacio forcejeamos tratando de dominar al otro, nos arrastramos pegados a las paredes como a cámara lenta mientras nuestra respiración se volvía más dificultosa. Metódicamente, Frankel consiguió tenerme a tiro, me clavó un rodillazo en las costillas y se abalanzó sobre mí al tiempo que trataba de liberarse de la presa que yo había hecho en su muñeca. Estábamos lo bastante cerca como para besarnos. Una gota de sudor amenazaba con soltarse de la punta de su nariz, y aquellos dientes me parecieron grotescos a tan escasa distancia. El olor acre de su piel –mugre de fábrica y jabón químico– inundaba el breve pasillo. Apoyó su fuerte antebrazo sobre mi nariz y trató de liberar la mano del cuchillo. Mi pie dio contra el mueble zapatero, me afiancé allí y di una voltereta hacia atrás tratando de llevarme su brazo conmigo.

La mano del cuchillo se me escurrió.

Quedé boca abajo y Frankel a horcajadas con los dos brazos libres, la navaja fuera de mi campo visual. Traté de gatear por el suelo, pero me tenía inmovilizado, de modo que corcoveé para hacerle perder el equilibrio. Cada instante parecía durar una eternidad.

Frankel apoyó una rodilla en la pared para sostenerse. Luego oí que tomaba aire y un susurro de tela al echar el brazo atrás para descargar un golpe.

Mi bolígrafo giraba letárgicamente en el suelo. Hice fuerza para avanzar y conseguí aferrarlo, entonces giré rápidamente el cuerpo y clavé la punta del Bic en el muslo de mi adversario. Frankel soltó un bufido y, con el cambio de posiciones, su navaja fue a incrustarse en la pared, produciendo una nubecilla de polvo de yeso. Lancé un manotazo hacia arriba y le alcancé en la nariz; el dolor hizo que se quedara un momento quieto, con las piernas dobladas. Libre al fin, enganché sus tobillos con el pie y le hice caer de culo. Sus manos se apretaban el muslo alrededor del bolígrafo hincado. Mientras la pernera blanca de sus pantalones se teñía de escarlata, me incliné hacia él, le agarré un mechón de pelo y tiré brutalmente.

Eché a correr mientras él intentaba levantarse. Me lancé contra la puerta y bajé las escaleras casi volando. Junior y *Xena* observaban desde el Highlander, sus ojos visibles a pesar de la distancia. Mientras yo esquivaba coches Junior puso el motor en marcha y abrió la puerta de mi lado. Con el puño izquierdo cerrado para que no se escaparan los pelos arrancados, me senté al volante y pisé a fondo. La puerta se cerró por su propia inercia.

Morton Frankel estaba de pie en la segunda planta del bloque, ligeramente inclinado, las manos cerradas como garras sobre la barandilla, viendo alejarse el Highlander.

33

Lloyd bloqueaba con su cuerpo la entrada como si le inquietase que pudiera colarme. Un pajarito del laboratorio me había dicho que Lloyd se había marchado temprano, y yo, después de dejar a Junior en Hope House, me había dado prisa por ir a verle. En cuanto a *Xena*, que ahora dormitaba en el asiento de atrás del *Culpablemóvil*, pasaría un día más en «casa de Danner», como dijo Junior en español. Lloyd había escuchado impasible mi relato, sin moverse de sitio.

–Ya no puedo ayudarte, Drew.

–Lo tengo, Lloyd. La respuesta está aquí.

Le enseñé la bolsita de plástico para que viese los seis pelos de Morton Frankel que contenía. Cuatro de ellos tenían bonitos aditamentos foliculares, puntos blancos enganchados a las raíces. Verdaderos tesoros de ADN.

–Fue arriesgado dejar que vinieras anoche al laboratorio, pero ahora ha corrido el rumor de tu visita. Esta mañana me estaba esperando Henderson en persona. No puedo quedarme sin empleo, ni sin nuestro seguro de enfermedad... La cosa no marcha bien, Drew. Por eso estoy en casa.

–Lo siento.

Me miró a los ojos.

–Yo también, pero no puedo hacer nada. Apenas me mantengo a flote con todo esto.

–¿Adónde podría acudir?

–Prueba en los canales oficiales.

–Sabes tan bien como yo que podría acabar en la cárcel.

–Haz que alguien te mire ese ojo.

–Así no conseguiré que analicen el ADN de estos pelos.

–Los obtuviste contraviniendo la ley. Entraste como un ladrón en su piso. Eso no sólo es ilegal sino también antiético. Te has pasado de la raya, Drew. No es culpa mía que no puedas encontrar a otro que quiera seguirte la corriente.

–Ese tipo me la jugó. Sabe quién soy. Sabe dónde vivo. Eso significa que irá a por mí. Estoy en un aprieto, Lloyd.

–¿Y yo no? Hoy he vuelto volando a casa porque Janice tenía una hemorragia nasal y no paraba de sangrar. Cuarenta y cinco minutos hemos tardado en hacer que las plaquetas aceleraran la coagulación. –Bajó la vista, incapaz de mirarme a la cara–. Lo lamento, Drew, pero Janice y yo tenemos que velar por nosotros.

La puerta se cerró lentamente y yo me quedé allí, con la bolsita en la mano, escuchando alejarse los pasos de Lloyd.

–¿Sabes qué pasa cuando alguien te pega un puñetazo en la cara? Pues que duele. Eso. Ni lucecitas blancas ni destellos cegadores. Duele de cojones, y listo.

Chic me aplicó al ojo hinchado una torunda empapada en alcohol.

–Y a diferencia de los rasguños de bala en el hombro y los ojos a la funerala, como le ocurre a tu Derek Chainer, esto te dolerá durante más que un capítulo de novela.

–Sí, en eso también me equivoqué –dije.

El ojo derecho me ardía como si me estuvieran presionando con un hierro candente. La imagen que el espejo del cuarto de baño me devolvía no era nada agradable. Alrededor del ojo, la piel se había vuelto de un amarillo pergamino y parecía de papel. Capilares rotos partían de los párpados como guedejas de Medusa. Y en la sien, donde la carne estaba hendida, una media luna brillaba oscuramente.

Notamos que venía Big Brontell a través del suelo; había bajado a buscar su equipo.

–¿Qué está haciendo ahí Newt Gingrich? –dijo alzando la voz.

–Quejarse, más que nada –respondió Chic.

Big Brontell entró con el botiquín cual costurero de viaje en sus imponentes manos. Además de uno de los «hermanos» de Chic más prósperos profesionalmente hablando, Brontell trabajaba como enfermero jefe en el hospital Cedars-Sinai y pasaba buena parte del tiempo atendiendo a amigos suyos víctimas de accidentes de motocross, descargas eléctricas o altercados enigmáticos. Se parecía a Chic, sólo que en tamaño extragrande.

La llegada de Chic y Big Brontell había interrumpido mi furiosa vena escritora: las palabras brotaban de mí como si estuviera escribiendo al dictado, no inventándolas. Casi me había olvidado de que al salir de casa de Lloyd les había telefoneado recabando su ayuda. Cuando sonó el timbre tuve un sobresalto, pensando que se trataba de Mortie armado de cuchillo de deshuesar y sonrisa caballuna. Había ido a abrir pistola en mano, y al verme, Big Brontell se había reído, diciendo: «Cualquiera pensaría que eres racista».

Los cabellos de Frankel, conservados dentro de la bolsita ad hoc, estaban sobre la encimera al lado del fregadero. Me había costado mucho conseguirlos y no quería perderlos de vista (mi propia y paranoide cadena de custodia de pruebas circunstanciales). El especialista de Chic en rastrear papis y mamis caraduras no había descubierto nada nuevo que vinculara algún elemento del caso con Delveckio o Cal Unger, ni con Bill Kaden, al que el *hacker* había incluido gratis en la lista. Y aún era hora de que encontrara algo consistente respecto a Frankel, de modo que los cabellos, de momento, eran todo cuanto tenía.

Mientras Big Brontell empezaba a zurcirme con sorprendente suavidad y esmero, no dejé de mirar aquellos seis pelos castaños, pensando en soluciones, alternativas, nuevas vías de investigación.

–Con tantos hermanos que sois, ¿no podría haber alguno que fuera perito criminalista?

–Tenemos un montón que son criminales –dijo Big Brontell.

Terminó su tarea y yo le di las gracias y los acompañé abajo. Una vez en la puerta, Chic apoyó sus manos en mis hombros y se inclinó de forma que nuestras frentes casi se tocaron.

–Procura no apartarte de esa pistola y llámame si me necesitas, ¿entendido?

–Entendido.

–Estás nadando en aguas turbulentas, Drew. Te convendría tomarte un respiro y dejarte llevar por la corriente.

–Si logro que alguien analice el ADN de uno de esos pelos, creo que podré zanjar el asunto muy pronto.

Chic sonrió con complicidad; yo casi nunca decía nada que le sorprendiera. Hizo un gesto señalando la puesta de sol en que se había convertido mi ojo derecho.

–Recuerda una cosa –dijo–: has llegado hasta aquí gracias a tus buenas ideas.

34

Después de que Chic y Big Brontell se marcharan, no pude avanzar en el texto porque no sabía cómo avanzar en el caso. Me quedé sentado a mi mesa, contemplando el cursor que parpadeaba, atrapado sin remedio en mi presente. Prohibida la entrada a la sala mientras dura la fascinante secuencia del bloqueo del escritor.

Seis cabellos listos para la prueba del ADN, un caso de asesinato —tal vez dos— en juego, y ni un solo criminalista en el horizonte. El modo en que yo había conseguido esos pelos —forzar la entrada de un domicilio privado, agresión con lesiones— me había comprometido mucho. Ahora era carne de arresto, de proceso judicial, de venganza por parte de un psicópata. No podía alegar defensa propia en la cuchillada que le había asestado con mi boli, teniendo en cuenta que yo mismo había provocado la situación y, de hecho, en cualquier razonable estado republicano Mort podría haberme pegado un tiro impunemente. Perdido en su propia tragedia privada, Lloyd no estaba dispuesto a ayudar. Cal me había dejado claro que no podía seguir investigando en mi nombre. Kaden y Delveckio no me adoraban exactamente ~~ya no me tenían mucho cariño~~

antes de que yo desoyera sus últimas advertencias convirtiéndome en incompetente ladrón de cabellos, y sin duda se relamerían pensando en ceñir otra vez mis muñecas con esas pulseras de acero negro.

Cambia de chip, amigo. Haz procesar esos cabellos por otro medio. Eres escritor, tienes amigos, conoces a gente rara, expertos en cosas extrañas. Soborna a algún criminalista de un laboratorio perdido. Llama al profe de ciencias que dirija el grupo CSI del Instituto Mocosos y Mimados más cercano.

Revisé la lista de asesores que guardaba en mi PalmPilot, confiando en haber pasado a alguno por alto. ¿Cómo plantearía la cuestión? «Le arranqué unos pelos de la cabeza a un sospechoso de asesinato y pensaba si podría usted analizarlos. Por cierto, soy Andrew Danner. Seguro que me recordará de la prensa amarilla.»

Mi sensación de aislamiento menguó al pensar en Caroline. Recordé cómo me había cogido la mano unos instantes mientras la acompañaba a su coche, como si estuviera haciendo una prueba. Las películas actuales y la publicidad glorificaban unos estándares de belleza irrazonables, pero existía una fina línea divisoria entre perfección y blandenguería. Con el aspecto físico, como con la personalidad, yo prefería cien veces lo sorprendente a lo clásico.

Sí, vale, y los griegos esculpían bustos de hogareños/as atenienses.

Ha llamado Jackie Collins. Exige que le devuelvas la frase.

La bruma vespertina se había adueñado del Valle, convirtiendo en moretones las colinas del norte. Había oscurecido deprisa y el sol se había escondido ya detrás de los Santa Susana. Empuñé la pistola cargada, buscando algo que pudiera tranquilizarme. Había prometido llevar el arma a Parker Center, pero ahora mi ojo morado suscitaría demasiadas preguntas. Además, a la luz de mi tango de pasillo con Mort, no quería quedarme sin un arma. Ahora mismo, Frankel podía estar en la loma, oculto en las pendientes cubiertas de hiedra, observándome con aquel brillo diabólico a la espera de pasar a la ofensiva.

En el vestíbulo, *Xena* vigilaba a ronquidos mientras digería las salchichas sureñas que yo le había freído hacía un rato.

Sonó mi móvil, cosa que agradecí, y al abrirlo me llegó la voz de Preston. Le había dejado un mensaje-resumen con las últimas novedades.

–¿Qué ocurre? ~~–preguntó ansioso.~~

–No lo sé.

–Lee más adelante.

–Estoy liado. ¿Puedes ayudarme?

–Por supuesto. Voy para allá.

–Mira, no sé si estoy de humor para atenciones de editores.

~~Pero Preston ya había colgado~~

–No estarás de humor para eso –dijo–, pero parece que lo necesitas.

El cursor continuaba parpadeando, a la espera de mi siguiente movimiento.

Tu siguiente movimiento, aunque complicado, está bastante claro. Tienes que hacer que analicen un cabello conseguido ilícitamente, no en vano eres el terco protagonista de la historia. ¿Cómo puedes encarar ese reto de un modo propio de ti?, ¿de un modo que haga uso de quien tú eres, o, mejor, de un modo que sólo tú puedas poner en práctica?

–Cuéntame –dije.

Levanté la vista de las hojas salpicadas de anotaciones en rojo, y miré a Preston.

–¿Instituto Mocosos y Mimados?

–Iba a poner Harvard-Westlake pero me he quedado en blanco, no me salía el nombre –dijo.

Apuró el vaso y lo dejó en la mesa junto a la colección que él mismo había ido acumulando. Después de haber estado en su casa, ahora comprendía mejor por qué venía a verme a la menor oportunidad. Se desperezó y se levantó del sofá, aparentemente sin fijarse en el relleno que se le había pegado al pantalón. Bajó el volumen de la tele. Estaban dando las noticias y, menos mal, no hablaban de mí. Recogió sus diversos montones de papeles.

Antes de salir se detuvo a mi lado y dijo con aire de superioridad:

–Te corrijo a fondo porque me interesa lo que escribes.

–Con tu cariño podría calentarme las manos.

–Si puedo hacer algo más por ti, llámame.

–¿Algo más?

–Claro. O «alguna cosa más», si te vas a poner quisquilloso.

–Déjalo.

Salió de la habitación dejando allí la botella de Havana Club; no quedaban más que unas gotas, de modo que no valía la pena esconderla. Me hundí en mi butaca de leer, la única que se había salvado de la ira mordedora de *Xena*, y apoyé los pies en el sofá. La sintonía de las noticias dio paso a un anuncio de *Cadena de mando*, un codiciado spot de quince segundos que mi editorial se había negado a concederme antes de ser juzgado por asesinato. El departamento de marketing había elegido una inquietante foto fija de mi cara (la expresión estaba a medio camino entre la mala leche y el estreñimiento), flotando misteriosamente sobre la cubierta de mi más reciente novela.

A continuación, por alguna estrafalaria lógica kármica, el familiar redoble de tambor que abría los créditos de *La guerra de Aiden*. Aquí estaba Johnny Ordean atajando a una mujer de la calle, allí esquivando un gancho lanzado por un árabe poco agraciado físicamente. Mucho más esbelto que cuando hizo de reverendo Derek Chainer, Johnny se detenía para un impactante primer plano en zoom como hacía cada semana (o cada noche, si tenías parabólica).

Me vino a la memoria la escena que había visto mientras estaba con Caroline en el bar: Johnny agachado junto a un cadáver, examinando el casquillo de bala que sostenía con un sujetapapeles: «Lleve esto enseguida al forense: el casquillo, no el perrito caliente».

Busqué en las hojas la nota final de Preston. Saqué el móvil del bolsillo y marqué.

Oí de fondo el ritmo machacón de música de discoteca, y luego un tipo con fuerte acento de Brooklyn dijo:

–Teléfono de Johnny Ordean.

Desde que *La ley de Aiden* había sumado episodios suficientes como para ofrecerlo en formato DVD, Johnny había adoptado el amaneramiento de la inaccesibilidad, poniendo toda una serie de barricadas entre su persona y los demás.

–Vaya, qué raro –dije yo–. Estaba llamando a Johnny. Soy Andrew Danner.

–¿Andrew Danner? ¿El...?

–Asesino, sí –dije–. El mismo que viste y calza.

Gritos de fondo, y luego la voz de Johnny, áspera y fuerte:

–¿Drew? No me lo puedo creer. Qué tiempos, qué tiempos. ¿Mataste tú a esa tía?

–Dos veces.

–Drástico. –Johnny participaba activamente del mal argot que parecía inundar Los Ángeles cual marea roja, temporada sí, temporada no.

–¿Cómo va todo?

–Muy bien. El programa funciona de coña. Está previsto hacer una secuela el año que viene.

–¿*La ley de Aiden en Omaha*?

–Muy gracioso, tío. Se va a llamar *Las reglas de Mary*, y la hermana de...

–Oye, necesito que me hagas un favor. ¿Todavía tienes criminalistas en la lista de asesores?

–Sí, hay varios.

–Necesito que algún laboratorio especializado analice un cabello. Con eso quizá podría demostrar mi inocencia. –Naturalmente, eso no demostraría mi inocencia, pero yo trataba de entablar el tipo de diálogo al que Johnny estaba acostumbrado–. Necesito saber a quién pertenece el cabello.

–¿Me estás hablando de una pista? –Ahora con notable excitación en su voz.

–Así es, Johnny. Una pista. ¿Puedes arreglarlo para que uno de tus asesores lo haga?

–Descuida. Les llevaré ese pelo y diré que quiero ver cómo funciona para una idea que estoy desarrollando. A ellos les encanta enseñarme las cosas que tienen en el laboratorio. ¿Para cuándo lo necesitas?

–Lo antes posible. No te imaginas cuán importante es.

–Tráemelo a Flux. Es una fiesta privada: haré que te pongan en la lista. Luego llamaré a uno de los asesores y le diré que lo analice esta misma noche.

–¿En serio? ¿Puedes hacer que lo miren esta noche?

–Soy Johnny Ordean. No hay obstáculos para mí.

35

Flux es el club de Hollywood más de moda, con sus martinis de agropiro, sus paredes de bambú y su demoledora música disco ideal para amantes del éxtasis, subalternos de la industria del cine y discotequeros. Pagué veinte pavos por aparcar en un espacio donde apenas si cabía un cortacésped y bajé andando por Sunset.

Debajo de cada limpiaparabrisas, una postal satinada anunciaba teatro del malo. En cada esquina, una mujer pateaba el suelo con sus botas para quitarse el frío. Incluso a esta hora salían cuerpos de los gimnasios, donde escritorzuelos y actores de reparto simulaban trabajar de firme. Cuerpos tan cincelados que parecen de una especie diferente, cuerpos que disponen de tiempo ilimitado para cuidarse, para hacer esos diez estiramientos extra que sirven para esculpir la cara interior del tríceps o la exterior del cuádriceps. Yo antes tenía un cuerpo así, un modelo inferior nacido de un modo de pensar acorde con él, antes de que ambas cosas se cansaran demasiado como para perseverar. Seguí andando y fijándome en los detalles de la noche, pequeños fragmentos de un yo anterior con el que nunca llegué a identificarme del todo. El olor a desodorante, los iPods de colorines prendidos en brazos de piel tersa y bronceada, vapor escapándose de recalentadas camisetas Dri-FIT como en los dibujos animados.

Las cuerdas de terciopelo, que en otras y más razonables ciudades se utilizan sólo en museos y conciertos, brotan de la acera como arbustos futuristas. Concentrados frente a los muros imaginarios delante de los seguratas hay arpías de todo a cien y tipos duros con estudios. Todo el mundo de punta en blanco, todo el mundo con su atuendo; esto es un carnaval perenne. Camisa de cuadros escoceses a lo Pearl Jam, casquete de diseño, cara de mala leche y chaleco de tela vaquera cortado para dejar a la vista tatuajes en el hombro. Una chica, por ninguna razón, lleva una gorra Gatsby y una corbata ancha remetida por un chaleco estilo años veinte. Incluso los bomberos que pasan entre las barras van superelegantes, sus camisetas anuncian la unidad a que pertenecen, largos mechones rubios les salen ensortijados de sus gorras con borla, modelos en busca de calendario. Son todos niños, y sin embargo son adultos. Los ves salir de Jettas y Navigators, y de algún que otro Lotus. Cruzan la calle en manada, como los lobos, sorbiendo Vita y fumando American Spirits mientras juguetean con sus móviles provistos de sonidos personalizados, la noche iluminada con un arco iris psicodélico de pantallas LED: rosa algodón de azúcar, azul taza de váter, verde peli de terror.

Los Ángeles es una ciudad de rostros memorables. Incluso los poco atractivos actores de reparto tienen algo especial, esa ejemplificación del estereotipo humano. También las otras se te quedan grabadas en la memoria. Las segundonas del concurso de belleza. A todas les falta ese algo extra que las catapultaría a la fama, que significaría que no están aquí y ahora en este sitio, contigo y conmigo. La muchacha vivaz con gorra de los White Sox, operada de la nariz sin éxito completo. La campeona de lucha libre que ganó el concurso a la mejor sonrisa en el instituto de Wichita. La jefa de animadoras que era genial mamándola en el asiento trasero. Llegan como los pioneros, con su vientre plano y su cintura de avispa y poca cosa más, buscadoras de gloria prefabricada sin talento para actuar en Broadway o narices para hacer la calle. Los Ángeles es el límite del *American dream*, lo más lejos a que pueden llevarte tus esperanzas antes de lanzarte al Pacífico, Ícaro sin alas a prueba de agua. Y sin embargo siguen viniendo. Pueblan los bordes de los acantilados como pingüinos sobre aguas peligrosas.

Los Ángeles las devorará a todas, las aplastará en un marasmo de futilidad, las hará puré y embadurnará con él las calles más recónditas de la urbe. Y esas chicas recortarán cupones y se tomarán un lingotazo previo para ahorrar unos centavos en la consumición del bar. Frecuentarán escuelas de artes marciales y cafeterías en horario laboral –los locales de la soleada Los Ángeles prosperan gracias a la clientela de los ociosos que no saben qué hacer cuando no tienen alguna audición o casting–, y peinarán las páginas web de ofertas de trabajo buscando un turno inexistente en algún cementerio. Conseguirán un bolo como monitoras y camareras y chicas de anuncio de tequila, y sus amistades murmurarán: «Qué guay, qué guay». Con el tiempo se convertirán en empresarias de tercera: harán bolsos de bambú, diseñarán joyas en Reseda, harán propaganda de un vodka azul en bares universitarios. Necesitan tener horas libres durante el día para audiciones que cada vez serán menos frecuentes, pero justo cuando ya han perdido casi toda esperanza, conseguirán el papel de Laura en un montaje independiente de *El zoo de cristal*, y la agitación y las promesas alimentarán unos años más de empleos no remunerados. Y después, a no ser que hayan aprendido de una vez por todas la lección y emprendido la retirada a Billings o Sioux City, alguien les ofrecerá una pizca de escapismo o una peli con desnudos –no porno, sino cine erótico de buen gusto–, y ahí empezará la siguiente cuesta abajo. Y mientras tanto, por tierra como por aire, va llegando nueva carnaza, lista para el matadero, animales acicalados para el sacrificio ritual.

Llegué a Flux abriéndome paso entre un follón de gente que se empujaba y se daba codazos frente a la anónima puerta de doble hoja. Aquí nadie tiene nombre propio, todos son «colega», «tía», «tío», «muñeca», «guapo». Ganan puestos en la marabunta trabajando en comandita, como las aves de rapiña, con amigos de los que estarán ansiosos por deshacerse tan pronto consigan su primera prueba piloto. Llaman a gritos al segurata por su nombre de pila (han investigado previamente). El hermano de su jefe conoce al barman, o al propietario del local. Se empujan educadamente, y una chica pizpireta armada de una tablilla con sujetapapeles finge exasperación en medio de su éxtasis de superioridad, reprendiéndolos y distribuyendo muñequeras como si estuviera dando de comer a los monos del zoo. Varias mujeres mayores, indistinguibles de prostitutas por atuendo y maquillaje, han cedido a la insidia con la edad; ya no pueden competir directamente. En lugar de eso, intercambian estrategias, susurrando palabras de apoyo a la zarina que se ocupa de la puerta. «Esa pobre chica. Fijaos, ella solita encargándose de la cola. Ánimo, encanto.» Sin embargo, no logran congraciarse lo suficiente con ella para conseguir que las cuele. La de la tablilla conoce el paño, sabe que en una vida diferente le han soplado humo de cigarrillo a la cara en un casting para extras o han descartado su foto cuando trabajaban de noche en el archivo de alguna agencia.

Condenados al purgatorio de la cola, los que esperan siguen forcejeando y se echan píldoras a la boca y hablan en voz alta de supuestos éxitos profesionales y fingen no estar donde están, esperando a la fría intemperie hollywoodiense. Y así seguirán, noche tras noche. Y luego un día la Fama elegirá a una de esas pobres almas desventuradas y la elevará cual sacerdotisa hasta lo alto del zigurat, y a partir de ahí ya no sabrá qué es una cola ni un segurata llamado Ricky, y eso dará ánimos a todos los que todavía esperan.

La voz de Chic, como una sirena de advertencia en mi cabeza: «Siempre es más fácil hacer inventario de los demás».

¿Qué me hacía a mí diferente? ¿El motivo por el cual estaba aquí? ¿El modo en que había terminado yo?

Un trayecto de autobús más corto y una mancha más larga.

Entonces, ¿qué? ¿La envidia? Creía haber jurado renunciar a eso con la botella de bourbon. ¿Envidia de qué? ¿De la exuberancia? ¿De la esperanza? ¿De la juventud? Como había dicho Chic, la vida te deja atrás. Para la media de Hollywood, yo ya estaba entrado en años, igual que Morton Frankel. Había cosechado algunos éxitos y conseguido acceso a algunos de los lugares más privados de la ciudad –como escritor, como presunto homicida– de un modo que algunos podían envidiar, pero habría cambiado todo eso en un santiamén por estar otra vez en el otro lado, en la noche implacable, con todas mis soluciones metidas dentro. Lo habría cambiado todo por creer en el mito una vez más.

En cambio, heme aquí para entregar un cabello.

Pasé entre la muchedumbre, que pareció ceder a mi apatía. Dentro, con un inhumano ritmo de fondo, un chaval versionaba a Bob Seger sin las agallas ni la gravedad.

–Drew Danner –le dije a la chica de la puerta–. Voy con Johnny Ordean.

Al oír ambos nombres, los que estaban en cabeza del gentío se calmaron y a la chica se le cayó la tablilla sobre la pierna (no era más que un elemento de atrezo), y sin decir palabra desenganchó la cuerda granate.

El Seger destrozado había dado paso a un ritmo machacón y musculoso. Grupos de tres se contorsionaban bajo luces que podían producir ataques de todo tipo. «Me encuentro furcias a troche y moche. Me las encuentro todas las noches.» Chicas de producción vestidas de Chanel se contoneaban en círculo, ajenas a haberse convertido sin saberlo en chistoso aval de la letra de la canción. El club tenía una especie de energía magnética que convergía en la esquina del fondo, donde, cómo no, encontré a Johnny Ordean y su cara de inmunidad. 246, su primo, estaba hundido en el banco tratando de atrapar cigarrillos con la boca sin demasiada suerte.

Salió él, y entré yo. Johnny me pasó un brazo por los hombros, puso cara de sorpresa al ver mi ojo morado y me dio un pellizco en el cuello como un hampón de la vieja escuela. Yo, haciendo mi papel, saqué el sobre del bolsillo interior de mi chaqueta y lo solté sobre la mesa cual dinero de soborno. Dentro del sobre había una bolsa hermética con un solitario pelo de Morton Frankel. El resto me los reservaba para un imprevisto.

Johnny giró un dedo en el aire –el gesto para decir «en

marcha»–, y su primo se pasó el pitillo de una comisura a la otra y aplicó un móvil a su sudorosa mejilla.

–Rápido y discreto –dije.

Johnny me dio otro pescozón.

–Y gracias, Johnny.

–Pues claro, hermano. ¿De qué sirve la fama si no puedes servirte de ella?

Me pareció una excelente pregunta.

36

Lejos del mundanal ruido, me senté como si estuviera de *picnic* en mi pequeño rectángulo alquilado de asfalto hollywoodiense y marqué un número en el móvil.

–Me gustaría verte –dije–. Estoy por tus pagos.

–Ah, ya –dijo ella–. Oigo los excesos de fondo.

El tipo que vigilaba el aparcamiento puso una cara rara cuando arranqué. Por veinte pavos era como para pasar allí toda la noche.

Resultó que Caroline vivía en un apartamento esquinero en la sexta planta de un edificio de Crescent Heights remozado hacía poco. Tropecé con un resto de andamiaje al entrar, y el conserje tuvo la amabilidad de hacer la vista gorda. Aguardé en el pasillo recién enmoquetado mientras ella abría un sinfín de cerrojos. Me miró bien entre una serie de cadenas de seguridad, la puerta se cerró otra vez, hubo más ruidos metálicos y, por fin, estuvimos cara a cara.

Levantó una mano para tocar con cautela mi sien derecha, al lado de los puntos.

–¿Te has puesto hielo ahí?

Minutos después me encontraba en su mullido sofá, y ella me presionaba el ojo magullado con una bolsa de mazorcas congeladas. Le expliqué a grandes rasgos las desavenencias que había tenido con Mort. Para mi sorpresa, no me regañó por el papel que había jugado Junior. Claro que ella le conocía mejor y, dada su profesión, probablemente aplicaba una rigurosa doctrina de responsabilidades al margen de la edad.

El borde de la bolsa tocó una sutura, y yo hice una mueca. Caroline se inclinó hacia delante para moverla un poco y nuestros rostros quedaron muy cerca, separados por el aire frío que desprendía la bolsa. Me apartó el pelo de la frente con suavidad y sus labios se separaron un poco. Vi que miraba mi boca. Aparté la bolsa, pero ella se enderezó bruscamente y dijo:

–¿Qué estamos haciendo, Drew? ¿Por qué te gusta estar conmigo, si se puede saber?

–¿Por ser una persona tan confiada?

–Hablo en serio.

Apoyé la bolsa en mis rodillas.

–Porque es el único momento en que no quiero estar en ninguna otra parte.

Abrió la boca para decir algo, pero lo que hizo fue levantar un dedo e ir rápidamente hacia el fondo del pasillo. Luego oí cerrarse una puerta y alguien que vomitaba. Sonó el grifo del lavabo. Oí ruido de cepillarse los dientes seguido de gárgaras, y cuando ella volvió, ruborizada, evitó mirarme a los ojos.

–Si te beso, ¿te explotará la cabeza?

Caroline, incrédula, dijo:

–¿Todavía quieres besarme?

–Sí. También quiero despertarme a tu lado. –Levanté ambas manos–. Hoy, dentro de un año, cuando sea. Sólo quiero que sepas que te encuentro...

Dijo «Ven». Estaba temblando. Me tomó de la mano y me llevó a su cuarto. Luego apagó las luces y se quitó el pantalón de chándal. Me besó nerviosa, con dureza, y dijo: «Coge un preservativo. Están en el cajón». Y mientras yo no había terminado aún de quitarme la ropa me atrajo hacia sí. Hice ademán de subirle la camisa, pero ella me sujetó la muñeca con firmeza y dijo: «No quiero quitármela», y a continuación me empujó por los hombros y apretó las mandíbulas con el mejor espíritu de vamos-allá-y-que-sea-lo-que-Dios-quiera.

Yo estaba pensando que el ángulo o la postura no acompañaban, hasta que me di cuenta de que ella estaba completamente tensa, que había cerrado su cuerpo de puro pánico. Nos pusimos así y asá hasta que finalmente ella se rio y dijo con tono amargo:

–Que conste que tú querías. –Se dio la vuelta y vi que sus hombros se sacudían una vez. Comprendí que estaba llorando–. No estoy llorando –precisó.

Me quedé quieto a su lado, con ganas de tocarla pero no muy seguro de que eso fuera lo mejor.

–Ha sido todo un poco rápido para mí –dije–. Me temo que a ti te ha pasado lo mismo.

Ella seguía boca abajo, con la cabeza ladeada sobre los brazos cruzados. Su voz sonó ronca e indecisa, pero afable.

–Cierra bien la puerta cuando te marches, ¿vale?

–¿Cómo te sientes?

–Filosófica.

–Eso no es ningún sentimiento.

–Ah, bueno. Jugamos a eso...

–Basta –dije.

Se quedó un buen rato callada y luego dijo:

–Perdona. Tu pregunta era razonable. No sé si lo tengo claro como para responderla.

–Pues invéntate algo.

–¿Cómo me siento...?

Sonó un claxon en la lejanía. De uno de los apartamentos cercanos llegó música de Eric Clapton, un acompañamiento para la cena romántica de algún vecino. Los hombros de Caroline se estremecieron un poco más, pero sin sonido de sollozos. Luego sacó la cabeza fuera de la cama y como por arte de magia volvió con un clínex y se sonó la nariz, todo esto evitando volver la cara hacia mí. Se acomodó de nuevo, y la voz se le quebró cuando se decidió a proseguir:

–Siento que si no voy con cuidado me ocurrirán cosas horribles que aún desconozco. Y que –inspiró hondo– quizá no soy lo bastante valiente como para permitirme una historia como ésta.

Guardamos silencio unos instantes, y finalmente fui yo quien lo rompí:

–¿Te importa que acabe de quitarme el resto de la ropa?

Ella se volvió despacio, un ojo oculto tras su cabello. Cortinas de color lavanda filtraban las luces de la calle. Se me quedó mirando y al cabo dijo:

–No.

Me había hecho ponerme encima de ella con tanta furia, que yo todavía llevaba un zapato, los calcetines y el calzoncillo enredado en los tobillos. Me desnudé del todo y ella me observó. Una vez tumbado en la cama con las manos a los costados, dije:

–Bien. No tengo ninguna expectativa. Sólo estoy aquí desnudo para que puedas mirarme.

Se puso bien la camisa, se sentó al estilo indio delante de mí y me estudió con ojo clínico.

Al cabo de un rato pregunté:

–Y ahora, ¿cómo te sientes?

–Nerviosa. No he vuelto a... desde...

–Me lo figuraba.

–¿Puedo tocarte?

–Puedes.

Puso sus manos sobre mi pecho y se apoyó como si quisiera probar mi consistencia. Me acarició los muslos con la punta de los dedos. Luego me tomó el miembro con la mano y dijo:

–Estás muy blando.

–Si continúas dejaré de estarlo.

Se rio, tapándose la boca como si su propia risa la hubiera pillado desprevenida. Se desprendió la goma de la coleta y sus lacios cabellos rozaron mi pecho cuando se inclinó sobre mí. Palpó todo mi cuerpo, centímetro a centímetro, como un ciego aprendiendo una forma nueva. Tras unos veinte minutos de silencioso examen, se quitó la camisa.

Su torso llevaba también señales de lo ocurrido aquella vez, aunque menos llamativas, incrustadas en sus espléndidas curvas. Un trecho de carne moteada en su hombro izquierdo, una cresta de músculo abdominal, una cicatriz en sus costillas, la curva de sus pechos.

–Puedes tocar –dijo–. Tocarme.

Levanté las manos y exploré su delicioso e impredecible cuerpo. Noté que le cambiaba la respiración. Ladeó la cabeza, dejando que el pelo se derramara sobre su rostro. Se dejó caer de espaldas y volvió a atraerme sobre ella, agarrándome por detrás. Noté su aliento cálido en el cuello. Tardó bastante en relajarse; empezamos a movernos lentamente, con paciencia, murmurando y besándonos, todo muy despacio e intenso. Y al final estábamos haciendo el amor, con cierta torpeza pero no sin gracia.

Después se aferró a mí, empezó a llorar y ya no paró. Lloraba con el desconsuelo de una niña y continuó hasta quedar extenuada. Bajo el barniz del cansancio y el miedo, parecía contenta.

Pasó una pierna sobre mi estómago y se apoyó en un codo con su cara junto a la mía.

–Siento haber llorado.

–No me importa. Pídete disculpas a ti misma, si quieres.

Apoyó la barbilla en mi pecho.

–Antes se me daba muy bien, ¿sabes?

–En cambio a mí siempre me han dicho que no era lo mío.

Se rio y me dio un golpecito.

–Dicen que los ojos son el espejo del alma –dije–, pero no lo creo así. Yo creo que el espejo del alma son los dedos de los pies.

–¿Ah, sí? ¿Cómo son los míos? –Los meneó, enseñándomelos.

–Espléndidos.

Charlamos un poco más y nos quedamos dormidos. A las 23.32 me desperté sobresaltado.

–¿Qué? –dijo ella, soñolienta–. ¿Qué ocurre?

Me incorporé tratando de acompasar mi respiración.

El recuerdo del sueño volvió a mí con todo detalle. Iba en el Highlander, de noche, camino de la casa de Genevieve. Solo. Subía sus escaleras. Solo. Buscaba la llave. Solo.

–No puedo pasar la noche aquí. La última vez que dormí en casa de alguien fue cuando...

–Tú no sabes qué pasó.

–Exacto.

–Hicieras lo que hicieses, o no hicieses, tenías un tumor cerebral.

–Desde entonces he hecho, o no, muchas cosas.

Como cuando desperté y me descubrí un corte en el dedo meñique del pie. Con un certificado de buena salud mental, había seguido mi propio rastro ensangrentado por toda la casa. Al volver había encontrado el cuchillo de deshuesar, con mis huellas, al lado de la cama. Había descubierto el bote de cristal hecho añicos en el fregadero y el ganglioglioma metido en el triturador de basura. ¿Y si no me habían drogado con Sevoflurane? ¿Y si Morton Frankel nunca había estado en mi casa? ¿Y si todo era una ficción, producto de mi imaginación de escritor? ¿Una historia hecha a medida, inventada por la misma razón que lo son todas las historias escapistas?

Algo me vino a la memoria con la viveza de una visión. Genevieve cambiando el paso al borde del precicipio sobre la playa de Santa Mónica, riéndose como una loca y yo menos de dos metros detrás de ella. Un ingenioso chantaje: ¿debía yo tener miedo?, ¿sentir indiferencia? ¿Debía acercarme? Turistas mirando nerviosos, padres apartando de allí a sus hijos. Nos habíamos peleado por una estupidez, y la cosa había degenerado como de costumbre. «¿Qué pasa, Drew? ¿Te avergüenzas de mí?» Vergüenza ajena, sí, pero también pánico al pensar que ella pudiera perder pie, rencor cada vez que yo sólo manoteaba el aire cuando ella parecía a punto de caer. En aquel momento no supe distinguir cuál era la sensación que se escondía debajo de las otras. Era rabia.

«Creo que cualquiera es capaz de cualquier cosa.»

Tenía otros peligros nocturnos que aportar, aparte de mi propio yo inestable. Kaden y Delveckio podían presentarse –después de todo, les debía una pistola– e involucrar a Caroline en la investigación. Morton Frankel podía estar ahora mismo fumando cigarrillos liados a mano en el callejón de abajo, vigilando esta ventana.

–No me fío de donde estoy, necesito más respuestas.

–Perdona –dijo ella–, pero en esta relación sólo hay sitio para mis problemas.

Eso me hizo esbozar una sonrisa. Mientras me vestía, ella se puso un camisón. Nos besamos en la puerta. Pasé la yema del pulgar por una de sus cicatrices.

–¿Y si llegas al final de este camino y descubres que fuiste tú? –preguntó.

–Dudo que pudiera vivir conmigo mismo.

–Mira, Drew, ésa es una alternativa de la que nadie suele disponer.

37

Desperté despacio y sereno y supe la hora antes de mirar el reloj de mi mesita de noche. La 1.08. Un estruendo amenazador abajo. El aire helado, más frío del normal en la casa por la noche, incluso en enero. Me di la vuelta y apoyé la mano en la pistola cargada.

El ruido cesó, y acto seguido se impuso de nuevo con renovada energía.

Xena gruñendo.

Retiré las sábanas, corrí al armario y me vestí a toda prisa. Al pasar frente a la ventana del baño me detuve, respirando a jadeos.

Al otro lado de la calle, delante del garaje del vecino, había un hombre de pie mirando hacia mi casa. Era poco más que una silueta; debido al juego de sombras era difícil calibrar incluso su estatura.

¿Morton Frankel, que por fin se decidía a venir?

Estaba inmóvil, y por el modo en que ladeaba la cabeza parecía estar mirando justo a la ventana donde yo me encontraba. ¿Podía verme tras el cristal?

Crucé rápidamente mi habitación y salí con sigilo a la galería. Al asomarme a la barandilla, vi la barra de seguridad en la moqueta, otra vez sacada de las guías de la puerta de corredera. No podía ver la puerta propiamente dicha, pero *Xena* estaba allí de cara a ella, con el lomo erizado. Una ráfaga de viento hizo traquetear la mosquitera, y momentos después el aire frío subió hasta mi cara.

Quité el seguro de la pistola y bajé rápidamente la escalera, el hombro pegado a la pared de mi derecha. Algo se movía en la puerta, hacia la parte superior donde yo había remendado chapuceramente el cristal. Debajo del contrachapado, en la única tira de cinta de embalar que quedaba a la vista, alguien había hecho un corte. Quienquiera que hubiese sido lo había agrandado unos quince centímetros antes de darse cuenta de que la madera no dejaría pasar una mano hasta la cerradura interior. Metida hacia dentro, la abertura se movía con el viento como una extraña boca acrílica.

Giré al llegar al pie de la escalera. *Xena* debía de haberme olido, pero seguía concentrada en el espacio de dos palmos que había quedado en la puerta corredera. Un susurro de hojas en la terraza de atrás. Me situé a la altura de *Xena*. Mort no habría contado con que yo tuviera un perro guardián. En la guía de la puerta, la pintura estaba arañada allí donde habían desalojado la barra de seguridad introduciendo una palanqueta.

Abrí la mosquitera, salí a la terraza y dejé a *Xena* dentro para poder moverme con sigilo. Igual que antes, la verja lateral chirrió. Colina abajo se oían aullidos de coyotes, probablemente acechando la mascota de algún vecino. Con la 22 en el extremo de mi brazo estirado, rodeé la casa entrando y saliendo de las sombras hasta llegar a la calle.

Bajo la entrada del garaje sólo se encontraba el monovolumen del vecino y charcos de sombra. ¿Estaba perdiendo facultades? ¿Otra vez? De una carrera me acerqué al garaje, miré detrás y debajo del vehículo, volví a salir y me planté de nuevo en mitad de la calle. Ningún movimiento salvo el del follaje con el viento.

Y el rumor distante de un coche.

Agucé el oído, pero no percibí que el sonido se acercara o se alejara.

Avancé calle abajo por la acera, el ruido cada vez más fuerte. Dejé atrás dos solares y me detuve frente a la tapia de estuco que separaba el camino particular de la casa de la esquina. La pared alteró la acústica y no supe si el coche en marcha estaba justo detrás o más adelante, en la siguiente travesía.

Dispuesto a hacer fuego, llegué al extremo de la pared, pero el vehículo –si estaba allí– se encontraba demasiado apartado para entrar en mi campo visual. Aguantando la respiración, me aparté de la pared y entré en el camino particular. El perfil de un coche, unos diez metros delante en el estrecho camino, el parabrisas una lámina negra, humo del escape por la parte trasera. La casa estaba justo al doblar la esquina, encaramada a una cuesta. Noté en el aire un rastro de humo de tabaco. A mi derecha la pared, donde podía protegerme; a mi izquierda una mata de hiedra.

¿Acaso el conductor había dejado el motor en marcha para arrancar cuando regresara? ¿O estaba allí en ese momento, observándome?

Atento a una posible emboscada por el flanco o por detrás, avancé unos pasos apuntando con la pistola al parabrisas, listo para echar a correr. Pese al miedo y el frío, conseguí mantener el arma recta. Las repetidas nubecillas de vaho que me precedían indicaban que mi respiración se había acelerado.

El coche era un Volvo. Pintura oscura. Le habían quitado la placa de la matrícula. Unos pasos más y podría ver si había alguien en el asiento del conductor.

De pronto los faros se encendieron y me cegaron. El motor rugió y los neumáticos chirriaron, buscando agarre. El Volvo arrancó con un brinco. Disparé y la bala abrió un agujero en la esquina superior derecha del parabrisas. Di un salto hacia la izquierda, y me encontraba en el aire cuando el capó me alcanzó de lleno. Rodé sobre el parabrisas (vi al conductor, borroso) y salí despedido contra la hiedra. El Volvo salió derrapando a la calle, cruzó la intersección y se perdió de vista. Me quedé tumbado de espaldas, jadeando, un aspersor clavado en la zona lumbar. Correteaban ratones en torno a mí por la húmeda alfombra verde. Al cabo de un rato los grillos volvieron a lo suyo. El vecindario permanecía en silencio, sin inmutarse por mi disparo.

Arrancándome ramitas de la ropa y el pelo volví a notar el olor a tabaco. Me arrastré por el camino y busqué alguna colilla liada a mano. A un lado, sobre una hoja grande de hiedra, había un sobre de cerillas. ¿Adivináis la ilustración de la solapa?

Cogí una ramita para levantarlo sin dejar huellas dactilares. No quedaba ninguna cerilla, pero en el reverso de la solapa, en mayúsculas que ya me eran familiares, estaba escrita una dirección.

Una dirección que yo difícilmente olvidaría jamás.

38

La calavera y las tibias me miraban con malos ojos desde el sobre de cerillas, convenientemente resguardado en una bolsa hermética. Me paseé de un lado al otro bajo las luces de la cocina, devolviéndoles la mirada. Igual que el humo de tabaco, aquel sobre me parecía una artimaña, pero ¿cómo debía interpretarlo? ¿Acaso Mort había anotado la dirección de Genevieve la primera vez que la acechó? Era improbable que unas cerillas de hacía cuatro meses se hubieran agotado justo ahora. Así pues, ¿había escrito la dirección mientras planeaba el segundo asesinato? Tal vez había utilizado la casa de Genevieve como depósito, llevado allí a Kasey Broach tras el secuestro para no dejar pruebas en su propio piso. La casa de Genevieve, más o menos desocupada, habría sido un piso franco ideal. Mi disparo al parabrisas planteaba nuevas preguntas: si Mort había planeado todo esto para colgarme el mochuelo, ¿qué sentido tenía atropellarme ahora? ¿Sólo porque sabía que yo iba por él? ¿Trataba de liquidarme antes de que acudiera a la policía con pruebas concretas?

Abrí el móvil y marqué. Contestó Angela, aceptó mis disculpas y le pasó el teléfono a su marido.

Como siempre, Chic parecía completamente despierto, como si le hubiera pillado dando un paseo de buena mañana. Me escuchó en silencio. Terminé de explicar la situación y le pregunté:

–¿Puedes reunirte conmigo en la casa de Genevieve?

–Claro. ¿Para qué?

–No me trago lo de las cerillas, como no me tragué lo de la

cuerda de sadomaso. Alguien que ha sido tan cuidadoso con las pruebas no aparca delante de mi casa, se fuma un pitillo y luego tira el sobre de cerillas con una dirección tan significativa escrita en la solapa.

–A no ser que pensara que tú ibas a estar demasiado muerto para encontrarla.

No le faltaba razón.

–Creo que está guiando mis pasos.

–Y tú lo vas a seguir.

–Sí. Creo que ese tipo ha dejado algo para mí en casa de Genevieve. Algo que me incrimina todavía más. Y quiero encontrar ese algo antes de que lo haga la policía y escapar antes de que el cepo se cierre.

–Un juego peligroso...

–Por eso necesito refuerzos.

–Y refuerzos vas a tener.

Estaba de pie en la cuneta con Chic y sus hermanos –a dos los conocía, al otro no– a mi lado y la casa de Genevieve delante de nosotros. Habíamos comprobado las calles y terrenos circundantes y Fast Teddie se había colado por la ventana de un cuarto de baño con su Colt 45 para cerciorarse de que en la casa no había nadie.

Chic me dio un codazo.

–¿Listo para echar una ojeada?

Asentí con la cabeza.

Cruzamos el césped con su aspersor roto y avanzamos por las movedizas losas hasta el porche. Allí estaban los filodendros, allá el tiesto de terracota con el platillo agrietado debajo.

Había venido a este lugar muchas veces, en la realidad y en sueños y en el recuerdo. Ahora tenía la sensación de que las tres cosas se mezclaban.

En unos tres segundos, Fast Teddie hizo saltar el cerrojo de la puerta principal.

Chic empujó la puerta, me pasó una linterna y dijo:

–Estaremos donde ya sabes. Deja el móvil conectado.

Pasé al interior y cerré la puerta detrás de mí.

Estaba solo en casa de Genevieve.

Cada objeto me traía un recuerdo. Bombonera en cristal Baccarat, de tacto resbaladizo. El espacio de la mesita donde solía estar el pisapapeles de Murano. Bufanda a rayas blancas y rosas colgada sobre el pasamanos de la escalera, todavía con un ligerísimo toque de Petite Chérie. El duro mármol del vestíbulo. El taco de los cuchillos me miró desde la cocina, cinco mangos de acero inoxidable y una ranura vacía. Pensando en el baño de lejía que habían dado al cuerpo de Kasey Broach, miré en el lavabo y las bañeras y luego en el garaje. Registré la sala de estar y la glorieta enmoquetada a la que Genevieve solía llamar comedor, buscando alguna cosa fuera de lo normal.

Sólo me quedaba el dormitorio, en el piso de arriba. Las piernas me cosquillearon al empezar a subir. ¿Adrenalina? ¿Miedo? La puerta estaba entreabierta. Incluso con la escasa luz, se veía bastante bien: un borrón ensanchado, más claro que la moqueta de alrededor, donde algún limpiador industrial había blanqueado las fibras de color beige.

La cama estaba hecha, un detalle que me emocionó. ¿Quién había arreglado todo esto después de los hechos? ¿La madre de Genevieve? ¿O acaso un perito forense de buen corazón había adecentado la cama antes de marcharse?

Regresé a mi cometido y registré el vestidor, el lavabo, la lujosa bañera rosa con su reposacabezas inflable, que ahora tenía un toque de moho.

Volví a aquel punto en la moqueta y me senté cruzado de piernas.

Allí habían acuchillado a Genevieve.

Allí se había extinguido su vida.

Allí había hundido yo mis manos en el pozo sangriento de su cuerpo, allí había sufrido mi ataque y me había desmayado.

El recuerdo estaba ahí, al acecho, perdido en los remolinos de mi lóbulo frontal.

Yo quería –necesitaba– respuestas. Quería ver repentinamente claro, sentir el relámpago de la epifanía. Pero allí no había otra cosa que la quietud acendrada de un dormitorio desierto.

Pasados unos momentos capté un débil siseo. Me puse de pie y giré sobre mí mismo buscando el origen, y acabé con la oreja pegada al altavoz empotrado junto al cabezal de la cama.

Fui hasta el umbral del comedor, donde una pared de armarios de madera buena describía un arco hacia la cocina. Una ventana panorámica, la más grande de la casa, ofrecía una magnífica vista de la colina e intervalos de la calle que bajaba serpenteando hasta Coldwater. El armario de la izquierda, donde, obedeciendo a la extraña lógica de los galos, Genevieve guardaba el equipo de música, se abrió suavemente dejando escapar una vaharada de calor electrónico. Entre los diversos aparatos oscuros, un puntito de luz verde. El lector de compactos había quedado encendido. ¿Sonaba un disco la noche de su muerte? La música que yo había oído en mi sueño-recuerdo al subir al porche quizá no estaba sólo en mi cabeza, como el fuerte olor a caucho quemado. El contador digital indicaba que el CD había llegado al final. Pulsé *eject* y la bandeja salió obediente, portando un compacto sin etiqueta, seguramente algo que Genevieve habría copiado de su lista de iTunes.

Me disponía a empujar de nuevo la bandeja para hacerlo sonar cuando mi móvil pitó, rompiendo el tenso silencio. Levanté la vista hacia la ventana.

Dos todoterrenos grandes, oscuros y de lunas tintadas bajaban sin luces por Coldwater, torcían hacia la calle de Genevieve y empezaban a subir la cuesta.

La voz de Chic por el móvil sonó apremiante:

–Lárgate ahora mismo.

Salí de allí a la carrera, dejando una estela de losas bamboleantes. Subí al coche y deslicé el CD sin etiqueta bajo la esterilla del suelo. Mientras arrancaba a toda prisa y me ponía el auricular, vi cómo parpadeaban las luces traseras de Chic en el trecho de calle visible a mi izquierda, colina abajo.

–¿Dónde están?

–Una manzana más abajo –dijo Chic–. Teddie acaba de ejecutar el giro de tres puntas más lento de la historia, para retenerlos un poco. Las lunas tintadas no me dejan ver quiénes son. ¿Llevas eso encima?

Dejé la 22 en el asiento del pasajero.

–Sí.

–Tú tranquilo. Sigue cuesta abajo sin inmutarte. La calle es estrecha; necesitarán tiempo para dar media vuelta. Cuando lleguemos al pie de la colina, nos abrimos en cinco direcciones diferentes.

Aferré el volante y anclé la pistola en el hueco entre los asientos; si había problemas, no era plan que se me cayera al suelo.

Varias curvas cerradas y luego, por fin, unos faros iluminaron un chaparral en el arcén derecho. Aminoré la marcha, me pegué a la pared del cañón, y dos Tahoe negros pasaron a toda pastilla haciendo balancearse mi coche. Imposible ver la matrícula; negro infranqueable en las ventanillas de ambos coches.

Estaba ya en la curva cuando vi por el retrovisor que las luces de freno de los Tahoe se encendían. Mi estómago se crispó.

Acelerando por la peligrosa carretera le dije a Chic:

–Me han identificado.

–Bien. Sigue con el auricular. Dime dónde estás.

Torcí por Coldwater lanzando una rociada de piedras y gravilla al carril contrario y pisé a fondo colina arriba, saltándome el semáforo para girar a la izquierda al llegar a Mulholland.

–Voy hacia mi casa.

–Estoy detrás de ti.

El morro del Tahoe que iba en cabeza apareció en mi retrovisor, pero lo perdí al tomar una curva. En Benedict Canyon el semáforo estaba en ámbar; vi otro todoterreno grande esperando en el cruce y pisé el acelerador, colándome cuando ya se disponía a cortarme el paso. ¿Tres coches persiguiéndome? ¿El FBI? ¿La mafia? ¿Gánsteres? Manteniendo el acelerador peligrosamente apretado e invadiendo el carril contrario para apurar las curvas, conseguí mantener a mis perseguidores a cierta distancia.

–¿A qué altura estás ahora? –preguntó Chic.

Cerca ya del cruce con Beverly Glen, Mulholland se ensanchaba en varios carriles.

El viento me trajo jirones del sonido de un megáfono: «Acerque su vehículo al bordillo...». Pisé el freno, entré derrapando en la curva y vi lo que me esperaba: seis coches patrulla aparcados morro contra morro bloqueando el paso, con las luces destellando, las puertas abiertas, y armas de fuego apuntando hacia este servidor. Un poco más allá, varios conductores confusos empezaban a dar marcha atrás previendo jaleo.

Cuando el chirrido de mis neumáticos calló, oí las sirenas poniendo música detrás de mí.

–Es la poli –dije.

Chic respondió:

–Me voy a casa.

Por el retrovisor vi alejarse tranquilamente la camioneta rojo cereza por una travesía. Encendí la luz cenital y puse ambas manos sobre el volante. Uno de los Tahoe se detuvo a mi altura y la ventanilla oscura empezó a bajar.

–Tengo un veintidós cargado en el asiento del pasajero –dije.

Sobre el cañón de su Glock, que me apuntaba, Bill Kaden dijo:

–Sí, creo que me suena.

39

Apoyé las manos esposadas en la mesa de interrogatorio y contemplé las ya familiares paredes amarillentas, el espejo salpicado de óxido. Era de día, pero allí dentro era imposible saberlo con certeza.

Kaden y Delveckio me habían puesto en manos de dos polis rudos que olían a tabaco y se negaron a hacerme el menor caso hasta que me sacaron del asiento de atrás. Algunos periodistas se habían acercado a Parker Center movidos por el rumor de que un violador convicto iba a ser trasladado para un juicio. No habiendo tal, se habían contentado con fotografiarme en plan sospechoso escoltado por la policía. Una vez arriba, habían dejado que me entretuviera solo un par de horas; quien dijo que el agobio fomenta la creatividad era un capullo.

La puerta se abrió de golpe y, entró Kaden. Las mangas subidas, la pistolera puesta, oliendo a tiza y café. Detrás de él, Delveckio sonándose con un pañuelo de papel.

–Hemos encontrado la blusa de Kasey Broach en el lavadero de la casa de Genevieve Bertrand –dijo Kaden.

El lavadero. Yo no había estado lo bastante alerta como para dar con la prueba que me habían dejado allí.

–Y tus huellas por toda la casa –añadió Delveckio.

–Pues claro. Yo iba mucho a esa casa, antes de que cortáramos.

–Estabas en su calle –dijo Kaden.

–Había ido a dar una vuelta.

Kaden se agarró a los bordes de la mesa, flexionando los brazos.

–¿Niegas que hace sólo unas horas forzaste la entrada de su casa?

–No pienso confirmar ni negar nada hasta que no hable con un abogado.

–Ya, ¿y por qué no solicitas uno ahora?

–Porque tendríamos que dejar de hablar. Sé que pensáis que habéis encontrado algo. Probablemente es algo horroroso. Quiero saber de qué se trata. –Estaba empapado de sudor–. Lo adivino por todo el montaje. Nueve coches patrulla persiguiéndome, esposas, el gesto presumido con que me miráis. Bueno, ¿qué es? ¿Los dedos de los pies de un ligue mío del instituto escondidos debajo de los tulipanes de mi patio delantero?

–No tienes tulipanes en el patio delantero –dijo Delveckio.

–Ya lo sé, pero si digo «hidrangeas» pareceré cursi. –Silencio cargado. Estaba demasiado ansioso para permitir que se prolongara–. Venga –insistí–, soltadlo de una vez.

Kaden habló:

–Íbamos a arrestarte cuando una llamada anónima nos chivó que alguien había forzado la casa de la señorita Bertrand.

–¿Y por qué ibais a arrestarme, si puede saberse?

Me lanzó a la mesa una bolsa de pruebas que contenía el famoso cabello.

–Este pelo concuerda con los que ha dejado el violador de Redondo Beach en estos últimos tres años.

–Yo... ¿Qué has dicho?

–Usa un pasamontañas, por eso nunca hemos podido hacer un retrato robot. Siete violaciones, y sólo tenemos algún que otro pelo castaño. –Kaden me miró a los ojos–. El mismo color de tu pelo, Danner.

–Chorradas. Al paso que vamos resultará que fui yo quien enseñó a cagar en el váter al hijo de Lindberg en colaboración con Jimmy Hoffa[1].

1. Sindicalista norteamericano misteriosamente desaparecido en 1975. Su caso sigue sin resolverse, como el secuestro del hijo de Charles Lindbergh. *(N. del T.)*

–¿Me vas a decir por qué coño querías que un laboratorio nuestro analizara el cabello de un violador buscado por la justicia?

–Encontraron uno igual, y Ordean se acojonó –dije, más para mí que para ellos.

–Claro que se acojonó. Es un actor de televisión, joder. Los payasos del CSI que asesoran su programa hicieron una comparación microscópica del pelo como si fuera la clase de Ciencias, lo cotejaron con pelos de casos especialmente prominentes. ¡Bingo! Por poco no la palman de la emoción. Ordean dijo que el pelo se lo diste tú y que no tiene ni idea de dónde lo sacaste.

–¿De dónde creéis que lo saqué?

Kaden estiró el brazo y con el pulgar me presionó la hinchazón que tenía en el ojo.

–Morton Frankel –dijo.

Me aparté, y ellos se burlaron de mí.

–¿Por qué estabas en casa de Genevieve Bertrand? –preguntó Kaden.

–Anoche alguien intentó entrar en mi casa y luego casi me atropella con un Volvo marrón. Se dejó esto.

Con las manos esposadas saqué del bolsillo la bolsita con el sobre de cerillas (no habían reparado en ella al cachearme en busca de armas) y la tiré sobre la mesa.

Delveckio examinó la calavera y las tibias con gesto hosco, o quizás era simplemente su cara. Cuanto más me fijaba en él, menos me lo imaginaba teniendo algo que ver con Adeline, ni con ninguno de los Bertrand, para el caso. Mejor dicho, menos me los imaginaba a ellos teniendo algo que ver con Delveckio. Manipuló torpemente la bolsa y le mostró a su compañero la dirección escrita en el sobre.

–¿Quién os dio el soplo de que estaba supuestamente en casa de Genevieve? –pregunté.

–Una llamada anónima –dijo Kaden.

–¿No localizáis las llamadas entrantes?

–Fue a mi línea privada, no al número de la policía.

–Vaya, una llamada pero que muy anónima, ¿verdad? Cuando vayáis a buscar a Mort, ¿por qué no miráis si tiene tus dígitos escritos en alguna parte?

–No podemos ir a buscarle –dijo Delveckio.

–Ese tipo trató de aplastarme con el Volvo.

–Eso lo dices tú.

–Y la caja de cerillas –le recordé.

–Esta prueba –señaló la bolsa con los cabellos– fue conseguida de manera ilegal.

–Pero no por vosotros –repliqué–. O sea que podéis utilizarla para conseguir una orden de arresto y presentar un caso como Dios manda. Me han dicho que en el fondo se trata de eso.

Kaden me miró con furia.

–¿Tú nunca cedes, cabrón?

Hizo un gesto hacia Delveckio y me dejaron a solas con mi no muy alegre reflejo.

No llevaba reloj, de modo que no podía calcular la hora. En tres o cuatro ocasiones pedí ir al baño y fui escoltado por un pasillo, pasando bajo un reloj.

Después de que me depositaran de nuevo en la sala, pregunté al guardia si estaba arrestado, y el tipo me dijo:

–Aún no. De momento sólo le están interrogando.

–¿Es un ensayo para una nueva técnica de interrogatorio zen? –repuse. Viendo que me miraba embobado, agregué–: Si no hay cargos contra mí, debería poder marcharme.

–No mientras estés retenido como persona de interés.

–Persona de interés... –dije–. Muy halagador. Creo que ahora sí llamaré a mi abogado.

–Un momento –dijo el poli. Y luego, como si yo hubiera replicado–: Espera un momento.

Salió de la sala dejando la puerta entreabierta. Transcurrieron unos minutos hasta que oí pasos firmes y rítmicos en el pasillo. Morton Frankel, esposado, pasó por delante de la puerta acompañado por Kaden y Delveckio. Al verme de reojo, forcejeó, empezó a dar codazos y se lanzó hacia mí. Tenía moretones bajo los ojos del golpe que le había propinado en la nariz, y estaba medio doblado por culpa del sucedáneo de cuchillada en el muslo. Toda su cara brillaba de sudor y tenía manchas en las axilas, prueba de que lo habían interrogado bajo los focos. Los inspectores, como si el encuentro les resultara divertido, le permitieron explayarse unos momentos.

–Te voy a sacar los ojos –me dijo– y te voy a follar por los agujeros, hijo de puta.

Se abalanzó sobre mí y yo pegué un salto. La silla cayó hacia atrás. Riendo, los inspectores lo sacaron de allí, y luego oí a Kaden dando orden de que lo llevaran a fichar. Momentos después volvieron, cerraron la puerta y se sentaron enfrente de mí. Kaden fijó la vista en mis rodillas, que botaban por su cuenta del susto de hacía un momento, y juntó los labios en una especie de sonrisa. Su reloj marcaba las dos.

–Buen trabajo –dijo–. Nuestros muchachos encontraron un kit completo de violador en un mueble zapatero: pasamontañas, linterna, juego de ganzúas, mordazas, esposas flexibles de plástico, todo el tinglado. Y resulta que el chico es tan romántico que incluso guardaba algunos trofeos, como una bufanda, un cinturón de albornoz, una pulsera. –Se mordió los labios–. Pero hay un problema, Danner. Una de las muestras de cabello que tenemos archivadas es de una agresión que cometió la noche del veintidós de enero bajo el Redondo Pier. Alrededor de las once. ¿Te suena esa fecha?

El día del secuestro de Kasey Broach.

Me sentí instantáneamente frustrado. Delveckio, al ver que me hundía en la silla, me ofreció una lánguida sonrisa.

–O sea que, a no ser que fletara un helicóptero para hacer su ronda esa noche, Frankel queda descartado.

–¿Quién utilizó su coche? –pregunté.

–Lo estamos investigando –dijo Kaden–, pero suponemos que lo necesitó para ir hasta Redondo a violar a Lucy Padillo.

–El coche era ése –dije–. Tenía la abolladura en la parte derecha, todo.

Delveckio tiró el sobre de cerillas sobre la mesa.

–Hemos llevado esto al laboratorio. No hay huellas, lo cual parece un poco raro habida cuenta del uso que se le da a un sobre de cerillas. Pero esto te va a gustar todavía más: la letra no concuerda con la de Frankel. ¿Sabes de quién es?

Respondió Kaden, risueño:

–Tuya.

Abrí la boca, pero no tenía maldita cosa que decir.

–Estás persiguiendo a un fantasma, Danner, y nunca mejor dicho.

Kaden me mostró una fotocopia: la anotación del sobre de cerillas junto a una muestra de mi letra, sacada de un formulario del registro de vehículos que yo había rellenado hacía más de un año. Las correspondencias entre letras estaban marcadas con sendos círculos rojos. A primera vista, parecía que llevaban razón.

–Las mayúsculas son las más fáciles de imitar –dije en voz baja.

No sabía si era cierto, pero tenía que intentar cualquier cosa, estaba desesperado.

Me miraron como dos amigos bienintencionados a punto de decirte que el cinturón no te hace juego con los mocasines.

–Vale –dijo Kaden–, y el bueno de Mort, cuando sale de currar en la fábrica, va a un cursillo acelerado de caligrafía forense, ¿no?

–Pero felicidades –intervino Delveckio con fingido optimismo–, has cazado a un violador y nos has ayudado a cerrar un caso. Estás libre.

Me tendió la mano, pero no fui tan tonto de aceptarla.

Los dos rieron con ganas. Kaden dijo:

–La cosa no funciona así, como ya intentamos explicarte una vez. Te negaste a ser buen chico y ahora se te acusa de obstrucción a la justicia, agresión con violencia y un par de allanamientos de morada. Te lo pedimos amablemente, te lo pedimos menos amablemente, te advertimos de que esto acabaría fatal. Pero tú querías seguir jugando a los detectives y no pensaste que habláramos en serio, que esto tendría consecuencias. De modo que habrá cargos, porque, ya ves, nos hace gracia saber por qué te empeñas en colgarle a otro el asesinato de Kasey Broach. Sí, vale, tienes la coartada de tu vídeo, pero nosotros vamos a atar cabos porque sabemos que están ahí para ser atados. Y mientras nos ocupamos de eso, a ti te dejaremos con los presos comunes en Twin Towers.

Kaden se incorporó y me agarró el brazo con fuerza para sacarme al pasillo. ¿Qué podía hacer? ¿Patear y gritar? ¿Resistirme a golpes?

Bajamos en ascensor, subimos al coche y fuimos a Twin Towers. Me sacaron a la fuerza, yo medio entumecido, sin acabar de creer que fueran a encerrarme en la pecera con homicidas y violadores, pero al mismo tiempo creyéndomelo. Me asignaron a la Torre Uno. La forma hexagonal del edificio, que contribuía al muy promocionado diseño panóptico, convertía el interior en una casa de espejos, cada rostro modulado y flanqueado por su múltiple imagen reflejada. El olor del edificio estaba grabado en mi memoria, devolviéndome a aquellos cuatro meses infinitos. El hormigón sucio, el alboroto metálico, el eco de gritos amortiguados por las paredes. Noté que el aire denso se alojaba en mi faringe.

–Primero tenéis que presentar los cargos y dejar que llame a mi abogado –dije.

Ambos dejaron sus Glocks en el armero. Cruzamos la doble puerta de seguridad y entramos en la tierra de nadie de ayudantes de sheriff con sus uniformes verde y beige y aerosol de pimienta colgado del hombro. Más allá de otra verja de barrotes vi a los reclusos moviéndose en círculo por el enorme recinto de recreo, sus improperios, sus carcajadas llenas de amenaza. Frankel no estaba entre ellos, pero lo estaría pronto. Mientras dos adláteres observaban, un preso con perilla y la cabeza rapada se arrimó a un chaval negro flaco, inmovilizándolo contra una ventana con barrotes. Una oleada recorrió al grupo y todas las cabezas bascularon hacia la verja, para mirarme a mí.

Me solté.

–Es increíble. No podéis hacerme esto.

Kaden me quitó las esposas. El ayudante de sheriff hizo un gesto a un colega situado detrás de un cristal antibalas, y la verja empezó a chirriar. El tipo la apartó del todo y me empujó para que pasara. Yo sabía que era mejor no suplicar, de modo que avancé y me encaré a los demás. El recinto estaba a tope, al menos un centenar de monos azules en los bancos metálicos y en las espalderas y paralelas. El aire estaba inmóvil y el calor de todos aquellos cuerpos en pleno esfuerzo hacía vibrar el aire como una nota grave y sostenida.

Detrás de mí la verja se cerró con determinación de acero.

Unos quince presos se aproximaron a mí, aparentemente picados por la curiosidad. Un hombre con sendas cruces grabadas a fuego en los antebrazos se adelantó al resto, estirando los dedos como si los flexionara. Me hice a un lado, de espaldas al hormigón, mientras los demás se situaban estratégicamente y continuaban acercándose.

40

El recluso de los brazos tatuados sonrió, y su bigote pelirrojo pareció extenderse. Hizo una finta, y yo lancé un puño, pero fallé.

Los otros silbaron y rieron, y alguien dijo:

–Menudo Mike Tyson.

–Y una mierda –lo corrigió uno de los reclusos negros–, en todo caso Jack Dempsey. Nos vamos a reír de lo lindo.

Otro tipo se me acercó por la izquierda y yo giré en redondo, alcanzándole en la mandíbula. El impulso me hizo perder el equilibrio. El recluso de las cruces se me coló por la derecha y me inmovilizó por detrás con un abrazo de oso. Noté su aliento a tabaco en la mejilla. Giré sobre mí mismo, dando codazos, e intenté colocar un golpe, pero el tipo me alzó en vilo. Entonces choqué contra el hormigón y vi docenas de zapatillas de lona blanca acercarse rápidamente hacia mí.

Se oyó un ruido metálico y de pronto la gente se dispersó. Alguien me quitó al oso de encima. Con dos ayudantes, uno a cada lado, Kaden me levantó del suelo y me llevó por un pasillo hasta el ascensor. Delveckio y él guardaron silencio como dos ejecutivos saliendo de la oficina. Antes de que mi respiración recuperara el ritmo normal, me habían sacado al vestíbulo y finalmente al sol de la tarde.

Kaden me hincó un dedo en la mejilla.

–Deja que te demos un buen consejo. No metas las putas narices en esta investigación. Para nada. No, permite que me corrija: en todas las investigaciones y todas las actividades del departamento de policía de Los Ángeles. ¿Queda claro?

Todavía me costaba respirar, pero dije:

–Sí.

Delveckio me pasó de mala manera una caja de zapatos con mis pertenencias. La puerta de cristal despidió un destello, y los inspectores se marcharon. Di unos pasos vacilantes y me senté en una jardinera.

Dos segundos de quietud y, de repente, empecé a temblar como un flan.

La gente pasaba hablando de planes para el fin de semana, quejándose de lo malo que era el café.

Al cabo de unos minutos fui capaz de pensar con cierta claridad. ¿Mi letra en el sobre de cerillas? Quizás estaba más loco de lo que creía. Pero también había pruebas de lo contrario. Que uno esté paranoico no significa que alguien no vaya por ti. De hecho, sería más fácil cargarle el mochuelo a alguien que tiene los nervios constantemente de punta.

La noche del asesinato de Kasey Broach, Frankel estaba ocupado en otra violación. Pero lo habían descrito como asesino de Broach, igual que a mí. ¿Era el cabeza de turco suplente, o le habían colgado el papel del que me echaba a mí el muerto? ¿Iba realmente por mí, o alguien me estaba enredando para que yo eliminara a Frankel? Me sentía al borde del abismo, como en la típica secuencia de *Vértigo*.

Al final saqué el móvil de la caja de zapatos y marqué el número de Chic.

Respondió al instante.

–Ven a buscarme –dije–. Tengo muchas cosas que hacer.

Me había serenado bastante para cuando llegó Chic, pero pensar en aquellos minutos desprotegido en el recinto de recreo de la cárcel todavía me producía ardor de estómago.

Chic aparcó y dijo:

–Empiezo a estar harto de venir a recogerte a la cárcel.

–Haz ver que eres mi chulo.

Cuando le expliqué que le había dado la muestra de pelo a Johnnie Ordean, Chic meneó la cabeza.

–Pero, Drew..., eso es apuntar al blanco equivocado. Eres demasiado inteligente para confiar una prueba importante a un histérico vocacional.

–¿Qué debería haber hecho?

–Seguro que alguien del negocio de las pruebas de paternidad podría analizar un cabello. Es un sitio tranquilo, cuando no están encendidos los focos klieg.

No fue la primera vez que deseaba haber nacido con el sentido común de Chic.

Continuamos un rato en silencio mientras yo meditaba sobre mi próximo paso.

Sonó el móvil: era Preston, exigiendo novedades. Le puse rápidamente al corriente, y luego Chic empezó a hablarme por el oído libre, de modo que conecté el altavoz. Hablábamos los tres a la vez y, naturalmente, fue Preston quien dominó la situación.

–Bueno, vale, a ti y a Mort os tendieron una trampa. Has estado perdiendo el tiempo.

–Es lo que yo intentaba decirle –intervino Chic–. Si Mort Frankel no es el tipo que buscas...

–¿Por qué actuó de manera tan estrafalariamente hostil contra ti?

Molesto por este diálogo de ping-pong, me tomé mi tiempo para responder. Pero Chic no me dio respiro.

–Porque el tipo pensaba que eras tú quien trataba de colgarle el mochuelo a él.

–Ese Mort ha sido un mero títere, igual que tú –dijo Preston–. Sigues sin plantear la pregunta correcta. Que es...

Preston y Chic, ahora como un dúo bien avenido:

–¿Quién le cargó el muerto a Mort?

Chic me miró expectante. De Preston sólo oí interferencias. Sin duda se les daba mejor plantear preguntas que aportar respuestas. Nos quedamos allí quietos y frustrados, y luego Preston cortó. El silencio subsiguiente fue como una derrota.

Mi Highlander estaba aparcado en el arcén de tierra junto a Mulholland, donde lo había dejado la víspera.

Chic me guiñó el ojo mientras me apeaba.

–Llámame cuando descubras lo que descubras.

Había dejado el techo solar retirado y los asientos despedían mucho calor. Cerré los ojos y repasé mentalmente todos los eslabones del caso como si fuera un rosario. ¿Cómo podía yo saber quién estaba interesado en incriminar a Mort? No sabía nada de él. Contemplé la vista, el callejón sin salida más extenso del mundo. Lo fui entendiendo paulatinamente: Preston y Chic se equivocaban al enfocar el asunto del móvil. Todo se reducía a la oportunidad.

No por qué querría nadie colgarle el mochuelo a Mort, sino quién pudo hacerlo.

Recordé la abolladura en el hueco de la rueda frontal derecha del Volvo. Mi cabeza ordenaba una y otra vez los datos, y lo que se deducía de ellos no me gustó.

Llamé al hospital y pedí por la unidad de Big Brontell. Una empleada increíblemente atenta me dijo:

–Lo siento, ha salido a tomar un refrigerio. Pero no tardará.

Dejé mi número de móvil, que la chica anotó debidamente, y luego recorrí los tres kilómetros hasta mi casa.

Xena había sacado mis botas de baloncesto del armario y convertido las punteras en un amasijo, pero la noche anterior probablemente me había salvado la vida, y decidí que eso bien valía unas Nike. Recalenté un taco y se lo puse en el plato para premiarla por su mal comportamiento. Luego fui a mi despacho y saqué el dossier del asesinato y todas las notas que había reunido sobre la investigación.

Estaba a medio bajar la escalera cuando me detuve, volví arriba y agarré mi manuscrito.

Para atravesar la ciudad en coche, di vueltas y más vueltas a las pruebas, tratando de conseguir una imagen bonita. Conseguí algunas variantes, pero ninguna de ellas bonita.

Aunque el sol de las cuatro era fuerte, había luz en las ventanas del piso de Frankel, recuerdo de la visita nocturna de Kaden y Delveckio. Conduje despacio dejando atrás el puesto de perritos calientes y la tienda de telas con sus espeluznantes maniquíes en el escaparate, y aparqué junto al alquiler de coches. El mecánico de Frankel estaba al otro lado, cerrando el garaje. Lo alcancé cuando ya estaba echando el candado a la puerta de seguridad.

–Hola, me llamo Drew. Un vecino mío, Mort, me recomendó que viniera. –Le tendí la mano y él mostró la suya disculpándose por la grasa adherida a su piel áspera.

Llevaba tatuados dragones y ninfas pechugonas en cada brazo, un trabajo tan complicado como bien hecho. La tinta terminaba justo en las muñecas.

–Ah, sí. Mortie. Claro.

–Me dijo que trabajabas muy bien.

–Desde rascaditas hasta siniestros totales.

–Debes de ser bueno, porque Mortie no es un tipo que se prodigue en elogios, ¿verdad?

–Ya.

–Tú le arreglaste esa abolladura en el hueco de la rueda.

–Sí.

–Yo también tengo una. Fui a buscar el coche por la mañana y allí estaba. En el hueco de la rueda. –Sacudí la cabeza fingiendo irritación–. Igual que le pasó a Mort. No dejaron ni nota ni nada.

–Mortie supuso que la abolladura se la había hecho alguien con una moto.

–Aparcamos uno al lado del otro. Creo que el tipo debió de darle a mi coche al mismo tiempo. Fue el miércoles pasado.

El mecánico meneó la cabeza.

–Pues no. A Mort se lo abollaron hace dos noches. Ya sabes cómo es él. Me lo trajo a la mañana siguiente.

–¿Estás seguro?

–Claro. Dejó el coche el martes a primera hora. Cuando volvió del trabajo, ya se lo tenía arreglado.

La misma noche que yo había conseguido identificar el vehículo a través de Junior, una abolladura había aparecido en el hueco de la rueda delantera del coche de Mort. Y sólo una persona, además de Junior, podía saber dónde.

Consciente de la brisa que refrescaba mi rostro repentinamente acalorado, dije:

–Eres rápido trabajando.

–Mort es muy maniático con su coche. Más vale darle un puñetazo en la nariz que abollarle el coche. Aunque tampoco me gustaría darle un puñetazo en la nariz.

–No –dije–, a mí tampoco.

Me quedé sentado en el coche con los codos sobre el volante y la cara inclinada hacia las manos. Me dolían los ojos, sobre todo cuando me frotaba.

Necesitaba proceder con cautela y considerar todas las posibilidades. Quedaban dos explicaciones razonables para el desperfecto en el coche de Mort. Puesto que la primera era del todo increíble, me centré en la otra. Si Junior había adornado la historia del Volvo, eso me habría precipitado por la senda equivocada, limitando el campo a delincuentes varios y escogiendo uno de mi agrado. La abolladura en el hueco de la rueda delantera derecha –una coincidencia considerable en esta hipótesis– lo hacía muy improbable. Pero tenía que estar seguro.

Llamé a Hope House y le expliqué a Caroline mis progresos desde nuestro último encuentro.

–Cuando sea conveniente podrás presentar una bonita demanda contra la policía de Los Ángeles –comentó.

–De momento necesito que compruebes que Junior está convencido de todo lo que me contó sobre el Volvo. Ponlo en el potro de tortura, o lo que sea que utilicéis los loqueros...

–Empulgueras, es más eficaz.

Le di las gracias y luego paré a tomar una Coca-Cola y llenar el depósito en la gasolinera donde había consolidado el amor de Junior por el tabaco. El cielo empezaba a teñirse de naranja, silueteando edificios y árboles. Sonó el móvil. Era Caroline.

–Junior está segurísimo de lo del Volvo. Ah, y dice que tus dudas le ofenden.

–Pobrecito. Dile que procuraré compensarle en mi próxima actuación como Gran Hermano del mes que viene.

Subí al Highlander, encendí el motor y arranqué como alma que lleva el diablo.

Quince minutos más tarde me encontraba en North Hollywood, frente a la casa del asesino.

41

Aparqué en las sombras a media manzana de distancia, bajo el follaje en cascada de un pimentero falso. El parabrisas quedó festoneado de sombras y del techo llegaba un susurro de hojas secas. Desde mi puesto de observación sólo podía ver el garaje y el borde de la casa.

La escena exigía una atmósfera de cine negro –relámpagos dramáticos, cielo agorero, nubarrones pesimistas–, pero Los Ángeles puede ser un sitio muy poco cooperador. Estaba más oscuro, por supuesto, pero la luz que quedaba era agradablemente uniforme, pura monotonía suburbana. Aún quedaba un resto de calor diurno atrapado en el aire quieto del Valle. Olía a mantillo y carne frita. Un reactor pasó zumbando perezoso en dirección a Burbank.

La puerta del garaje estaba levantada, la trasera de la furgoneta abierta; por lo visto, estaba ocupado, aunque mi limitada perspectiva no me permitía ver movimientos cerca de la casa. La furgoneta era ahora el vehículo de su elección; ya no se arriesgaría a sacar el otro coche.

No quería creerlo –casi no podía creerlo– pero ¿quién si no él? ¿Quién podía haber entrado en mi casa, haberme sacado sangre para ponerla en el cadáver de Kasey Broach? ¿Quién pudo contaminar la escena del crimen con un cabello que no levantara sospechas? ¿Quién se había desvivido por ayudarme mientras yo seguía la senda equivocada? ¿Quién tenía muestras de mi letra a fin de imitarla en el sobre de cerillas? ¿Quién me había mostrado la huella dactilar de Richard Collins sólo después de haber confirmado que la huella obtenida no era la suya propia? ¿Quién había elegido a Mort de entre la lista de propietarios de Volvos marrones, juzgándolo el candidato idóneo para dar el salto de delincuente a asesino? ¿Quién tenía carta blanca para acceder a todo tipo de material, bases de datos, pistolas desechadas? ¿Quién sabía cómo introducir la hoja de un cuchillo en un cuerpo inconsciente de modo que pareciera obra de un zurdo? ¿Quién había estado convenientemente cerca del lugar donde arrojaron el cuerpo de Broach, de hecho, porque fue él mismo quien lo hizo?

Caroline había dado en el clavo: «Eso es lo que no entiendes en esas noveluchas que escribes. Todo el mundo es bueno y todo el mundo es malo. Según lo dispuesto que estés a fijarte bien».

Supe que tendría que acercarme al garaje y mirar con mis propios ojos. La casa, el atardecer, aquella manzana de barrio tranquilo donde me encontraba: todo lo percibía como sustitutos alucinatorios de la realidad.

Una parte de mi manuscrito había resbalado del asiento del pasajero. Me quedé mirando la página de arriba. `Nos entendíamos bien, y me había parecido exageradamente proclive a colaborar en la manipulación de elementos de la trama, hasta el punto de que, en una ocasión, yo le había llevado escenas enteras para que pusiera en práctica sus habilidades técnicas.`

Me apeé del coche, cerré la puerta con cuidado y avancé sigilosamente junto a la cerca de madera musgosa que limitaba la parte frontal de la propiedad. Poco a poco, la casona quedó por completo ante mi vista. Me colé por la verja y enfilé el camino particular, haciendo crujir la gravilla bajo mis zapatos. Dejé atrás la parte ciega de la casa, la puerta de la cocina donde Lloyd se había quedado sollozando al partir yo el lunes por la mañana.

Me detuve y pegué la oreja a la puerta. Se oía movimiento en el interior. ¿Quizás una silla retirada sin levantar las patas?

El sol se había puesto casi del todo, y cuando miré en el garaje tuve que achicar los ojos para distinguir el fondo. El coche que estaba junto a la furgoneta, tapado por la lona negra, parecía una cosa informe. Seguía donde la vez anterior, con una de las puertas traseras de la furgoneta abierta y apoyada contra el coche. Justo a la altura de la rueda delantera derecha.

Había visto anteriormente esta misma escena. Recordé la puerta de atrás de la furgoneta pegada al vehículo cubierto, el gemido que produjo cuando Lloyd la cerró.

Como el eco de un sueño, el gemido sonó otra vez al mover yo el portón un par de palmos, dejando que se apoyara en mi omóplato al situarme frente al vehículo contiguo. El coche sin usar de Janice. Agarré una esquina de la suave lona que lo tapaba y al levantarla vi el morro de un Volvo marrón. Tenía una abolladura en el hueco de la rueda delantera derecha. Allí donde el metal había vencido hacia dentro, una costura blanca mellada en los bordes con escamas de pintura. Alrededor de la hendidura era visible la pintura original: color dorado.

¿Qué había dicho Kaden? «El marrón es el segundo color más común de Volvo después de ese amarillo caca.»

Fui retirando la lona hasta que vi el boquete irregular dejado por la bala en la esquina superior derecha del parabrisas: el disparo que yo había hecho la víspera en el camino particular de mi vecino.

Me aparté unos pasos y la tela volvió silenciosamente a su sitio, la puerta de la furgoneta basculando hasta encontrar el surco que había producido en el Volvo.

Lloyd había hecho repintar el Volvo de su mujer para que, si alguien –como Junior– lo había visto en una de las escenas del crimen, Janice no apareciera en las bases de datos del registro de vehículos. Había 153 propietarios de Volvos marrones en el condado de Los Ángeles. El problema era que el coche de Janice constaba en el sistema como amarillo.

Sonó el móvil, un ruido estridente en los confines del garaje, y me llevé un susto de muerte. El número estaba registrado en mi directorio: CDRS HOSPTL. Mirando en derredor, bajé rápidamente el volumen y susurré «Un segundo, por favor» pegando la boca al auricular, antes de regresar rápidamente por el camino de grava, mirando nervioso hacia la casa y tratando de hacer el mínimo ruido al andar.

A salvo en el Highlander bajo el pimentero falso, suspiré, cogí el teléfono y dije: «Perdón».

La voz de bajo de Big Brontell hizo vibrar el aparato contra mi cabeza.

–¿Necesitas ayuda, Drew?

–¿Podrías comprobar si Janice Wagner está siendo tratada ahí en el departamento de oncología?

–No es que pueda, pero lo haré. –Le oí teclear, preguntándome cómo se las arreglaba para encajar sus dedazos en el teclado–. Lo fue, hace cuatro meses, pero ahora no. Le dieron el alta como enferma desahuciada el dieciséis de septiembre.

El 16 de septiembre. Una semana antes de que asesinaran a Genevieve.

Me puse el manuscrito en el regazo y busqué. Quería estar seguro de que lo recordaba bien. Las palabras de Lloyd me miraron desde la página. `Se ha reproducido. Ahora el otro pecho. A la tercera va la vencida.`

–No la atendieron por un cáncer de mama, ¿verdad?

–¿De mama? No. Fue por...

–Leucemia –dije.

Fui pasando las páginas del manuscrito. La cabeza me zumbaba. No me lo quería creer, pero allí estaba, en caracteres sencillos. El móvil del asesinato. `Perdona todo este lío. Janice es hija única, los padres fallecieron. No tenemos mucha ayuda.`

Janice carecía de familia que pudiera hacer de donante. Por consiguiente, tenía que intervenir la suerte para evitar que ella se consumiera. Y como no fue así, intervino su marido.

Lloyd podía haber matado sin más a Kasey Broach y haberle extraído médula. Pero, entonces, ¿por qué arriesgarse a usar Sevoflurane?

–Dime –pregunté–, para una extracción de médula ósea tienes que estar vivo, ¿no?

Con el tecleo como sonido de fondo, Big Brontell dijo:

–Así es.

«Oh, por favor, que haya matado él también a Genevieve –supliqué interiormente–. Que la haya matado y que luego se enterara de que necesitaba mantener con vida a la siguiente víctima para que la médula extraída fuera utilizable. Que haya evolucionado como asesino de forma que se le puedan colgar los dos asesinatos, y ninguno a mí.»

Tenía muchas dudas. ¿Por qué iba a estar Genevieve en el registro de médula ósea? Que yo supiera no tenía parientes enfermos, y desde luego no era dada a actos de caridad. Además, si la había matado Lloyd, entonces mi tumor cerebral quedaba como una mera y oportuna casualidad.

–¿Qué probabilidades hay de encontrar correspondencias de médula ósea? –le pregunté a Big Brontell.

–Una entre veinte mil, más o menos. Claro que en este caso estamos limitados a personas que se sometan a la prueba.

–¿Hay correspondencias del tipo de médula de Janice en el registro? ¿Gente que viva en Los Ángeles?

–Déjame ver.

Oí cómo el teléfono se movía con ruido sobre la mejilla de Brontell, y su respiración mientras tecleaba.

Volví a hurgar en el manuscrito, cotejando mi memoria con la fuente de veinte puntos: `Ninguno de nosotros tres tenía el tipo de sangre de Tommy –dijo la señora Broach–. Pero Kasey sí. Fue un ángel para su hermano. Iba una y otra vez, la pinchaban en la cadera, una aguja así de gruesa, y nunca se quejó, ni una sola vez.`

Recordé el cadáver azulado de Kasey Broach, tendida sobre el asfalto bajo la rampa de la autovía: `En la cadera derecha tenía un rasguño de feo aspecto.` Me devané los sesos tratando de recordar si Genevieve presentaba algo similar en el mismo sitio. No costaría mucho borrar las señales dejadas por un racimo de perforaciones de aguja hipodérmica, esconder las marcas de las extracciones bajo una herida superficial. ¿Lo había comprobado alguien?

¿Qué había dicho Lloyd en nuestra última despedida? `Lo siento, Drew, pero Janice y yo tenemos que velar por nosotros.`

Lo sentía mucho. Sí, claro.

No era ningún sádico, pero había introducido la cuerda de *bondage* para despistarnos; el Sevoflurane para mantener a las víctimas con vida y maleables; el Xanax para que estuvieran más o menos serenas si recobraban el sentido (una faceta humana en un acto inhumano). No quiso que sufrieran, como tampoco que sufriera yo. Sólo quería una cosa, a toda costa: que su mujer viviera. ¿Se habría disculpado con sus víctimas como había hecho conmigo? ¿Habría llorado al ponerles la mascarilla para que dejaran de forcejear, o cuando situó adecuadamente el cuchillo de deshuesar para la puñalada final?

–Hay dos correspondencias en Los Ángeles –dijo Big Brontell.

El aliento que contuve me ardió en el pecho. Recé en silencio. «Que el nombre de Genevieve sea uno de ellos, y así yo seré inocente.»

–Vamos a ver... –dijo Big, con tanta parsimonia que me dieron ganas de chillar–. Kasey Broach, pero parece que se borró de la lista activa.

Pero a Lloyd le habría resultado muy fácil obtener autorización para acceder a la base de datos de médula ósea, encontrar correspondencias actuales o antiguas.

–¿Y el otro nombre? –pregunté con un hilo de voz.

–Sissy Ballantine.

Apoyé la frente en mi mano. Estaba resbaladiza y caliente.

–Consta como hermana donante. Pendiente de trasplante.

Eso quería decir que su médula se reservaba para un hermano o hermana, y por tanto no iba a estar disponible para Janice. Lo cual, a su vez, significaba que Lloyd tuvo que extraer la médula de una de las dos y matarla para eliminar el rastro. Kasey Broah, inactiva en la lista de donantes y por tanto más alejada de cualquier pista, había sido la mejor elección.

–Gracias, Brontell. No sabes cuánto...

–Un momento –dijo. Y le oí gritar a alguien–: ¡Busca el Haloperidol! –Otra vez a mí–: Te dejo, Drew. Se requiere mi humanidad en la unidad de psiquiatría.

Desconectó, y yo cerré el móvil y lo dejé en el asiento contiguo.

Cuando levanté la vista, tenía a Lloyd en la ventanilla.

42

Me hizo señas con una mano para que bajara la ventanilla. Su otro brazo quedaba fuera de mi vista puesto que estaba medio subido al bordillo, inclinado bajo una larga rama. Pulsé el botón sin dejar de vigilar la mano escondida. Por el modo en que tenía flexionado el brazo, sostenía alguna cosa. El móvil me resultó duro y bruñido al tacto.

–Hola, Lloyd.

Un anticuado cinturón de tela sujetaba sus Dockers beige. Llevaba un polo rojo ladrillo metido por dentro del pantalón, aunque se le había salido de un lado tras un esfuerzo reciente. Su cabello rubio ondulado brillaba de sudor en la frente y las sienes.

–Hola –dijo–. ¿Qué quieres?

Hice un gesto hacia el manuscrito que tenía en el regazo, concediéndome un segundo para que mi voz no revelara la adrenalina que me corría por las venas.

–Pasaba para ver si le echábamos otro vistazo. Ahora estaba revisando...

Cambió de postura, su brazo se movió, y estuve en un tris de aplastarle la cara con mi puño reforzado por el Motorola. Pero lo que apareció no fue un arma, sino un rollo de cinta aislante que él hizo girar distraído alrededor de un dedo.

–Ahora mismo estoy agobiado, Drew. No puedo ayudarte. Ni dedicarte unos minutos. Es muy mal momento. Imposible.

Pese a lo repulsivo de sus actos, Lloy estaba siendo sincero. Parecía agobiado, sí, abrumado por la pena y el desconsuelo. Como si la sirena del pánico hubiera sonado tantas veces que su cabeza ya no registrara el ruido. Al igual que yo, había llegado a esto por desesperación, escogiendo el menos horrible de dos panoramas. Por su cara adiviné que él también había tenido su ración extra de dudas.

–Está bien. Tranquilo. Perdona que te haya molestado –dije, poniendo la primera–. Ya nos veremos.

–Vale, Drew –repuso en voz queda.

Arranqué, mirándole por el retrovisor. Lloyd se quedó en el bordillo viendo cómo me alejaba y luego echó a andar encorvado hacia la casa, como si sus pensamientos le hicieran doblar la cerviz.

Giré en la primera esquina, paré y marqué un número.

–Con el inspector Unger, por favor.

Momentos después, Cal se puso al teléfono.

–Soy Drew. Estoy cerca de la casa de Lloyd Wagner. Necesito que vengas ahora y que traigas la caballería. Lloyd tiene un Volvo con la abolladura en el lado derecho, repintado de marrón. Su mujer padece leucemia. Hay sólo dos correspondencias en Los Ángeles con su tipo de médula. Una de ellas era Kasey Broach.

Oí crujir madera cuando Cal se sentó.

–¿Y la otra era Genevieve?

–No –repuse–. Una tal Sissy Ballantine.

–¿Sissy, has dicho?

–Sí. ¿Por qué? ¿Qué pasa?

–Acabo de recibir una alerta naranja –dijo, tensando la voz–. Esa chica ha sido secuestrada hace unas horas frente a su casa en Culver City. Un vecino vio que un tipo la metía a la fuerza en una furgoneta blanca.

Apagué el motor del Highlander.

–Quédate donde estás –dijo Cal–. No te acerques a la casa. Vamos para allá.

–Os espero.

–No te acerques a esa casa. Prométetelo, Drew.

Cerré el teléfono con rabia, cogí del maletero la llave desmontadora de neumáticos y eché a andar.

43

Con el máximo sigilo, fui acercándome entre los setos vecinos. La puerta del garaje estaba bajada y pude oír en el interior el ruido de un trozo de cinta aislante arrancado del rollo. Acompasé la respiración y me icé hasta la ventana lateral del garaje, metiéndome entre unos olorosos enebros. Una polvorienta persiana protegía el cristal, pero allí donde habían pellizcado las rígidas lamas para bajarlas, pude ver algo del interior en penumbra.

La cintura y las piernas de Lloyd sobresalían de la trasera de la furgoneta. A sus pies una lona protectora hecha un guiñapo. Lo vi emerger con el rollo de cinta entre los dientes y una navaja en la mano. Al parecer, estaba en la fase final del trabajo.

Me aparté, mirando a intervalos por encima del hombro. Lloyd había dejado la puerta de la cocina sin cerrar, y me colé. Platos sucios, restos de comida y recipientes vacíos tapizaban las encimeras que yo había dejado limpias unos días atrás; un burrito a medio comer descansaba encima de la goma que protegía el triturador: Lloyd haciendo lo posible por seguir adelante.

Empuñando la llave con firmeza, enfilé el oscuro pasillo y la franja de luz que se filtraba bajo la puerta del dormitorio. Entre el nervioso tictac del reloj de la cocina y el más suntuoso y rotundo del reloj de pie en la sala de estar, distinguí el susurro del equipo médico. Avancé escoltado por las fotos de Lloyd y Janice. La del día de la boda, los dos radiantes y abrazados como buenos novios; el parachoques de su Gremlin arrastrando papel higiénico y latas, la palabra «¡Felicidades!» escrita en la ventanilla trasera; junto a la piscina en Hawái, periódicos abiertos sobre las tumbonas, combinados con rodaja de fruta en el borde del vaso. Fui consciente de mis pasos en el entarimado ligeramente alabeado, del aire que me quemaba el pecho, de la tira de luz filtrada cada vez más cerca. Janice ya tenía algunas canas cuando los fotografiaron delante de El Capitan en Yosemite. Sonrisas joviales iluminaban sus rostros, sentados a una mesa de hierro forjado en una plaza de Venecia. En la mayor parte de las instantáneas se miraban el uno al otro, no a la cámara, como si no pudieran evitarlo, como si guardaran un secreto que no querían compartir con el resto del solitario mundo.

Llegué al dormitorio y cogí el abultado tirador de anticuario; el rumor monótono del equipamiento médico ahogó el sonido de los relojes y también mis pensamientos. Por manida tradición novelística, no pude evitar acordarme de otro día y otra puerta, temeroso de franquearla.

Antes de que el valor me abandonara, entré en la habitación.

La cama estaba de través en el amplio espacio, incongruentemente elevada sobre un somier con barandillas metálicas alrededor. La habían ladeado hacia la ventana para que Janice pudiera ver el trecho de árboles en pendiente. El cuarto olía a comida rancia, a sábana impregnada de sudor y a restos de excrementos no debidamente limpiados de las cuñas y la ropa. La suma de antiséptico, monitores varios y goteros como brotes electrónicos me devolvió a la habitación donde hacía cuatro meses yo había despertado para descubrir sangre de Genevieve debajo de mis uñas.

Janice tenía un aspecto blando y carnoso, la calvicie hacía que su cabeza pareciese insólitamente redonda. No tenía pestañas ni cejas y sus ojos se veían pronunciados y ardientes en las cuencas hundidas. Su albornoz, abierto a la altura del pecho, dejaba ver aristas de hueso sobre sus senos. Tenía los labios húmedos y las mejillas fofas como las de un bebé. Una bolsa encarnada, con un poco de espuma en la parte superior, colgaba de un poste metálico, y supuse que era la transfusión de médula ósea. Jeringas, frascos de pastillas y ampollas saturaban una de las bandejas metálicas arrimadas a la pared. Desde las etiquetas, nombres poderosos destacaban en caracteres farmacéuticos: CYTOXIN, BUSULFAN, CYCLOSPORIN. A la derecha, por una puerta cerrada, se colaba una corriente de aire.

Janice levantó un brazo fatigado del que colgaba piel fofa, un gesto como para ahuyentarme, y su boca se abrió repetidas veces, lentamente, como si formara palabras. Su voz era exangüe y sus labios estaban rígidos por el esfuerzo, tapando sus dientes de modo que la boca parecía un tembloroso agujero negro, una parodia de grito. Era impensable fingir que no la había visto. Me aproximé con el debido respeto hacia quien está en su lecho de muerte. Para mi horror, caí en la cuenta de que intentaba pronunciar el nombre de su marido. De pronto, fui consciente de la pesada llave que sostenía en la mano y me horroricé.

–No –dije en voz baja–. No voy a hacerte ningún daño.

Con voz áspera, seca y casi inaudible, dijo:

–Haz... que... pare.

La dejé allí, esforzándose. La puerta del fondo daba a un pequeño pasillo que llevaba a otra puerta, parcialmente entornada. Atento a cualquier crujido que pudiera anunciar la presencia de Lloyd, avancé con piernas temblorosas y la habitación en penumbra quedó ante mi vista. Se trataba de un apartamento independiente, un dormitorio pequeño con su cocina y su lavabo. Como un solar expropiado, estaba todo cubierto de plástico y tela. Las ventanas y una puerta de corredera de cristal que daba al patio trasero estaban tapadas con sábanas verdes. Supuse que Janice desconocía sus idas y venidas por la entrada posterior, aunque era evidente que sabía que algo no andaba bien. Un plástico de pintor, meticulosamente colocado en el suelo, se movió bajo mis zapatos y me hizo sentir como si estuviera pisando hielo. Una máquina de impactante diseño, grande como un calentador viejo, ronroneó. Sería algún tipo de procesador, supuse al ver las etiquetas y los cuadrantes. Estaba en marcha. Sobre la encimera de formica, envases de guantes de uso médico, jeringas gruesas, rollos de cuerda blanca, bolsas costrosas de transfusión. Y sobre una bandeja metálica flotante, un cuchillo de deshuesar Shun, los caracteres japoneses destacados en negro contra el acero inoxidable. Y allí, yaciendo en un catre, casi como si fuera otro objeto inanimado, una chica.

Sus ojos estaban apaciblemente cerrados, y Lloyd, tan sensible él, le había apoyado la cabeza en una almohada. Observé cómo el hombro libre subía y bajaba al ritmo de su respiración. Tenía la piel de la cadera izquierda acribillada con marcas de una jeringuilla de grueso calibre, la que habían utilizado para extraerle médula del hueso pélvico. Pero eran menos señales, y más juntas, de lo que cabía imaginar; Lloyd debía de haber reutilizado las mismas perforaciones deslizando la piel para tocar una parte nueva de hueso.

Allí estaba la chica, consumida e inconsciente, a la espera del cuchillo de deshuesar. Me imaginé que a Lloyd, suministrador de Xanax, no le gustaba esa parte del trabajo y la había demorado hasta después de acondicionar la furgoneta para el traslado del cuerpo. No podía dejarla con vida, del mismo modo que no había podido liberar a Kasey Broach después de extraerle lo que su esposa necesitaba. La irritación en la piel y el tratamiento médico resultante habrían revelado que alguien les había extraído médula ósea, y a partir de eso no habría sido difícil verificar los pacientes en lista de espera y llegar a Janice. Abandonar un cadáver también hacía harto improbable que el robo de médula fuera descubierto. Yo había sabido por el propio Lloyd que en una autopsia los forenses suelen extraer y pesar órganos, examinar heridas visibles y sacar muestras de secreciones y tejido. No tendrían por qué buscar perforaciones en el hueso bajo un círculo de piel cuidadosamente pinchada. Y, por supuesto, por allí no habría un paciente quejándose de un dolor concreto.

Detrás de la máquina, devuelto a un tarro de pyrex y abandonado en el suelo como un zapato, estaba mi tumor cerebral. Había encontrado al asesino antes que yo. Me costó unos instantes apartar la vista del amasijo de células que Lloyd había robado durante su campaña *Luz de gas*, induciéndome a pensar que yo mismo había destruido el ganglioglioma. Probablemente tenía planeado dejarlo en el lugar del delito, cosa que aumentaría mi confusión y mi calidad de sospechoso número uno.

Me acerqué a la chica. ¿Sissy Ballantine? Dejé la llave encima del fino colchón e hice ademán de levantarla. Sus párpados se abrieron pesadamente.

–Detrás de usted –murmuró.

Giré en redondo y casi tropecé con el extremo de un tubo de uso médico.

Lloyd estaba en el umbral.

–Maldita sea –dijo con tristeza–. Maldita sea, Drew.

Di medio paso a mi derecha con la esperanza de que Lloyd no viera el desmontador. Si no le daba pie, la cosa no tenía por qué ponerse violenta, ¿o sí? La bandeja flotante presionó mi zona lumbar. Sissy murmuró algo más y luego enmudeció.

–No puedo dejarla morir, Drew –dijo Lloyd–. No puedo. Menos aún cuando estoy en situación de hacer algo por ella.

Mi voz sonó áspera:

–Pero ¿por qué... por qué me elegiste a mí?

Lloyd bajó la mirada a mis zapatos.

–Durante los últimos años he consultado diariamente ese registro de trasplantes. Un día y otro día... Y miraba a esas dos mujeres cuya médula se correspondía con la de Janice. Una se había borrado de la lista, y la otra tenía ya la médula comprometida. No había nada que hacer. De día procesaba cuerpos, de noche veía morir a mi mujer. –Apoyó una mano en la puerta medio abierta, balanceándola ligeramente–. Pero una noche recibí una llamada urgente. Y allí estaba Genevieve, tendida en su dormitorio. Me quedé de piedra. Los sanitarios me dijeron que la policía te había detenido, que habías tenido un ataque epiléptico, que estabas en el quirófano. Volví a donde estaba Genevieve, me fijé en aquella zona despejada en su cadera. Y entonces se me ocurrió cómo hacerlo.

–Entonces, ¿tú no la mataste?

–No, claro que no la maté. –Apretó los labios en una sonrisa compungida–. No me servía de nada. Ni a Janice. Pero ya ves, fue una inspiración. Y tú, mientras tanto, asustado y paranoico.

Viéndotelas con unos inspectores que te acusaban del crimen. Lo único que tenía que hacer era añadir unos rasguños a la cadera de la próxima víctima. E ir soltándote cuerda a ti. Fuiste tú quien me proporcionó la siguiente vuelta de tuerca, y luego otra más. Un tipo que trabajaba en Home Depot. Ciento cincuenta y tres propietarios de camionetas Volvo marrón donde elegir candidato. Tu imaginación da para mucho, ¿entiendes? –Absorto en sus pensamientos, metió en la habitación con la punta del pie el tubo que pasaba por detrás de él. Luego me miró a la cara–. Para que esto funcionara, necesitaba un Drew. Y tú eras el Drew perfecto.

Aturdido por el peso de la verdad y el soporífero zumbido del filtro, me centré en sus palabras. Me resultó extrañamente difícil.

–Te ayudé a escribir todos esos libros –dijo Lloyd–. Así que supuse que tú podrías ayudarme a escribir éste.

–Sé que tenía una deuda contigo –dije–. Pero ¿tan grande era?

Nos miramos. Había inclinado su peso hacia delante y no podía ver sus manos, lo que me puso nervioso. Pasé las mías a la espalda y agarré la bandeja metálica. La llave estaba lejos de mi alcance, sobre la cama.

–Bueno –dije.

–Bueno. –Frunció el ceño y su boca se contrajo un poco, como a punto de hacer pucheros, pero sus facciones recuperaron enseguida la serenidad–. ¿Y qué vamos a hacer ahora?

–Pedir una ambulancia para Sissy. Y para Janice. Unos polis a los que probablemente conocemos vendrán por ti. Iremos con ellos y lo explicaremos todo.

–No. –Meneó la cabeza–. Te diré cómo irá la cosa. Yo te mataré. Y luego mataré a Sissy. Y después le inyectaré su médula a Janice.

Noté un calor repentino en mi cicatriz, y enseguida un escozor insoportable. Mis dedos rozaron el mango del cuchillo de deshuesar que tenía a mi espalda.

–¿Cómo piensas hacer todo eso? –pregunté.

Lloyd se inclinó y alcanzó algo que había detrás de la puerta.

Me sobrevino un mareo. Percibí no un olor sino un cambio en la consistencia del aire. Perdí momentáneamente el equilibrio, pero lo recuperé. Cuando levanté la mirada, una máscara antigás me estaba mirando desde el umbral, sus filtros cilíndricos como mandíbulas de insecto. Ahora la puerta estaba abierta del todo, y eso me permitó ver el bote que Lloyd había estado escondiendo. Su mano descansaba sobre la válvula que tenía en la parte superior. En la otra mano sostenía una mascarilla de plástico con la forma de la nariz y la boca, y el tubo conectado a la cánula. Miré medio mareado el extremo de tubo que tenía a mis pies, reparando sólo ahora en el leve siseo que había sonado todo el rato, y que el zumbido del filtro había hecho casi inaudible.

Lloyd arrancó la válvula, desvió el gas hacia la mascarilla, y se abalanzó contra mí. Tanteé en busca del cuchillo y lo frené con el otro brazo, pero él consiguió plantarme la máscara en la cara. Inhalé gas puro y al punto las rodillas me fallaron. Al sacudir los brazos golpeé la bandeja, y caí en medio de un estrépito metálico.

Mi mano buscó el cuchillo entre los pliegues del plástico de pintor, y finalmente tocó el frío mango. En el momento en que Lloyd se me venía encima y me apretaba de nuevo la máscara contra la cara, adelanté el cuchillo y presioné su abdomen hasta que finalmente rompió la tensión epidérmica con un ruido sordo y se hundió. Lloyd cayó sobre mí, su máscara antigás fuera de sitio, cubriendo ahora sus rizos. Al agitar las piernas, volqué el bote de pyrex: un tintineo de cristal roto seguido del hedor a formol típico de la clase de Ciencias. Lloyd lloraba sobrecogido; la cara, una máscara de dolor. Mis dos manos, que aferraban el mango del cuchillo, estaban atrapadas bajo el peso moribundo. Sus dedos se hincaron en mis mejillas, tratando de mantener la mascarilla pegada a mi boca y mi nariz.

Farfulló algo y luego se desplomó, babeando sangre en mi pecho.

Caucho quemándose.

El olor acre inunda mi cabeza, impregna mis cavidades nasales, envuelve mi cerebro. No puedo sacármelo de dentro.

Voy en coche. El reloj del salpicadero marca la 1.21.

Aparece la casa de Genevieve. Doy un volantazo y me subo al bordillo, rompiendo un aspersor en el margen del césped decorativo.

El ruido de la puerta del coche al abrirse, corro hacia la casa, noto caliente la musculatura de los muslos. Mi carne está pegajosa, vibra con un terror desconocido. Llego al porche. Dentro suena música.

Agarro el tiesto, me resbala, el platillo se agrieta. Lo intento de nuevo, cojo la llave de latón que hay debajo. Mis manos tratan de abrir el cerrojo. Se me cae la llave y rebota en el suelo, pero no se cuela por los resquicios.

Mi cabeza enturbiada por el hedor, introduzco la llave, giro y empujo. Al entrar tambaleándome, golpeo la mesita. El pisapapeles de Murano se desliza como un disco de hockey sobre hielo y se hace añicos, segmentos de *millefiori* repicando en el suelo de mármol.

Cuerdas etéreas, metales atronadores, el penetrante aullido de una soprano.

«Perché tu possa andar... di là dal mare...»

Subo la escalera como flotando, mis pies apenas tocan la moqueta.

Genevieve yace boca abajo con las piernas recogidas, como si hubiera estado arrodillada.

Muerta.

La sangre ha empapado la moqueta blanca a su alrededor. La ventana está abierta y su bata de seda crema, que ha dejado al descubierto un pálido hombro, ondea con el viento.

Algo se afloja en mi pecho y lanzo un grito, corriendo hacia ella. La agarro suavemente por los hombros y trato de darle la vuelta. Uno de sus brazos se balancea tieso, con el codo doblado, y me golpea la cara.

El crescendo implacable de la música.

«Amore, addio! Addio! Piccolo amor!»

La tengo reclinada en mis brazos, el índice de una mano delicada señalando como el Adán de Miguel Ángel, pero le falta la pareja. El cuchillo está hundido hasta el mango. Sollozando, frenético, agarro la punta de acero inoxidable con ambas manos y estiro. Genevieve cae de mi regazo.

La negrura invadió mi sueño-recuerdo, poco a poco, hasta borrar del todo mi visión.

Entre la bruma del Sevoflurane, me pareció oír sirenas.

44

Era tan tarde que ya era temprano, pero el cielo todavía no lo reconocía. Un *Los Angeles Times* adornaba mi umbral, el primero desde que había reanudado la suscripción tras salir de la cárcel. Manchado con la sangre de Lloyd Wagner, me agaché para cogerlo. Tal vez las cosas empezaban a volver por fin a la normalidad.

Sobre una foto de mí, pálido y contrariado, el titular –como de costumbre, ya caduco– rezaba: «Danner otra vez detenido».

Tal vez las cosas no estaban volviendo a la normalidad.

Entré en casa, y *Xena* se me lanzó encima a modo de saludo. Me quité la camisa ensangrentada y la arrojé a la basura, y luego fui a la sala de estar y me senté en mi venerable butaca de lectura. Las cabezas parlantes de la tele comentaban la muerte de Lloyd y, por supuesto, mi participación. Ah, pero no hablaban de que yo no había matado a Genevieve Bertrand, de que ella ya estaba muerta cuando la encontré. La prueba de ese importante detalle estaba encerrada en mi nada fiable lóbulo frontal, y por mucho que lo intentara Fox News no podría conectar con eso.

Pero yo sí podía. Ahora sí.

Entre destellos de flash que daban un efecto de luz estroboscópica, Cal explicó desde un estrado frente a la casa en North Hollywood cómo habían irrumpido allí y nos habían encontrado a Sissy Ballentine y a mí recobrando el sentido en aquella improvisada sala de atención médica. En segundo plano, dos sanitarios forzudos estaban sacando a Janice tumbada en una camilla, y el *zoom* nos permitió, a los espectadores, visionar cómo la subían a la ambulancia.

El primer plano de Janice fue muy apropiado, no en vano era la estrella involuntaria de la historia. Yo, a fin de cuentas, no había sido el protagonista, sino –al igual que Kasey Broach y Sissy Ballentine– un simple actor secundario. Morton Frankel, segundo cabeza de turco, había hecho su papel al igual que yo, éramos dos prescindibles figurantes que habían ocupado su puesto y recitado sus frases. Reaccioné a los preparativos de Lloyd con una prontitud y un entusiasmo difícilmente superables, llamándole a las pocas horas de salir de prisión, rascando la imaginaria costra de mi culpabilidad hasta hacerme sangre. Sin darme cuenta, libro tras libro, había dejado que Lloyd se implicara mucho más de lo que suponía un mero trabajo de asesoría científica. Algunos de los más diabólicos asesinatos de mis novelas no habrían sido ni de lejos tan ingeniosos de no ser por Lloyd. Y quizá su crimen no habría sido ni de lejos tan «perfecto» de no ser por mí. O no tan rocambolesco.

¿Ficción inverosímil? Desde luego. Ahora bien, no queremos inventar una historia predecible. Queremos contar esa historia que consigue llegar al tuétano, como un buen cuchillo curvo de deshuesar.

Jamás lo habría dicho, pero Lloyd había demostrado ser mejor autor de novela policíaca que yo.

Apagué la tele y di unas palmaditas al cabezón de *Xena*, disfrutando de unos minutos de bendito silencio.

Sonó el teléfono. No era mi móvil, sino el tono desbordante y glorioso de la línea fija. Aquel ruido devolvió la vida a mi casa.

Fui de dos zancadas hasta el inalámbrico de la pared del salón y contesté.

–¿Se acabó el exhibirse por ahí? –dijo Caroline.

–Eso espero.

–¿Estás bien? –Su tono denotaba preocupación.

Medité un momento la respuesta y luego dije, con toda sinceridad:

–Sí. Estoy bien.

–No contestabas el móvil –dijo ella. Sólo entonces caí en la cuenta de que lo había puesto sin sonido al ir a casa de Lloyd–. El fijo lo he encontrado en el formulario que rellenaste para hacer de Gran Hermano. Tengo algo para que te animes.

–¿Sí? ¿Qué?

–Yo, sin ir más lejos.

–¿Pasas a domicilio?

–Pues sí.

Y colgó. *Xena* apoyó descaradamente el hocico entre mis piernas. Celosa, seguro.

Fui al coche en busca de mi novela a medio escribir y el CD sin etiqueta que había escondido debajo de la esterilla de mi asiento.

Una vez arriba me senté a mi mesa, dejé las hojas al lado de la almohadilla del ratón e introduje el disco en el ordenador. Apareció iTunes y la pantalla preguntó si deseaba rescatar información sobre las canciones para identificar la música copiada de la biblioteca *on-line*.

Hice clic en «aceptar».

Mientras iTunes procedía a la búsqueda –un poste horizontal de barbería solicitaba paciencia–, me dispuse a llamar a Chic desde el teléfono de mi despacho. La línea pitó indicando mensajes.

Marqué el buzón de voz. «Buenas –dijo la voz artificial–. Tiene cuarenta y nueve mensajes guardados.»

Mis abogados y yo habíamos recibido copias digitales de todos los mensajes mientras preparábamos la defensa. Por lo visto, mis mensajes habían quedado guardados también en el sistema, desde que la policía me había dejado sin buzón de voz hasta el día en que la compañía decidió interrumpir mi servicio. Empecé a escuchar, borrando los primeros desde el 22 de septiembre y la mañana del día siguiente. Preston, dándome la paliza sobre fechas de entrega, una chaqueta olvidada y una antología en la que quería que yo colaborase. April preguntando a qué hora tenía que venir a cenar esa noche.

La voz artificial y fría dio las coordenadas: «Quinto mensaje. Enviado el 23 de septiembre, a la 1.08».

El maldito mensaje de Genevieve. Me retrepé en la silla.

La voz con suave acento susurró en mi oído: «Soy yo».

Noté una oleada de calor en la cara, y la cicatriz me escoció. Había escuchado el mensaje innumerables veces durante mi paso por la cárcel y durante el proceso. No era así como empezaba.

El ordenador completó la búsqueda, e iTunes confirmó lo que yo ya sabía: *Madame Butterfly-Disco 3*.

El primer corte empezó a sonar en mis minúsculos altavoces de sobremesa, acompañando el mensaje de Genevieve.

«Quería decirte que estoy serena. Ahora me encuentro bien. Me he enterado de que hay otra persona, y... me alegro por ti. –Una inspiración húmeda–. Siento el daño que te hice, el daño que he hecho a todo el mundo. –Cuán frágil la voz, cuán delicada la inflexión francesa–. Algún día esto quizá se convertirá en una de tus historias. Quizás entonces lo comprenderás.»

Desde mi ordenador, Madame Butterfly gritó: «*Verrà, verrà, vedrai*».

«Quizá podrás perdonarme por todo. Sólo te pido una cosa. Es mi última petición: no me juzgues. Ojalá puedas ponerte en mi piel. ¿No es eso lo que sueles hacer? Siente este dolor. Escribe algo al respecto para que otras personas no tengan que sentirse tan solas.»

«*Sulite a riposare, affranta siete ... al suo venire vi chiamerò.*»

«Adiós, amor mío.»

El clic de colgar.

«*Tu se con Dio ed io col mio dolor...*»

Devolví el teléfono a su sitio. El verdadero mensaje de Genevieve, tan distinto de la versión modificada oída en el juicio hasta la náusea. Como Preston no deja de recordarme siempre que puede, todo está en la corrección. Lentamente, cogí las hojas del manuscrito y busqué lo que necesitaba: `Aparte de` los inspectores, Lloyd Wagner conocería el caso de Genevieve mejor que nadie puesto que se había ocupado de todo, desde recuperar los mensajes en mi buzón de voz hasta ver si el cuchillo encajaba con la herida.

El mensaje original habría servido para exonerarme y la fiscal habría retirado los cargos. Si nadie creía que yo hubiera matado a Genevieve, Lloyd se habría quedado sin su chivo expiatorio ideal: alguien a quien todos –la policía, la prensa, el jurado– creerían culpable de asesinato, alguien a quien los inspectores inculparían rápidamente, alguien que ya empezaba a creer que estaba perdiendo la razón. Lloyd sabía que no podía borrar datos telefónicos y de identificación de llamada, pero sí podía reorganizar digitalmente el buzón de voz, haciéndolo tan ambiguo como el resto del caso, antes de entregarlo en la etapa de presentación de pruebas. Él mismo me había dicho que, teniendo en cuenta el tumor, no me veía recibiendo un veredicto de culpabilidad. Yo quedaría en libertad pero estaría tocado, susceptible de convertirme en cabeza de turco. Una investigación perfecta donde nadie hurgaría para encontrar las señales bajo la piel. Era peligroso, desde luego, pero, teniendo en cuenta que la vida de su mujer pendía de un hilo, Lloyd había demostrado estar dispuesto a correr toda clase de riesgos.

Volví a poner el mensaje de Genevieve imaginándome el impacto que debió de causarme la noche del 23 de septiembre. Era una advertencia de suicidio, no una reprimenda teñida de ira.

¿Qué había dicho el médico?

El lóbulo temporal está complejamente ligado a respuestas emocionales y a la excitación sexual, hay pruebas claras de que, una vez que un paciente ha alcanzado semejante estado de fragilidad, el colapso mental definitivo puede venir por un hecho emocionalmente intenso.

Emocionalmente intenso. Un mensaje de una ex anunciando su intención de quitarse la vida entraba en esa categoría.

La buena de April era de las que duermen a pierna suelta. A diferencia de mí, no la habría despertado el sonido del teléfono. En la oscuridad de aquella noche, yo había ido hasta mi despacho, me había sentado y había puesto el mensaje. Del susto, al levantarme había volcado mi silla de trabajo.

Y luego, alterado y frenético, había salido en estampida y al llegar a casa de Genevieve me la había encontrado, con el dramatismo característico en ella, ataviada en su mejor versión de una geisha, doblada sobre el cuchillo que ella misma se había clavado en el abdomen, mientras los altavoces retumbaban con un aria de muerte operística.

Sus huellas dactilares habían aparecido en el mango, lógicamente: el cuchillo era suyo, suya la casa. Las mías, dejadas al sacarle el cuchillo, habían hecho enarcar numerosas cejas.

Genevieve era diestra, pero al herirse ella misma había inducido a pensar que el agresor era zurdo. Y al caer de rodillas hacia delante, el extremo del cuchillo había impactado en el suelo, hundiendo la hoja de forma que la puñalada pareció asestada por un hombre de unos ochenta kilos.

Bastante fácil de desentrañar, en realidad, si yo no lo hubiera jodido todo presentándome allí.

Como muestra de gratitud por las revelaciones que las últimas horas me habían proporcionado, saqué un Burdeos cosecha del 82 que guardaba desde hacía años y lo vacié por el fregadero. Cuando hube terminado, dejé que *Xena* lamiera el cuello de la botella. Era una pena no aprovecharlo.

Me senté en la terraza de atrás, apoyé los pies en la barandilla y contemplé las luces de la ciudad. Tantas personas, tantas historias...

Xena se persiguió su propia y breve cola y acabó acurrucada entre las quebradizas hojas.

Yo había empezado inocente y deseoso de limpiar mi conciencia. Había descubierto que no era un homicida y había dejado malherido a un asesino.

Podía vivir con eso; como alguien me había dicho una vez, nadie suele disponer de la alternativa a eso. Qué tremenda obra es el hombre, etcétera, etcétera.

Sonó el timbre de la puerta, y el campanilleo hizo que *Xena* alzara su cuadrada cabeza de entre las patas unidas.

Me levanté y fui dentro.

45

Soy un ciudadano libre, al menos hasta mi próximo tumor cerebral. Cal filtró a la prensa el mensaje de Genevieve en mi buzón de voz, y los medios informativos, aprovechando la cobertura sensacionalista que se dio a las maquinaciones de Lloyd, rehabilitaron mi buen nombre, o al menos la dudosa posición alcanzada antes del juicio. Mis ventas siguieron aumentando.

Un ayudante de sheriff corroboró mi versión del incidente en la cárcel, pero antes de que yo pudiera presentar oficialmente una queja contra Kaden y Delveckio, todos los cargos pendientes en mi contra fueron retirados. Morton Frankel está a la espera de juicio, pero me han informado de que -como dicen en los sagrados pasillos de Parker Center- está jodido.

A veces viene Cal y nos fumamos unos puros en la terraza contemplando la ciudad. No le han ascendido todavía, pero su jefe ha oído rumores de que la cosa es inminente. Hablábamos mucho del caso, Cal y yo, pero de repente hemos dejado de hacerlo.

Todavía no he tenido noticias de los Bertrand y dudo que llegue a tenerlas. Mi relación con todo lo feo que rodeó a su hija me ha marcado como culpable, pese a que no lo sea. No les guardo rencor por su versión de los hechos.

Sissy Ballantine se recuperó rápidamente y al final hizo la donación de médula a su hermano. A él llegué a conocerle, un encuentro que fue más buena idea en teoría que en la incómoda realidad. Los hombros le sobresalían de la camisa, empezaba a salirle la barba, y parecía confuso y avergonzado por todo el lío que se había organizado a su alrededor. Cuando le estreché la mano, pude notar claramente sus huesos a través de la piel. Sissy me acompañó hasta la puerta y me dio un abrazo. Gracias, dijo, sonriendo como sonríen las personas que gozan de salud, y vaya si por un momento no me sentí a la altura de Derek Chainer.

Los Broach habían perdido un hijo, y años atrás habían perdido otro. Piensa en eso la próxima vez que te sientas seguro de tu puesto en el orden divino.

La quimioterapia a domicilio había vaciado de médula los huesos de Janice Wagner como preparación para el segundo trasplante que nunca llegó, y no había habido nada con que reemplazarla. Una semana después de morir Lloyd, Janice falleció. No puede decirse que fuera justo, pero tampoco un mal karma.

Supongo que la vida es así.

Los Broach concedieron permiso para la exhumación y, cuando el forense arrancó la carne lacerada de la cadera de Kasey, descubrió que el hueso de debajo estaba dañado por punciones de aguja practicadas poco antes de su muerte. Las fotos aparecieron en la prensa sensacionalista.

La médula de Kasey, como habréis adivinado, no había llegado a los huesos de Janice. No es un proceso complejo, según me han dicho, pero sí lo bastante para que no vendan equipamiento para hacerlo en casa. Lloyd no había extraído médula suficiente de la cadera derecha de Kasey; tuvo que sacar también de la cadera izquierda, pero la policía dedujo que le preocupaba que lesiones similares en ambas caderas del cadáver fueran difíciles de pasar inadvertidas.

Desde el principio, el apretado margen de tiempo había desesperado a Lloyd. Había tenido que actuar rápido con Kasey -de ahí el arma y el riesgo de la presencia de vecinos-, y con Sissy Ballantine había debido darse más prisa todavía. Uno de los médicos que trataban a Janice dijo después que Lloyd parecía haber eliminado problemas, que sus cócteles de quimio habían hecho que la leucemia de Janice remitiera temporalmente, de modo que el segundo trasplante podría muy bien haber funcionado. Pero, por supuesto, el resto de la médula de Sissy -extraída de ambos flancos de su hueso pélvico- no había pasado del filtro a las venas de Janice. En cambio, la médula había sido retirada de la máquina y puesta en hielo para el hermano de Sissy, su destinatario original.

Janice estaba demasiado enferma como

para soportar un interrogatorio intenso, y había muerto sin que nadie supiera hasta qué punto sabía lo que Lloyd estaba haciendo en aquel pequeño apartamento al fondo del pasillo. Creo que oí decir que ni siquiera se enteró de que su marido había muerto en la habitación de al lado.

El día después de la muerte de Janice, Cal me enseñó una entrada en el diario de Lloyd, llena de torturados remordimientos hablando en su defensa, y con una clarividencia acerca del dolor y la pérdida que me produjo una punzada de empatía.

Una punzada.

Imagino que Lloyd podrá consolarse un poco durante su largo trayecto a través de la Estigia, pensando que su mujer no llegó a conocer toda la historia.

¿Y cuál era, pues, esa historia? Lloyd era un tipo como cualquier otro, supongo yo, sujeto a las presiones y pasiones de rigor. Un tipo cuya mujer se estaba muriendo lenta y terriblemente. Día tras día Lloyd se colaba informáticamente en el registro de trasplantes y miraba los nombres de esas dos obstinadas personas con la médula que Janice necesitaba, mientras su cerebro trataba de encontrar la manera -cualquiera que fuera- de que su mujer y él pudieran celebrar sus bodas de plata. Pero, a diferencia de cualquier otro tipo, Lloyd sacó a relucir un talento extraordinario para contrarrestar esa presión. Yo todavía estaré en mi patio, o haciendo cola en la caja de autoservicio, y me acordaré de alguna otra aspereza que Lloyd supo limar del armazón de su plan. Yo jamás me había parado a pensar en las ramificaciones de la primera vez que me llamó muy excitado, hace años, hablándome de un asesinato en Manhattan Beach, una extraña muerte ocurrida en un jacuzzi. Mi codicia de escritor me había llevado a esto. Me ofrecí a ser su tema cuando recurrí a Lloyd para concebir mis tramas. Siempre quise que mis argumentos fueran más reales de lo que yo era capaz de inventar. Y necesitaba a alguien que hubiera vivido todo eso, alguien que hubiera olido ese hedor. Y lo tenía.

Después de todo, una historia no tiene por qué ser cierta. Basta con que sea convincente.

La primavera tarda en llegar, aunque del tiempo no puedes fiarte. Tengo por mascota a una bestia sanguinaria que se ceba en almohadas, zapatos y novelas de tapa dura como quien no quiere la cosa. Tengo un Hermano Pequeño que pinta grafitis y revienta cerraduras como si tuviera diez años más. Me lleva a partidos de los Dodgers y a entrenamientos de béisbol y, con bastante frecuencia, al juzgado cuando viola la condicional. A veces veo todavía a Genevieve —entre el vapor de la ducha, tarareando una melodía, conduciendo por determinada calle—, pero cada vez menos.

¿A que no sabéis quién ha aparecido en la terraza esta mañana, cuando estaba yo acabando de desayunar? Gus. Amplia sonrisa, mofletes hinchados, dientes salidos, como si volviera de alguna aventura, muy satisfecha de sí misma y portadora de secretos que nunca llegaremos a conocer. Ha pasado bamboleándose por la terraza y se ha puesto a morder con ahínco la manguera del jardín hasta que le ha hecho un agujero. He abierto la puerta de corredera. Caroline ha salido detrás de mí y le ha lanzado un pedazo de tostada. Gus nos ha mirado con gesto indiferente, escabulléndose acto seguido por su sendero entre la hiedra.

Como todos nosotros, procurando ir siempre un paso por delante de los coyotes.

Agradecimientos

Aaron Priest y Lisa Erbach Vance estuvieron por encima incluso de su merecida fama con su pericia y gentileza como agentes literarios. Marc H. Glick, Rich Green de CAA y Jess Taylor, como siempre, me proporcionaron su apoyo incondicional. Tengo la suerte de haber encontrado un editor dinámico y perspicaz en Josh Kendall; le debo mucho a él, a Clare Ferraro y a tantos otros en Viking por el entusiasmo que mostraron por mí y por esta novela. Gracias también a Melissa Hurwitz, Lucy Childs, Kristin Baird, Nicole Kenealy, Richard Kim, James Kryzanski, Michael Sebastian y Maureen Sugden. Por último, gracias a Delinah, que estuvo ahí en todo momento y nunca me pidió que no me arriesgara.

Título de la edición original: *I see you*
Traducción del inglés: Luis Murillo Fort,
cedida por Ediciones B, S. A.
Diseño: Winfried Bährle
Ilustración de la sobrecubierta: Anna Grau Roig

Círculo de Lectores, S. A. (Sociedad Unipersonal)
Travessera de Gràcia, 47-49, 08021 Barcelona
www.circulo.es
1 3 5 7 9 7 0 1 2 8 6 4 2

Este libro ha sido impreso en papel Supersnowbright
suministrado por Hellefoss AS, de Noruega

Depósito legal: B. 49902-2007
Fotocomposición: Anglofort, S. A., Barcelona
Impresión y encuadernación: Printer industria gráfica
N. II, Cuatro caminos s/n, 08620 Sant Vicenç dels Horts
Barcelona, 2007. Impreso en España
ISBN 978-84-672-2868-7
N.º 05132